Contemporary Literary Criticism

当代·文艺评论

第二辑

徐兆寿 主编

敦煌文艺出版社

图书在版编目(CIP)数据

当代文艺评论. 第二辑 / 徐兆寿主编. — 兰州：敦煌文艺出版社, 2021.3
ISBN 978-7-5468-2009-5

Ⅰ. ①当… Ⅱ. ①徐… Ⅲ. ①文艺评论－中国－当代－文集 Ⅳ. ①I206.7-53

中国版本图书馆CIP数据核字（2021）第006725号

当代文艺评论·第二辑

徐兆寿　主编
杨　华　杨光祖　副主编

责任编辑：张　桐
装帧设计：蔡志文

敦煌文艺出版社出版、发行
地址：（730030）兰州市城关区读者大道568号
邮箱：dunhuangwenyi1958@163.com
0931－8152173（编辑部）
0931－8773112（发行部）

武汉市首壹印务有限公司印刷

开本　787毫米×1092毫米　1/16　印张　14　插页　2　字数　240千
2022年1月第1版　2022年1月第1次印刷
印数　1~2000册

ISBN 978－7－5468－2009－5
定价：65.00元

如发现印装质量问题，影响阅读，请与印刷厂联系调换。
本书所有内容经作者同意授权，并许可使用。
未经同意，不得以任何形式复制转载。

目录 CONTENTS

重返经典 /

陈思和　巴金晚年的理想主义　//001
白　烨　重读《平凡的世界》　//016
张清华　先锋文学如何讲述历史　//023
　　　　——从革命叙事到先锋文学的一个线索

今日名家 /

叶　舟　内陆高迥：在西部的叙述　//036
孟繁华　守护住高贵的人类价值　//040
　　　　——评叶舟中篇小说《姓黄的河流》
蒲荔子　俗人活在世上的理由　//042
　　　　——评叶舟小说《什么风把你吹来》

当代批评家 /

雷　达　《雷达观潮》后记　//049
　　　　《黄河远上》后记　//051
古　耜　忧患而强健的精神远行　//053
　　　　——读雷达散文
徐兆寿　感性风骨，理性激情　//062

　　　　　——谈雷达的文学批评
　　晏杰雄　论雷达批评的文学史主体意识 //072
　　侯　川　有真情有担当的生命书写 //081
　　　　　——读雷达的散文集《皋兰夜语》

"陇军崛起丛书"评论小辑 /
　　郑士波　皎皎天地一诗心 //087
　　　　　——读徐兆寿《北色苍茫》
　　马步升　一介性情任飘落 //091
　　　　　——关于王德祥《行吟集》
　　刘仕杰　一笔舞墨万山染，"谁懂"潭影月清寒 //092
　　　　　——读杨光祖散文集《所有的灯盏都暗下去了》
　　梁莉莉　在田野中凝望，在理性中书写 //095
　　　　　——《白姆措的眼睛》读后

诗歌论坛 /
　　王元中　寻找适合自己的写作 //101
　　　　　——以李继宗和离离的诗歌写作为例谈甘肃诗歌未
　　　　　　来的发展
　　马永波　从经验到形式：90后诗人成志达、树贤、庄苓诗歌读后
　　　　　　　　　　　　　　　　　　　　　　//111

电影评论 /
　　陈思和　影片《破碎之花》：破碎记忆中的意义追寻 //115
　　张　可　当你成为被追逐的猎物 //120
　　　　　——电影《狩猎》中柔软的道德鞭挞
　　魏新越　中国电影政治话语表达的"新路子" //124

　　　　　　——以《归来》为例
　　李　阳　《战马》:童年阴影下人性的深入挖掘　//128
　　　　　　——电影《战马》观后感
　　巩周明　流年暗中偷换　//132
　　　　　　——观《飞屋环游记》有感
　　徐艺嘉　"阿孝"成年后成了侯孝贤　//136
　　赵玉笛　王家卫,以暧昧之名　//140
　　何　蓉　爱是一场青春期的驻足凝望　//143
　　　　　　——观电影《西西里的美丽传说》
　　林聪聪　阴郁黑暗中的一缕阳光　//147
　　　　　　——剖析影片《偷自行车的人》

对　话 /

　　全球化语境中的中国电影　//150
　　　　　　——西北师范大学传媒学院"六艺论坛"之一
（徐兆寿、孟子为、杨光祖、杨青、陈积银、李燕临、石培龙、尔雅、赵丽瑾、任志明、黄淑敏等）
　　陈述先　李　红　符号过程,不完整符号　//170

思　潮 /

　　牛学智　当前文学思潮简论二题　//176

视　野 /

　　林少雄　甘肃地域文化传播的必要观念与可能路径　//190
　　　　　　——以崆峒文化为例
　　杨光祖　《论语》与人文修养　//202

重返经典

巴金晚年的理想主义

□陈思和

巴金的《随想录》出版近三十年了。在这个过程中,《随想录》这部书一直产生着巨大的精神作用,这个作用在每个不同的时代有不同的理解和认知。我写过好多篇关于《随想录》的文章,每次写心得都不一样。在80年代的时候,我的想法和很多读者是一样的,包括巴老自己,他都觉得这部书是对"文革"的反思,对"文革"灾难形成的分析,大家都是这么认为的,当然,这也是《随想录》最重要的组成部分。过了若干年以后,到了1990年代后期,我主编《中国当代文学史教程》,写到《随想录》的时候,我的想法有些不一样了。《随想录》的主要思想,当然是对"文革"的反思,但是除了这一点,还有另外层面的意思。巴老写《随想录》跨越了整整八年的时间,他从1978年12月1日开始写第一篇,一共写了150篇，最后一篇写完是在1986年8月20日，基本贯穿了中国在"文革"后最大的历史转变——拨乱反正，肃清极"左"路线的流毒，坚持改革开放的整个过程。

大家可以想象，那个时代和我们今天相比，中国已经发生了翻天覆地的变化。我们在思想、文化、经济等各方面发生了巨大变化，如果倒退三十年，这都是不可思议的，是来之不易的。没有宽松的文化，就没有思想解放；没有思想解放，就不可能带动巨大的经济飞跃发展，这是一个有机的连锁。我们从1978年开始，十一届三中全会决定解放思想、改革开放这样一个路线，一直到1986年，这八年，实际上完成了整个中国思想解放的转折。就像我们最近看的电视剧《历史转折中的邓小平》，有非常真实的感觉。但是它好像讲到了1983年，其后因为胡耀邦下台，就无法讲下去了。巴金《随想录》一直写到了1986年。这是中国历史上关键的八年。这个过程当中产生的各种思想斗争，反反复复，前进倒退，捉摸不定。清除精神污染、人道主义的争论、对西方现代主义的批判等等，一系列的思想文化领域斗争，在《随想录》里全部展现出来了。当时巴金74岁，过了8年，正好82岁，在这个过程中，他以一种非常积极的态度参与了1980年代的思想解放运动，他丰富的思考和表述，都包含在《随想录》里面。现在社会上流行所谓的怀旧，觉得1980年代非常好，好像是一个黄金年代，后来文学也边缘化了，金钱位置越来越重要了，人们的道德越来越差了，真是今不如昔。我是不这么认为的。我们今天确实有很多问题，但是历史毫无问题是在进步的。如果我们倒退到20世纪80年代初，有很多问题我们现在是不能理解的。一部电影因为有个接吻镜头就吵着要禁止，不让人笑掉大牙？同样的，我们今天在读巴金《随想录》的时候，很多年轻人是不太能读懂的，因为历史已经过去了，巴金当时还不能直截了当地把一些想法说出来，还要用一种很含蓄的比喻来表达。今天的青年人可能看不懂，不知道他在说什么。但是对我们这一代人来说，是可以理解的，我很喜欢读《随想录》，我觉得里面讲了很多思想斗争的问题，保留了当时一些真实的信息。我前不久在《人民日报》上发表了一篇文章，我讲巴金的《随想录》是20世纪80年代文化领域的百科全书，反映了当时非常丰富的思想状况。巴金始终是在场的，这是我第一个想法。

最近，我又产生了一个想法，也是今天要讲的问题。《随想录》主要内涵除了反思"文革"，反映1980年代的思想文化斗争，还有另外一个含义。前两个特点都是指巴金与外部世界的关系。其实，《随想录》的书写本身是巴金重新塑造自己的人格、重新唤起他已经失落的理想主义的努力，这个过程也是巴金主观上不断提升、追求的过程。要比前面两层意义更不容易。巴金写《随想录》时，已经是一个七十多岁的老人，通常来说，人生七十古来稀，活到七十岁是不容易的，尤其在苦难迫害中活到七十多岁，更不容易。人生应该是满足的，但是七十岁以后，还要去重新思考，还要提升自己，还要追求一种对自我的否定之否定，这是很难的。我们活到七十岁，对人生的领悟都已经定型了，剩下的就是考虑日子怎么过得更好而已。那个时候再想想我哪里做得不对，还要去追求完善，追求进步，这很困难。但是巴金还在追求，而且追求得非常痛苦。

有一年，我去看巴老，他拿了一支笔架在手上，他患帕金森氏症，手抖得厉害，拿着笔根本没办法写字。他说他很着急，脑子里想法很多，可是手不听指挥。他很想写下来，可是拿着笔却动不了。他用右手拿着笔，用左手去推右手，推一推，动一动，笔就架在纸上，慢慢画一点。大家想一想，这样写多么困难啊！他也不会用电脑，也不会口述录音，也没有助手，他就是一个人拿着一支笔，把一个一个字画出来。我后来编一本书，是巴金《随想录》的手稿本，当我编这本书的时候，我去各个图书馆把他捐出去的手稿本借出来扫描，却是大失所望。为什么？好多纸上几乎一个字都看不清，近乎白纸。他实在没有力气写字，笔在纸上面划得很轻。那时候没有影印，一般写稿在纸下面衬一张蓝色复写纸，再垫上白纸，上面写的字就透过复写纸印到底下的纸上了，可以用来留底。他捐给图书馆的是复写的，我拿到的可能是下面的复写，字迹基本上看不见。我拿到的是这样的手稿。幸亏有一个松江的民营企业家那里有一种德国进口的字迹显形的仪器，把字迹重新显出来，这样才把手稿保存下来。可以想象，巴老写《随想录》写得非常辛苦。我们会问，既然那么痛苦，既然写不动，那么他为什么要去写？我们可以肯定，他不是为了稿费，也没有人强迫他写。他每次写出来都"惹是非"，因为他写的都是批评社会的内容，凡是被批评的有关人士，都是不开心的，所以他的《随想录》起先也没在大陆报刊上发表，而是在香港《大公报》上连载，由于在香港都受到压力，《大公报》也不能完整登载。他有一篇纪念鲁迅的文章，被《大公报》编辑删了许多，巴金生气了，决定停止《随想录》写作。后来《大公报》的朋友们去道歉，才恢复了专栏。他写了一篇《鹰之歌》，就是说这件事。这篇文章当时没有发表，后来收在集子里面，就是讲他的文章怎么被删掉的。

所以，很多人劝巴金，你年纪这么大了，还写《随想录》干吗，好好养养老、陪陪孙女吧，干嘛写这个呢？但是巴金还是要写，他把它当遗嘱来写的。他既不为名，也不为利，为什么要这样认真，这样痛苦地一个字一个字去写呢？当时很多年轻人也不爱看，香港的一批大学生就发表文章批评巴金，说："巴金年纪这么大了，文章写得这么差，标点符号都不好好用，怎么全是逗号，没有句号呢？"巴金这样写文章多么痛苦，还不被理解，但是他还是在坚持写。《随想录》出版后，他写了一篇合订本新记，说这可能是我的最后一篇文章了，以后"搁笔"不写了。《随想录》的版本有很多，最早是在《大公报》上连载，香港三联书店出单行本，每三十篇就集起来，出版一本薄薄的小册子，一共五本；国内人民文学出版社也给他出了一本本小册子。这样到五卷全部写完，1986年的时候，北京的三联就给他出了这个合订本，巴老是非常喜欢的，编号的，印了很少。这本就是巴老送给我的，编号

32。现在人们都说三十多种《随想录》版本里面,这个本子印得最好,大约是纸张用得好。但是我为了今天为了演讲,翻了翻这本子,很失望,号称这么珍贵的版本,扉页上的照片说明就有两个错别字,前面五页也有很多错别字。北京三联出版社真是非常讲究,纸张据说是过去印毛选的纸张印的,非常高级,可是没有请校对毛选的人去校对《随想录》。

巴金写完这么厚的书,总可以休息了,但是他还是继续在写作。他是写不动了,一篇文章断断续续要写好几个星期。大概一直到1995年,差不多八九年时间,又写了一本书《再思录》,很薄的一本,基本上都是很短的文章,长文章他已经没有力气写了。他晚年的主要工作是整理出版自己过去的作品。除了生病住院,他把自己过去的著作重新修订了一遍,出版了《巴金全集》,26卷,他自己看清样,每看完一本还写了后记,表达自己对这卷内容的感受。接着他又开始编《巴金译文集》,共十卷。每一卷也写了后记,除此以外他零零碎碎还写了很多文章。包括他的好朋友沈从文、曹禺去世了,他都写了一些文章。那个时候,巴老身体已经非常不好了。

我当时正策划一套丛书,叫作《火凤凰文库》,题字也是巴老题字的,1990年代中国已经开始实施社会主义市场经济,出版社不大愿意出版严肃的书,都愿意出版通俗读物。我对巴老说:"我想向您学习,我要搞一个基金会,用这个钱来补贴严肃著作出版。"巴老非常支持。巴老年轻的时候,参与办过文化生活出版社,出版过很多书,他说这非常好,他们当时出书只要出一千本,就赚钱了,那个时候出版社成本很低的,文生社很多编辑都是义务的,他们就这样慢慢把一个出版社搞起来。我就向文生社的前辈们学习,策划了一套《火凤凰文库》,第一本书就想要编巴老的书,他就同意了。我把他在《随想录》后面所写的文章都收录起来,大概十几篇的短文章。编完这本书的时候,我发现太薄了,而且也没有序。巴老以前每本书都喜欢写序,经常是写了一篇感到言犹未尽,再写序二、序三,但那时他住在医院里,患了压缩性骨折,痛得不行,我也不好意思再让巴老写序。我就与巴老的女儿李小林说:"如果巴老同意的话,我就选这部书里面的一篇短文章作为代序"。我没想到,第二天,他女儿李小林就给我打电话了,说:"我爸爸已经写好了"。我大吃一惊,问,怎么写的?她说是由她父亲口述、她记录下来的。我在电话里把这段话记下来,很短一段话,我可以念给大家听——

  躺在病床上,无法拿笔,讲话无声,似乎前途渺茫。听着柴可夫斯基的第四交响乐,想起他的话,他说过:"如果你在自己身上找不到欢乐,你就到人民中去吧,你会相信在苦难的生活中仍然存在着欢乐。"他讲得多好啊!我想到我的读者,这个时候,我要对他们说的,也就是这几句话。

  我再说一次,这并不是最后的话。我相信,我还有机会拿起笔。

1995年1月12日。

这就是一个躺在病床上、肋骨骨折、根本拿不起笔的老人，一口气说了出来、他女儿一句句记录下来的"文章"。更神奇的是，文章里不是引用了一段柴可夫斯基的话吗？李小林不放心，她说，你先记下来，不要发表，我回家去查查原文。第二天小林告诉我，她在书上找到柴可夫斯基的这段话，和巴老说的一模一样，只有一个词有点小出入，"如果"变成了"假如"，意思一样，如果不是高考，一点也没问题，对吧？大家可以体会一下柴可夫斯基的这句话。我想，巴老当年躺在病床上，脑子里一定是反复在想这句话，否则，他不会脱口而出的。如果你已经又老又病，心里充满痛苦，找不到欢乐，你就想想生活在周围的老百姓，他们都在苦难中，他们是有欢乐的。今天我们走出去看到农民工，最苦的人，他们虽然进行繁重的劳动，虽然过着贫穷的生活，可是他们是有欢乐的。不是说天天在酒楼吃海参鱼翅的人才有欢乐，不是说天天去大剧院看芭蕾舞的人有欢乐，我们普通老百姓，也还是有欢乐的。巴老的了不起，就是在这些地方，他的眼睛不是看有钱的人怎么生活，不是想那些小资的生活情调，他脑子里想的是贫困的人，在苦难中挣扎，可是他们的生活是有欢乐的。这让我很受教育，因为一个知识分子往往是看不起老百姓的，哪怕是同情老百姓，也会觉得我们的人民很痛苦，生活得没有任何欢乐。包括鲁迅的小说也是这样，鲁迅是站得很高的人，他看老百姓的生活，觉得老百姓又贫穷、又愚昧，哀其不幸，怒其不争，他会觉得阿Q这些人的生活完全没有意义。但是我们今天的知识分子就变了，包括巴金先生，他就会想到底层、痛苦的人民也是有欢乐的，可能他们的欢乐和我们的不一样，但是要承认，他们是有欢乐的，他们的生活是有价值的，他们的心灵是美好的。柴可夫斯基这句话肯定是巴金在健康的时候读到的，他生病以后，脑子里面会经常想到这句话。我们从这篇很短的序里面可以看到巴金的内心世界，他是怎么样来克制自己的痛苦——他把自己与周围的老百姓来比较。

《再思录》出版的时候，巴金已经可以坐起来了，身上穿了硬塑背心，我带了20本书去看他的时候，他已经坐在椅子上了。当时我请他签字，他也很开心。他拿着一支很粗的笔，架在手的虎口上，手在慢慢移动，笔跟着拖出字来。我们都很开心，就说，巴老您身体不错啊，精神也很好，你看，你不是又写了一本书了吗？你还可以写下去的。你们猜，巴金说了什么？他嘴里突然爆出三个字："三思录。"这本书已经叫作《再思录》了，说明他心里真的还想写下去。当时我们都很高兴，说："您真的可以再写一本，一直写下去"。可是，他真的躺倒了。那时正逢作协要开作代会，上面有指示，还要巴金当作协主席，所以作协就到上海来开主席团会议。那天巴老穿了硬塑背心，硬撑着到了虹桥西郊宾馆，他去了以后，说了两三句话就说不动了，把稿子交给身边的王蒙，由王蒙代读。当天晚上他就血压猛升，昏厥了好几天。因为他是名人，看望他的人很多，过年了，各级领导都去看望，后来他就发烧了，气都透不过来。1999年春节，医生为了帮助他呼吸，就给他做气管切开手术。他本来一直很配合医生的,这次他坚决表示不愿意,他要放弃这个手术。他说:"我活着已经没有意义了,你们就放弃治疗吧"。但是怎么可能呢?就给他做工作。1999年春节,他去做手术的时候对周围的人说:"我从今天开始,就为你们活了"。从此以后,他就再也说不出话,在医院里面整整躺了六年。他晚年活得非常痛苦。

我今天想说的是,当我看到这些书,我好像看到巴老当时是怎么写文章的,一个老人在七八十岁的时候,整个生命的心血,都是通过这两本书留下来的。我在翻这本书的时候,对我来说,这不是书,是生命。一个老人把自己的生命心血倾注在这部书里,成为凝聚起来的生命。巴老为什么要这么写?他就算一个字都不写,他也是巴金,他写过《家》《春》《秋》和很多小说,他的名誉、地位够高了,他是中国作协主席,在文学领域他是最高领导,他还需要什么?还得罪了很多人,引起很多争议。用我们今天市侩眼光来看是得不偿失。但是巴老就是这样坚持写作。当时有很多话,别人不敢说他就说出来了,而且别人即使敢说也没有用,发表不出去,巴老的话却封锁不了,能发表出去。譬如关于"文革"的书籍文章,现在都不能出版,可是巴金说,我们要办一个"文革博物馆",这句话现在大家一直在说着,谁也封杀不了。如果不是巴金,别的人可能都说不出来,可是巴金说出来了,他的威望在那里,人家不好阻止他。从这个意义上来说,《随想录》的价值非常大。1980年代,《随想录》回应了各种思想文化领域的斗争,给1980年代思想领域的进步留了一份非常珍贵的记录,这也是别人做不到的。从客观上来说,从巴金和社会的关系来说,这些书都是很有必要的。

可是我觉得这不是巴金晚年写作最重要的动力,最重要的动力是他内心的冲动,觉得自己内心不得不把这些话说出来,才一定会去做。不是因为社会上需要我说才去说的,重要的一点,是巴金心中有一个巨大的冲动,他心中有一个巨大的问题,我今天把它概括为理想主义。当然,这是指他晚年的理想主义。但是我们今天说理想主义的时候,有些概念是要区分的。一个是理想,一个是理想主义,还有一个是理想主义者,这是不一样的。在我们说理想的时候,内涵没有高低之分。所谓理想,就是一个人对自己未来生活目标的设计。我小时候有一首歌:"我有一个理想,一个美好的理想,等我长大了,要把农民当。"当农民也是理想啊,所以理想没有高低之分。任何一个人都有自己的理想,是对未来生活的设想和目标。但是我们说理想主义的理想,就不是一般的理想了。理想主义的理想主要是精神层面的,某个人一生被精神目标所制约,反过来会影响你的行为,指导你的行为,让你生活得有意义、有价值,我认为是理想主义。我们在讨论理想主义的时候,不要把它和一般的理想混同起来。当我们说一个人是理想主义者,这个理想主义者,和理想主义又有不同。理想主义是指精神层面的一种追求,对生活、行为有指导作用。如果我们说,这个人是理想主义者,就是说,这个人的一生都在为某个精神追求去奋斗。巴金早年当然是个理想主义者，但是我们现在讨论的是巴金晚年的理想主义。

巴金早期的理想主义不是我们今天要讲的内容。他是个无政府主义，英文是Anarchism，这个词翻译得不好，大家都很讨厌，全世界的政府都很讨厌无政府主义。其实这个字在原文里面的意思是"无治"，就是说，没有一个统治阶级来统治，每个人都有自己掌握自己命运的能力，不需要统治阶级来管，或者说是自治。这是国际社会主义运动中的一个思潮，实际上有一点空想，是所谓乌托邦的空想社会主义，没有阶级、没有压迫、没有剥削、没有统治阶级，产品我们自己消费。这个想法很原始，也很迷人。与马克思主义设想的共产主义也有点相通，所以有些无政府主义被称为无政府共产主义。巴金15岁就接触这样一个理想，他一直在追求。从晚清开始到五四运动，这段时期无政府主义思潮影响非常大，陈独秀、李大钊、毛泽东都是接受无政府主义，后来他们才转向马克思列宁主义。在这之前，他们都是相信无政府主义的。到了1920年代末，中国无政府主义运动都被镇压下去了，尤其是1927年国民党北伐统一中国以后，无政府主义就没有立足之地了。Anarchism，我们可以叫作安那其主义。

巴金青年时代去法国留学，那时已经接受了安那其主义。他是一个很热心的人，愿意接受新的思想。我有一次采访他，他说："我不是一个作家，我原来想多做一些实际工作，我作为一个作家是失败的"。我问他说："巴老，您的成就全部是写作，如果不写作，您还能做什么事情呢"？他就笑了，他对我说："我想做实际的工作，我希望对人类更有帮助些。"其实巴金这句话说到了他的根上，他实际上是一个搞社会运动的人，他有自己的理想、政治信仰，但是这已经失败了，他从法国回来以后就找不到了自己的阵营了，他原来的一些同志也都散掉了。当时上海江湾那边有一个自由书店，就是当时安那其主义者出钱办的，专门出版安那其的书籍，巴金就在里面当总编辑。但是很快，自由书店就破产了。有一段时间，巴金还不甘心，还想搞安那其运动，就跟他其他几个好朋友，有一个叫卫惠林，还有一个叫吴克刚，一共有十几个人。1930年，他们跑到杭州西湖租了一条船，开了一个会，要在中国重新搞安那其主义的革命运动。这个会开完后就散掉了，他们没有自己的组织，想编一个杂志，结果编了几期就失败了。从此以后中国就没有安那其运动了。巴金对安那其主义非常怀念，对他们在西湖开的那个会也非常怀念。他的失败感、绝望感，迫使他写小说。巴金是一个有天才的作家，他想做一个安那其主义革命家，没有做成，却无意中做了作家。他经常说，我不是一个作家，我只是心里有感情要宣泄，这个宣泄就成了他的职业，他成为一个著名作家。他写了很多小说，《灭亡》《新生》《爱情的三部曲》，都是写革命活动，后来这些书都被国民党政府禁掉了。他开始转向写自己家庭里的故事，也就是《家》《春》《秋》——《激流三部曲》。这些书让他出了名。巴金写作越有名，内心就越痛苦，因为他本来不想做这个事情，他越痛苦就越宣泄，越宣泄他就越有名，进入这样一个循环。他成为一个著名作家的时候，作为一个安那其主义者的巴金，完全失败了。到了晚年，我去采访他的时候，他就直截了当地说："我是一个失败者，我的专业不是要写作。"但是就这样歪打正着，成就了一个大作家。

我刚才说到西湖的会。巴金到了1938年写了《激流三部曲》的第二本《春》，里面写了一个故事。觉慧走出家庭，到了上海从事安那其运动。觉新有一天收到觉慧的信，信上说："我们过得很好，在外面很有意义，最近，我们还到杭州去了一次。"觉新就觉得很安慰，自己的弟弟在外面生活得很好，他知道他去杭州是从事某一种秘密工作。很多人搞不清楚，以为这秘密工作是共产党地下工作，其实是巴金想象的安那其主义活动，他还是把这件事情写下来了，也就是说，1938年创作《春》的时候，他心里还在想着安那其主义的理想，现实生活中破灭了，他就通过写小说来表达自己的理想。巴金的小说为什么比别人的小说有吸引力？1930年代，很多年轻人读了巴金的书走出家庭，走上反叛、革命的道路。很多人到今天写文章还写这个。我举个例子，最近读了一本书，叫《青青者忆》，作者是杨苡，翻译家，南师大的外文系教授，已经九十多岁了，她写了这样一本书，把巴金曾经给她的五十多封信都编辑出版。她回忆当年是怎么与巴金通信的，她当年也是生活在一个大家庭里，哥哥是很有名的翻译家杨宪益，杨苡是杨宪益的妹妹，她当年十七岁的时候，说心里面有一团火，就是想冲出家庭。她爸爸死得很早，妈妈守寡，把他们带大，特别不愿意他们走出家庭，杨苡就给巴金写信，巴金给她回信，说："你不要这么冒冒失失走出家庭，还是好好读书，读完书再为社会做贡献。"后来她就跑到西南联大去读书，又给巴金写信，当时巴金已经有女朋友了，就把女朋友介绍给她，说："你们都是小孩子，你们多通通信吧。"后来杨苡和巴金太太萧珊就成了好朋友，一直到萧珊在"文革"中被迫害致死。后来她接着写信，巴金给她回信，这样断断续续，有四十多年。在杨苡跟巴老恢复通信的时候，她碰到了当年中学的同班同学，也是个女生，是班上学生运动最积极的人。两个人碰见后说起，发现两个人当年都给巴金写过信。那个同学告诉杨苡说，她写信给巴金，说她要去参加革命，因为她是孤儿。巴金就鼓励她，后来她就跑到延安参加抗日，又给巴金写信，巴金说："你继续走下去吧。"可是在延安整风运动中她被当成特务抓起来了。平反后她的革命情绪一落千丈，说："我以后再也不记日记，再也不乱写信了。"就这样，她平平稳稳当一个普通干部，一直活到八十多岁。到老了，她与杨苡碰上，说自己也曾经给巴金写过信。杨苡让她再给巴金写信，当时她已经八十多岁了，巴金又见了她一次，后来她得癌症去世了。可见，当时和巴金写信的绝对不止一个人，光这个班级里面就有两个女生了。所以巴金吸引别人的，就是他跟别人不一样。重要的是巴金身上有一种强烈的理想因素，尽管理想失败了，信仰也破产了，可是他把对理想的追求写进他的小说里面了，你总会觉得他小说里面的人物和别的人物是不太一样的。

这样一个理想,到了巴金中年以后,慢慢就离开他了。理想总是跟年轻人在一起,当时他四十多岁,功成名就,也结婚了,开始为柴米油盐思考了,他的理想渐渐淡化了。他写了一篇散文《寻梦》——他曾经有一个梦,已经失去了,他还想把它找回来,可是再也找不回来了。我们都看过他1940年代的小说,最有名的是《寒夜》,拍成了很好的电影,但是这里面的理想、激情已经全部没有了。他写一个小人物,很善良,很无奈,生肺病就死了,老婆也离开他了,一点激情都没有。他写完小说,最后一句话是"夜,毕竟太长了"。那个人熬不到天亮就死了。但是1970年代末,这本小说被翻译成法语,在法国出版了,书的腰封上写着:这是一本燃烧着希望的书。巴金恍然大悟,原来读者的理解是不一样的。后来他说到《寒夜》的时候,就说,这本书还是有理想的。《寒夜》大家都看过的,最后是一对夫妇分手了,男的因为穷,还有肺病;太太一方面忍受不了婆婆的唠叨,一方面看到丈夫奄奄一息也没有了激情,她为了保住自己的工作,就跟着银行内迁,从重庆迁到了兰州。银行经理看上她了,一直追她,用今天的话,就是婚外恋。那个女的很痛苦,到底是跟生病的丈夫在一起,还是跟情人去兰州呢?她在很犹豫的时候,让丈夫给她做决定。丈夫偏偏看到了老婆和别的男人在一起,那个男人长得又英俊,身体又好,又有钱,丈夫痛苦了一阵子后,终于让太太离开他。他的想法是:我生病了,我很痛苦,但是我太太是一个自由的人,她为什么要陪着我死?应该让我太太感到幸福,这样我才能幸福。他最后鼓励太太离开他,后来他太太就走了,一年之后男人就死了。等到太太回来的时候,丈夫已经死了。小说里面是有点批判太太的意思,但是在酷爱自由的法国人看来,这个女性勇敢抛弃了疾病、贫穷,走向爱情和幸福,法国和中国的理解是不一样的。就算这样巴金也很开心,觉得自己还是有理想的。但是到了后来,就完全变了。

　　我看到巴金在《再思录》里有一篇文章,是《〈收获〉创刊三十年》,里面写道:其实《收获》创办人不是巴金,是他的好朋友靳以。1956年,靳以提出要编一个大型杂志,贯彻当时提出来的双百方针。中国作协也同意了。可是靳以与巴金商量办杂志的时候,巴金只是点点头,说不出好不好。当时靳以充满热情和理想,可是巴金说他自己一点激情都没有了。文章里这样写:"为了体现双百方针,有人建议让他创办一份纯创作的大型刊物,靳以也想试一试,连刊物的名字也想好了。我没有发表意见,说真话,各种各样的大会小会几乎把我的精力消耗光了,我只盼望多放几天假,让我好好休息。因此我没有参加《收获》的筹备工作。靳以对我谈起一些有关的事情,我也只是点点头,讲不出什么。我答应做一个编委。连我在内,编委一共十三人。我说:'编委就起点顾问的作用吧,用不着多开编委会。'《收获》的编委会果然开得少。"《收获》快出版的时候,靳以找到巴金,说:"还是你跟我合编吧,像以前那样。"巴金想起1930年代他们俩一起编刊物的往事,就同意了。于是《收获》主编就成了两个。但是靳以没过几年就去世了。作家协会以纸张紧张为理由让《收获》停刊。巴金就把它停掉了。他在文章里诚实地告诉读者,即使1956年推行双百方针的时候,他对这个刊物也没有热情,只想多休息,只希望少开会。我相信,这是巴金的心里话。1956年的靳以还满腔热情,对文学事业充满理想,但是巴金已经没有什么理想了。可想而知,巴金心里没有理想,还写了很多歌功颂德的文章,这种文章就是虚伪的。对他而言,绝对不是在理想主义激情下写的,因为他心里没有热情了,他早已经被搞运动、批斗会、表态会等等闹得心惊胆战。他在《随想录》里多次说到,他是在战战兢兢地过日子,只想避开挂在头上的达摩克利斯的宝剑。这是真话。所以,理想主义在1950年代已经离开巴金了。可以确定,他对当时的《收获》是没有热情的。中国作协要把《收获》停掉,他也没有抗争,虽然心里有点难过,但私下里还觉得负担可以轻一点。一个人一旦丧失了理想,他虽然还在写热情洋溢的文章,那就是假话、空话、废话。就好像一个人心里已经没有爱了,可是他还在谈恋爱,"我爱你"这句话从嘴里说出来,连自己也会觉得虚伪。

我又看到一篇文章,是巴金晚年写的《怀念从文》。写到"文革"开始了,1966年,很多作家都受到批判被打倒了。当时官方在举办亚非作家紧急会议,巴金也去了。1966年6月,想象一下,那个时候已经开始混乱了,再过两个月,老舍就跳到太平湖里了。巴金到北京后,有人叮嘱他,不要随便去看望别人。但是他心里却很惦记这些朋友的安危。他说:"六月初到北京开会(亚非作家紧急会议),在机场接我的同志小心嘱咐我'不要出去找任何熟人'。我一方面认为自己已经过关,感到轻松。另一方面因为运动打击面广,又感到恐怖。"巴金这儿写得非常真实,别人都被打倒了,自己还在代表官方接待外宾,以为自己已经过关了。可是"另一方面因为运动打击面广,又感到恐怖"。"在灵魂受到熬煎的漫漫长夜里,我偶尔也想到几个老朋友,希望从友情那里得到一点安慰。可是他们一点消息也没有。我想到了从文,他的温和的笑容明明在我眼前。我对他讲过的那句话'我不怕……我有信仰'。"大家注意,巴金跟沈从文说过无数的话,在这里他特意挑出了这一句话,是当年沈从文和巴金进行争论,沈从文批评巴金,说:"你写的小说整天宣传革命、信仰,有什么意思呢?一个艺术家就好好搞艺术,写点漂亮的文字"。巴金就和他争论:"你是个艺术家,我是个丑八怪,我从来就不当艺术家,我要宣传我的信仰"。他公开发表自己的信,说"我不怕,……我有信仰"。这个信仰当然是指无政府主义。他在"文革"开始后,怀念沈从文时突然想到了这句话,大家都明白,其实他是又一次想起了自己曾经有过的理想。他说:"这句话像铁锤在我的头上敲打,我哪里有信仰?我只有害怕。我哪里还有脸去见他?"当年巴金在沈从文面前大言不惭,说自己有理想有信仰,什么都不怕。但是现在就只有害怕了,有什么脸去跟朋友交代呢?这段话是巴金在1980年代末写的,他是在回忆1960年代的想法,也就是说,"文革"爆发的时候,巴金最后一次讲过:

"我曾经是个有信仰的人,可是现在已经完全没有了。"这就是巴金感到痛心疾首的地方,他是一个有理想、信仰,曾经做过承诺的知识分子。

巴金一生对自己的理想信仰有过两次宣誓般的承诺。第一次是在1920年冬天,他第一次读到克鲁泡特金的《告少年》,讲的是安那其主义的理想,他说:"我把这本小册子放在床头,每夜都拿出来,读了流泪,流过泪又笑。……从这时起,我才开始明白什么是正义。"接着,他又读了一本波兰革命者廖亢夫的剧本《夜未央》,他又说:"这本书给我打开了一个新的眼界。第一次在这另一国度的一代青年为人民争自由谋幸福的斗争里找到了我的梦幻中的英雄,找到了我终生的事业。"这时候,巴金真诚地相信:"只要奋斗,万人享乐的新社会与明天的太阳同升起来,一切的罪恶就会立刻消失。"这是他第一次宣布了他是一个理想主义者,那时候他才16岁。巴金第二次宣誓是在法国,当时有两个非常著名的安那其主义者,是在美国的意大利籍劳工,一个叫萨珂,另一个叫凡宰特。他们都是工人领袖,组织过工人罢工,美国政府以栽赃方式把他们抓起来,捏造了杀人抢劫罪,判处他们死刑。这件事情引起了全世界工人阶级的抗议,包括当时著名的进步人士。这个官司一共打了九年,从1921到1928年,最后还是判了他们死刑。巴金在法国留学的时候,正处在全世界安那其主义者营救这两个工人的高潮之中,巴金给在狱中的凡宰特写了一封信,表示慰问和声援。他只有二十几岁,凡宰特在狱中给巴金回过两封信。这等于是一个英雄偶像给一个粉丝写信,巴金兴奋得不得了。但是没过多久,凡宰特和萨珂都上电刑死了。巴金获得这个消息后简直愤怒得发狂了,他把那一天定为"立誓献身的一瞬间",宣誓要为理想献出自己生命。他把这个"立誓献身"写进了他正在创作的小说里,这就是他的第一部中篇小说《灭亡》,就是为了纪念凡宰特和萨珂。这等于巴金在死者、先烈面前宣誓。

我们可以说,大致上从这两个时间点以后,巴金就成为一个宣过誓言的安那其主义者,一个理想主义者。

但是1950年代以后,他就慢慢失去理想了,到了60年代风雨来临时,他想到自己曾经有理想,但是不得不放弃,后来他就随波逐流了,造反派批判他所谓的罪行,他都承认。所以到了"文革"结束,巴金内心的痛苦不是一般的痛苦,跟普通的知识分子不一样,他曾经是个战士,曾经是个有理想、追求的人,为了保护自己,自己把自己的理想灭掉了。但是到了"文革"之后巴金重新拿起笔的时候,巴金就说:"我心里有债"。就是理想的债,是人生价值的问题。因为你对自己的价值、行为、追求是有过宣誓的,后来做不到也就罢了,但是还不得不侮辱自己的信仰。现在回过头来,良心受到自我谴责,感到痛苦。说白了是对不起自己,而不是别人。可是,这个话,在今天他也不能直截了当说出来,我替他说出来了。

我可以举个例子。《再思录》里面有一篇文章，叫作《西湖之梦》，就是暗示了我刚才讲的巴金到西湖开会的事情。这是1994年，巴金正好90岁，已经很老了，写不动字了，可是这篇文章，是花了两天时间，写了五页纸。他当时在杭州养病，他的小外孙女端端把刚刚印出来的《巴金全集》第23、24两卷新书带到杭州给他看，他就写了这篇文章。这是花了多少精力啊！一个字都有千斤重。他把这篇文章写在《巴金全集》第23卷和24卷两本书的扉页上。怎么写的？他就写到西湖的那一场梦。他说："这一卷是你从上海给我带来，那么我就在这里做我的西湖之梦吧。68年过去了，好像快，又好像慢。我还不曾忘记1930年10月的一个月夜，我坐了小船到'三潭印月'，那是我第一次游西湖。我离开小船走了一圈，的确似梦非梦。"这里说1930年，就是巴金第一次去杭州西湖参加安那其主义运动的会议的时间，到1994年应该是64年，我觉得这里是巴老写错了。"我今天还在怀念我的老友卫惠林伉俪，30年代，他们在俞楼住过一个时期。"卫惠林也是安那其主义者，也是从法国留学回来，巴金的战友，后来是著名的社会学家。我估计那次开会很可能是卫惠林发起的，因为当时他住在杭州，就把巴金等朋友叫到杭州去开会。这也就是巴金在《春》里面说的，觉慧去杭州游览。1994年，也就是巴金90岁的时候，又重新讲了这件事情，他还要写他在西湖做了一个梦，似梦非梦，实际上，他是在怀念当年的运动，当年的理想。这个理想对他来说已经是一个梦了。但是也不是梦，是真的发生过的事情。所以他说似梦非梦。《随想录》里面他也好几次说到了西湖之梦，一共写了三篇。我觉得他说梦，意思是，既是他的理想，也不是他的理想了。

《随想录》里还有一段，说的是烟霞洞，在《又见西湖》里，他这么写的：

  30年代每年春天我和朋友们游西湖，住湖滨小旅馆，常常披着雨衣登山，过烟霞洞，上烟雨楼，站在窗前望湖上，烟雨迷茫，有一种说不出的美。烟霞洞旁有一块用世界语写的墓碑，清明时节我也去扫过墓，后来就找不到它了。这次我知道过烟霞洞下面的石屋洞，步履艰难，我再也无法登山。洞壁上不少佛像全给敲掉了，不用说这是'文化大革命'的成绩。石像毁了，影子还在。

我现在这样读下来，你们听了不一定有什么感觉，以为巴金就是在欣赏风景，怀旧。其实不是的。当年烟霞洞边有埋葬中国无政府主义先驱者刘师复的墓，刘师复是辛亥革命时期的著名革命者，曾经从事暗杀活动，自制炸弹，不谨慎把自己的一条胳膊炸掉了。他又是中国最早的安那其主义者，道德修养非常好。后来生了肺病，医生让他赶快吃肉，不然营养不够，但是师复觉得，天下那么多穷人都吃不起肉，我为什么要吃肉？他给自己立了很多理想主义的戒律，例如坚持不坐轿子，他觉得轿夫很辛苦。也坚持不吃肉。结果才四十几岁就为理想殉身了。他的信徒把他葬在杭州的烟霞山，其实师复的墓现在还在，大约地方偏僻，也没有人注意，墓碑又是用世界语写的，红卫兵也不认得。巴金这段话写得非常委婉,最后表示了"石像毁了,影子还在",不仅暗示了对师复的纪念,还表达了对理想的追怀。

巴金晚年为什么还要写西湖之梦,为什么写烟霞洞敬爱的友人呢?他还念念不忘当年的理想。但是这个理想,对于巴金来说,已经消失了,政治上的理想早已经没有了,但他还想把理想坚守在伦理的范畴里。安那其主义的这一批人,前提就是不要统治。我们就要问了,人不要统治,还得了吗?人就是要被管理的。一个国家如果没有统治,那不是无法无天乱七八糟吗?所以我们常常把混乱状态归之于无政府状态。但是这是对安那其的最大误解。真正的安那其主义者不是这么认为的。他们有一个哲学理论的,他们相信人是美好的,每个人的人性本质是有道德的,只是在私有制的社会里被追求金钱、无限的占有欲望等等扼杀了。提出这个理论的,就是巴金最崇拜的俄罗斯安那其主义理论家克鲁泡特金。他首先是一位杰出的科学家,在地理学、生物学都发表过重要科研成果。他批判达尔文的进化论。达尔文的理论就是生命是从低级向高级进化,怎样进化?为什么有的物种进化了,有的被淘汰了呢?达尔文认为是弱肉强食,优胜劣汰。而克鲁泡特金不完全同意这个说法。他认为,动物确实是在竞争中发展的,但是强大的动物是不是一定会消灭弱小动物呢?不一定。克鲁泡特金提出一个理论,说:"凡是进化的物种,一定是团结的互助的。凡是群居的动物,虽然弱小,但是会慢慢发展的,但是单个的动物,都往往会被淘汰。例如各种候鸟,虽然很辛苦,总是迁徙,但是因为是群居的,它不会被自然淘汰。"他以此揭示人类现象,认为人类在进化和发展过程中其重要作用的就是人类具有互助的本性。而互助也是人性的道德本能,也就是伦理学。

我是认同克鲁泡特金这一观点的。人性第一个本能就是互助,也可以说是一种"爱"。爱是人与人之间发生的感情,包括母爱、异性爱、同性爱等等。爱是发散出去的生命本能现象。互助也是人与人之间发散出去的感情需要。我们人类生活在这个世界上,不是单独的生存,人与动物不一样的地方,就是他生出来不能走路,不能求食,需要很多天,才能慢慢学会走路,独立生活。这就需要别人的帮助,所以这是人类的本能。没有帮助人就活不了。所以人的生命一旦出世,就有互助的本能。这是人性的第一特征,母爱是第一个互助行为。接下去就有兄弟姊妹之间的互助、同伴之间的互助,社会的互助等等,慢慢建立了人类社会。克鲁泡特金为这个思想专门写了一部书,叫作《互助论》。他从考察很多生物出发,描绘了从动物到人的演变过程。接着他又写了一本很厚的著作,叫作《伦理学的起源和发展》,认为伦理学不是一种外在规定人类行为道德的法律,而是人的生命现象,是从人性本身自然流露出来的。因为互助是人类本身的生命需要。我们今天之所以看不到,是因为现代社会发生了人性异化,把人性中美好的本能遮蔽了。

安那其主义还认为生命伦理学还有两个本能。第二个本能是正义感,人都有倾向正义的本能;我用通俗的话说,正义感的本质就是同情心。恻隐之心人皆有之。任何生命都会有同情心,例如,一个老人摔跤了,你一定会去扶他;一个人遇到了困难,总希望有人同情有人帮助。人和人之间一定有正义感存在。第三个本能是分享,克鲁泡特金说的是自我牺牲,就有点说大了。这"分享"在今天来说,太重要了。什么是爱?有没有爱?你是不是爱上了对方?很简单,看你有没有想为他做事?当你爱上对方,就要千方百计地让对方高兴,你就会为他做各种事情,你愿意多为对方做事情,那就是爱上他了。当然爱是有很多层次的,这里暂且不谈。爱一定是一种想为别人做贡献的愿望,甚至可以把自己最重要的东西献给他,这就是爱。我说的不一定是男女爱情,也可以是爱事业,爱学校等等。所有的爱,都是自我牺牲。这个牺牲做大了,就是把生命献出来。这个爱在安那其主义伦理学里就解释为生命本能。法国有一个哲学家叫居友,他把这种爱的发散称作为"生命的开花"。这也是巴金所信奉的人生哲学。

  我觉得巴金信仰的这个东西,是安那其主义的宗教。巴金是不相信神的,但是他坚定地相信人。这个人是全体的人,人人的内心都是一样的,都有这样的分享愿望。之所以现实社会上有许多坏的现象,在安那其主义者看来,就是因为私有制度引导了对财富的争夺,受到私有观念的支配。如果每个人都认识到自己的生命本能是爱、同情和分享的,(或者说是互助、正义和自我牺牲的伦理本能),把自己从坏的社会环境中分离出来,回归自我,坚持做好人,按照自己的良心去行动,那么社会也就会慢慢变好。其实这个观念虽然有乌托邦的成分,但是即使在今天也是有意义的。不仅没有过时,而且更重要了。我们在座的每一个人,还有我们走到街上碰到的每一个人,都是好人,心灵中都有美好的东西,只是没有在你面前表现出来,唯利是图的社会环境把这些美好本能遮蔽了。巴金在《随想录》中反反复复说这个观点,美好的东西,就是生命的开花。我们的生命都是一朵花,当花开出来的时候,都是最美好的时候。当我们阅读巴金《随想录》,他的很多篇随想都是在讨论这个问题,他思考自己为什么在"文革"期间不能识别极"左"路线,不敢与之斗争。就是因为违背自己原来的理想,没有做到生命的开花。《随想录》里有一篇文章,叫作《怀念非英兄》,写了他的一个朋友叶非英,巴金曾经很崇拜他,年轻的时候,巴金称他是"我们的耶稣",叶非英也信仰无政府主义,他一生都是为别人做好事,勤勤恳恳工作。这个人在1957年被打成"极右",罪名是他印过巴金写的无政府主义的书。他是个中学老师,把那些书印出来给学生看的,就被打成历史反革命,送到劳教场去劳改。他身无分文,所有的钱都花在学生身上,睡得是破被子,也没有结过婚。劳改的时候还拼命劳动。同劳改的人劝他:"粮食不够,吃不饱,身体虚弱,你还这么卖力气去劳动,不怕送老命么?"叶非英就说:"死了,就算了。"后来果然就病死在劳改场。劳动成了叶非英的生命本能,这就是生命的开花。哪怕他被送去劳改做苦工,他的价值也比一些吃吃喝喝无所事事的人要高要可贵。这样的人也痛苦，可是他的心是非常平静的，任何一个时刻，他都在奉献他自己。叶非英死了也没人关心，没人给他平凡，因为他没有家属。"文革"过后很多年，他的几个朋友才给他平了反。巴金写了这篇文章，最后写到说，这个人才是理想主义者。腰缠万贯，百万富翁，捐一些钱给福利院，有人就说是理想主义者，当然这也是一种理想。但是真正的理想主义者，就像耶稣一样，是一无所有的人，却在普度众生，拯救世界。我觉得巴金自己虽然没做到，但是他在他的朋友身上看到了这样黄金般高贵的心。

巴金晚年之所以有这样的力量支撑着他的写作，是与他的心中有理想信念支撑分不开的。我们没有这个信念，就无法理解他的内心深处。巴金晚年身体非常不好，但是他活得真是非常智慧，用各种方法把自己的内心话讲了出来。巴金就是要把心中最重要的东西讲出来，但是他偏偏生活在一个不能讲真话的时代，只能用这样的方式把自己曲曲折折内心的感情和思想讲出来。我想探讨的就是这样的问题。

重读《平凡的世界》

□ 白 烨

今天,我主要讲讲路遥创作《平凡的世界》的前前后后,以及这个作品出来之后为什么会引起持续不断的阅读热潮与广泛影响,而我们应该怎么看待这样一个现象,以及这个作品在我看来对今天的年轻读者到底有什么意义。

有备而来的集大成式书写

路遥在写作《平凡的世界》之前,还写过一部中篇小说《人生》,而《人生》对路遥而言是具有转折性的。《人生》这部作品发表之后反响很大,尤其是张艺谋又据此改编和拍摄了电影《人生》,使得作品的影响广及文坛内外。

《人生》取得了巨大的成功,路遥说他也由此开始找到了自己。在此之前路遥小有影响的作品有《惊心动魄的一幕》,还有《在困难的日子里》。这些作品从某种意义上讲,都带有自传性,或者叫半自传色彩,这跟他的经历是密切相关的。当然《人生》也跟他的经历相关,但是比较而言,这个作品由高加林的个人成长入手,写他人生抉择的犹豫不决:是回乡下还是走出去?回乡有回乡的理由,走出去有走出去的道理。整个作品写了高加林——一个农村青年知识分子——在成长期间的从个人情感到人生抉择的困惑。我认为,这个作品成功就在于,路遥没有把高加林遇到的难题完全想清楚,他把自己的犹疑与困惑都一股脑儿表现了出来,把很多困惑也甩给了读者,让读者看了以后也有一种放不下的感觉,跟着作品里的高加林一起思考和寻索。这个作品成功之后,很多人都说:"你应该继续探掘,再写续集。"正是他在准备写续集的过程中,产生了更大的想法,才生发出了写《平凡的世界》的更大规划。

《平凡的世界》的书名开始时的构思叫《走向大世界》,这是他的一个总体想法。他为了写作这个作品,先后做了很多深入生活的准备,以及多种调研工作,包括到陕北农村重温乡下生活,到一些企业和煤矿去了解情况,他还花了很多时间去翻作品涉及的时间段的报纸,从《陕西日报》《人民日报》到《光明日报》等等,做了很多案头工作。他有个弟弟,很像《平凡的世界》里的少平,他约着弟弟到了兰州,花了大概半个月的时间,闷在一个宾馆里做这部书的结构策划。大纲搞出来之后,便开始进行写作,三部书分别写于不同的地方。第一部是在铜川附近的陈家沟煤矿写的,写得非常费劲,因为设计的人物和涉及的生活面很多、很广,第一部都要登场亮相,初步展开故事线索,所以至关重要。第一部大概写了有将近一年,过程很是辛苦。

他烟瘾比较大,为了使写作不致中断,他把一条烟都撕开、散开,把烟散放在窗台上、床上、桌子上、地上,以便烟瘾来了随手拈来。他在桌子上奋笔疾书的时候,写好的稿纸不断从桌子上往地上掉,到最后满地都是稿纸,去收拾的时候,还剩了最后几页,但人趴在地上起都起不来了。他那种强力投入、超能付出,确实是一般人所做不到的。而且有时候他在屋子里一闷就是好几天,连轴转的日子使自己都不知道是天黑还是天亮。所以第一部虽然写得异常辛苦,但写完之后自然异常兴奋,因为这种兴奋,包含了解脱,也包含了愉悦,只有作家本人才能理解。

写完《平凡的世界》第一部,第二部和第三部应该怎样去写,他心里就有底了。第二部是在延安南边的甘泉县写的。那时天气已经凉了,长期伏案握笔写作让他的整个手都僵住了,捏不住笔了,笔不停从手上往下掉。他没有别的办法,就弄来温开水泡手,让筋骨活动开来,泡开之后再继续写……就这样坚持不懈,他在甘泉写完了第二部。完成之后他当然更兴奋了,因为离终点只剩一部。可是第二部写完之后,精神与体力都付出太多,他有一种被掏空的感觉,体力完全不支了。这个时候他的身体其实就出了问题,会经常出现咳嗽、吐血。但他自己有一种紧迫的意识,就是一定要在40岁之前把三部曲完成。这时候中央人民广播电台也已经把第一部播完了,需要播出第二部,所以一直在催他。他在写完之后,又进行了一番整理,就立马从陕北经由山西去北京,把完成的稿子送了去。

大概休息了有半年左右的时间,路遥又到榆林开始第三部的写作。这个时候他的身体已亮了红灯,经常感冒发烧,他一边写作,一边去医院打针吃药,就这样断断续续地完成了第三部。我觉得他的第三部是在身体严重有病的情况下抢出来的、拼出来的,他这个时候的癌症已经很厉害了。所以他三部书写完之后,完全疲惫不堪,整个人都脱相了。他跟我说他那个时候什么事都不想干,一篇纸都不想看。我们想想,三部作品完全靠手写,拿手抄,一遍又一遍,三部写一遍就将近100万字,再抄一遍就是200万字。这个工作强度和工作量确实是难以想象的。结果就是他把三部书写完后,整个人完全被掏空了,那个时候他只想坐到陕西省作协门口的大院子里,坐在藤椅上看作协门外建国路上人来人往,像一个无所事事的闲人,甚至像一个痴痴呆呆的傻瓜,整个人完全变样了。

自传式表达的创新

《平凡的世界》的三部作品,是路遥倾其一生的写作成果,他把自己的所有积蓄,包括艺术准备、生活储备、很多现实状况的调研、别人经历的采写、资料与史料整理等,全都融入了其中。从这个意义上讲,他确实是有备而来。

但说实话,因为他的写法相对传统,而当时文学界的人们又在更新观念,所以,作品在一开始并不为圈子里看好。我自己也是这样。记得第一部出版后我们在北京陕西驻京办开研讨会印象中是个雪天,我骑着自行车出去开会,一开始雪还不大,到半道上后雪越来越大,自行车骑不成了,我推着车子赶到了会场。我看了第一部,写法平铺直叙,叙事平淡无奇,印象并不怎么好,觉得从第一部来看,没有超过《人生》。我不是很满意,我觉得像这种写法,还要写出三部来,着实很难让人看好。但是我又不好在会上表达我的侧重于批评的意见,所以在研讨会上,只是听别人发言,自己一言未发。会后,我给路遥写了封信,我说:"你《平凡的世界》第一部我觉得太平了,感觉没有《人生》好,我觉得你应该在《人生》的基础上继续掘进,而不是平面推进。"路遥看了以后给我回了封信,说:"你说的这些问题在这一部可能是存在的,但是我希望你耐下性子再看第二部、第三部。"第二部、第三部相继出来之后我马上就看了,看完以后我有些意外,意外在哪儿?在于主要的人物显示出了精神的深度,主干故事体现出连环的冲突,整个趋势是在节节登高,不断向上,这确实很令人吃惊。通常作家们写三部曲,都是由高到低,而他是从下往上,完全是一个逆袭的方式和效果。因此,我很激动和兴奋,连续写了两篇文章评论《平凡的世界》。

我在其中一篇文章里谈了这样一个感觉,就是在看《平凡的世界》的时候,作品里不断会蹦出来"我们"这个概念。我觉得这个比较突出,也比较少见,在《平凡的世界》中,许多时候都会出现"我们",写景时有,"在我们亲爱的大地上,有多少朴素的花朵在默默地开放在山野地里";叙事时有,"一刹那间,我们的润叶像换了另外一个人";议论时也有,"在我们短促而又漫长的一生中,我们在苦苦地寻找人生的幸福,可幸福也往往与我们失之交臂"。这个重复出现的"我们",对于路遥来讲不仅是一个重要的概念,而且是一个潜在的立场。路遥通过"我们"这个关键词的用法,在告诉我们他不是一个人在写作,他是代表了一群人、一层人,至少在他自己来看,他是代表了很多人在写作的。同时"我们"

还有一个意义,他通过这个"我们"把你自然而然地带进去,把你拉到跟他一个阵营里头,跟着他一起进入他所描写的情境。所以我觉得这个"我们",并不是普通的、随意的,或者看似普通并不普通,看似随意并不随意,甚至某种意义上也显示了他在写作中仍然带有半自传性的些许特征。作者叙事里的"我们"这种方式,在路遥之后就基本没有了。所以,我觉得这个现象非常值得我们去研究和思考。

后来路遥给我回了封信,兴奋之情也溢于言表。他说:"你这篇文章解读了我写作中的很多心里密码,我能预感到文学评论的某个时期将会是白烨的时期。"这当然是好朋友之间的客气话,不必太当真。

《平凡的世界》出来之后,从文学评论界来看是毁誉参半的,直接批评的并没有很多,但是不喜欢的人相当不少,当然在读者中是受到普遍欢迎的。这个作品在广播电台播出之后,在读者中影响之大超出想象,播完了之后,很多听众是从半截听的,没有听全,要求再从头再播。有些听了一遍还想再听第二遍,电台只好又重新再播。这样的反响与影响确实是超出想象的。

但是《平凡的世界》在文学圈子里并不为人们所看好,这一方面是因为作者采用了传统现实主义的写法,另一方面是因为第一部确实读来平平,有些人看了之后没有继续往下看。起初,一些编辑不喜欢《平凡的世界》,谢绝出版,所以这个作品走了好几家出版社,一直难以落实出版。这个作品最终是由中国文联出版社出版的,当时的一个女编辑去往西安组稿,本来想组贾平凹的稿子,贾平凹的稿子被作家出版社拿走了。于是女编辑找了路遥,拿到了《平凡的世界》书稿,看了以后,觉得不错,就安排出版了。其实路遥当时瞄准的是人民文学出版社,但《当代》的一位编辑看了书稿很不喜欢,就给退了,后来是在广州的《花城》杂志上发的。

现在总有人回过头去反问,那个时候为什么这么多人不喜欢《平凡的世界》?还说《平凡的世界》这么受欢迎,今天回过头来看,这些人是不是应该自责。在这个问题上,我有自己的不同看法,我觉得这个作品,出现于八十年代中后期,确实情况比较特殊。一部作品有人喜欢,有人不喜欢,都是允许的、可以理解的,而且从客观上讲,文学批评跟文学阅读有时候它并不完全同步,有时出现判断相互错位的情形也是正常现象。因为文学的理论批评有时候更注重突破、关注创新,尤其有一些评论家,如果他自己也处在上升时期的话,那种突破的探索作品,更能借以表达他自己的求新努力。所以由于这种原因,《平凡的世界》被批评了或被冷落了,我觉得都是可以理解的。

朱蔡雷白同贺的"意外"

《平凡的世界》获得茅奖，是令人颇感意外的。这个作品在文学圈并不被看好，当时的茅奖评委在一开始的作品遴选中，也并不十分推崇《平凡的世界》。当时文学界内部还有左与右的不同派系，两边都在竭力推荐自己看好的作品，但相互之间并不认同，达不成共识，只好在此之外再找别的作品，《平凡的世界》不属于任何一派，而且也是现实题材，大家再拿来认真一看，觉得确实不错，最后就获奖了。

在评奖之前，路遥给我打了招呼，要适当关注一下。我给所里的两位评委朱寨和蔡葵分别打了招呼，他们也看好《平凡的世界》。一开始我得到的消息是，评选讨论中并不靠前，几乎看不到什么希望，到后来他又说非常有戏，因为那两派推的作品都上不去了，必须要找别的作品，所以《平凡的世界》进入了视野，并最终投上了。评委们投完票之后，先是蔡葵从会场上溜出来给我打电话，他说："白烨，《平凡的世界》已经投上了，而且是排名还很靠前。"意思就是《平凡的世界》在参评的五部作品中大概排名第二，我当时听了很兴奋，说："那太好了，太好了！"过了一会儿，评委朱寨又打来电话，说《平凡的世界》评上了。我问他不会再有什么变化了吧，他说应该不会。最后要再报送中宣部批准，没有特殊情况不会不批。我说："我能不能告诉路遥？"他说："应该可以吧。"我说："那好！"然后我就立马骑上自行车到地安门邮局给路遥发电报。到邮局的时候我想，评是评上了，但又没正式宣布，怎么说呢，我就琢磨了一番，想到既要让他知道评上了，还要留点余地。然后我就想了八个字"大作获奖，已成定局"。然后又想怎么署名呢，朱寨很关注，蔡葵也帮了忙，雷达也很关心，我就用以姓带名的方式，署了一个"朱蔡雷白同贺"。这个电报在接近中午时分发走，大概当天下午电报就到了陕西作协。那个时候也奇怪了，路遥在家里待不住，总觉得心里有事，就想到外头走一走、看一看。他到作协门口，看见信插里正有一封电报，他觉得说不定跟自己有关，急忙把电报拿来，一看，就是我打给他的，上边是清清楚楚的"大作获奖，已成定局"八个字。这时候他异常激动，非常兴奋，因为这完全超出他的意料。这时候他要急于与人分享这份喜悦，但此时的陕西作协，没有人影，鸦雀无声。他后来就回到家里头，独自享受这份特殊的喜悦。

后来他到北京来领奖，到了以后给我打来电话。我便约了雷达，去他下榻的华都饭店看他。三个西北人，不坐床、不坐沙发，就在地毯上席地而坐，畅畅快快地聊开了。那时候茅奖的奖金不像现在这么多，奖金就5000块钱。路遥说："这么多人帮了忙，咱们这样，除了陕西老乡，还有帮了忙的咱们请到一起吃个饭。"后来我们在前门那边找了一个饭馆吃饭，吃饭的时候一桌吃成两桌，两桌吃成三桌，最后5000块钱奖金就在北京一顿饭吃完了。

我记不得是事前事后,路遥给我的信里头有一句话说:"北京那地方我也没什么熟人,有些事就靠你给我活动。"这个信在《路遥传》里头发出了,发了以后有个记者就来找我,问我:"白老师,这个'活动'什么意思?"我说"活动"就是一个客气的说法,没有什么情况,他说:"白老师,是不是有什么活动经费?或者说路遥给你一些钱,你拿着去找评委活动,把这个奖活动下来了。"我当时一听,觉得既好笑又好气,我说这完全是你自己的主观臆想,或者是拿你今天的状态推测过去,那个时候奖金才5000块钱,个人能有什么钱?就是帮忙联系和找人说话的另一个说法而已。

所以,《平凡的世界》获奖,对路遥来讲是一个意外的收获,也是一个最好的评价。他假若没有获得茅奖,而时隔20多年,作品不胫而走,那么多人阅读,我觉得会对茅奖构成绝大的反讽。所以我觉得,几届茅奖虽然评得不尽如人意,有时经常"遗珠",但总体来看,还是评出了一些好作品。比如,把《平凡的世界》评上了,把《白鹿原》评上了,还有一个是把莫言评上了。如果这几个人都与茅奖擦肩而过,评不上奖,我觉得茅奖就很成问题了。

作品长销的几点启示

二十世纪九十年代以来,《平凡的世界》先是在人民文学出版社出版,后来在北京十月文艺出版社出版,几乎年年都印,一直畅销不衰。在每年的出版销售排行榜上,都能排进前十名,对一部三卷本来说这个是非常难得的。据知,大致每年都会销售20万册左右,这个量非常大。我们做过一些文学作品在学校图书馆借阅的调查,它在学校图书馆当代小说的借阅里排名第一。我们还会有一些网上文学阅读调查,让大家说出自己最喜爱的作家作品,在这些调查中,《平凡的世界》往往是排在前三的。所有这些都说明一个问题,《平凡的世界》这部作品20多年来一直是备受大家欢迎的。为什么会这样,我想大概有这么几个原因。

在文学创作中,从作者投入的角度看,如同鲁迅所讲的那样,从血管里流出来的都是血,从水管里流出来的都是水。现在的文学创作,现在的文学作者,可以说有卖血的,也有卖水的。而路遥无疑是卖血的,甚至把命都搭上了。从这方面讲,路遥确实跟别的作家不一样。比如我们有时候经常接触的一些作家,他们习惯于把小日子过好了,把小家庭弄好了,然后再谈文学,再说写作。而路遥与此完全不同,他视文学为生命,所以他把他自己所有的东西全部倾注在这个作品里,包括他自己的经历、自己的想象,他的情绪、意愿。而且,他重视人物刻画,重视人物的性格情操与精神含量,他作品里的人物,今天看来都堪称当代文学人物画廊的人物典型。这应该是路遥的作品比较受欢迎的一个内在的原因。

比如《平凡的世界》里的两个主人公——少安、少平，他们的青春成长，始终与社会环境紧密勾连，时代与人物一直在相互影响和彼此互动。比如"文革"时期的政治对人的种种约束，改革开放之后的形势对于人性解放的内在促动，都让你觉着符合历史的真实。还有，路遥的作品让你看了以后，或者深有触动，或者若有所思，你几乎很难轻松下来，人生的艰难，总与人心的两难相随相伴。他就是不断地给你制造困局与苦难，而正是这种困难，才让人们看到这些人物的成长进步是多么的不易、多么的难能。为什么他的书很多人都喜欢，因为确实有励志的功能，尤其有一定乡村背景的青年，大家看了以后都会自己反观自己、反思自己，同时能从里头吸取到营养，汲取到力量，这是他作品卓有感染力的非常重要的一个原因。

另外就是路遥作品里还有一些或隐或显的批判意义。比如《平凡的世界》里，主要写年轻人理想的难以实现，人生的难以顺遂。那么我们反过来看，我们的社会生活，我们的社会环境，我们的社会氛围，是不是应该给他们提供一个更适合于他们发展的，更符合他们能够实现中国梦的这样一种环境和氛围呢？是不是我们的条条框框太多，对于个体的人的关注不够，对于人的价值重视不够呢？在这些方面，路遥的作品都会引起我们的反思与寻索，值得人们仔细品味和深加回味。

还有一点，是我觉得现实主义写法仍然有它长久的生命力。从我们文学评论和文学研究上讲，现实主义一直在说，时间长了总觉得这个词被说滥了，说俗了，不愿再多提了。但事实上，从文学阅读上看，现实主义一类作品更受广大读者的欢迎，所以我在想，我们从整个国家的文化国情上讲，也可能更适合现实主义，更需要现实主义。比如我们的文学阅读写作习惯，都是比较务实的、载道的，而这样的文化传统用现实主义手法来表现更为合适。所以我觉得，现实主义手法从文学批评上讲，有时候不会给它更高的评价，但是事实上它在文学写作和阅读上是广受欢迎的。路遥的现实主义也有他的变化，在这一方面，深入的探讨与细致的研究还显得很不够，我觉得我们确实还有许多工作要做。

先锋文学如何讲述历史
——从革命叙事到先锋文学的一个线索

□张清华

一

今天这个讲坛叫作"重返经典",而我要跟大家讨论的,是"文学或小说如何讲述历史"的问题,这肯定要涉及几个关键词。首先是经典。经典是什么呢?简单地讲,就是被反复阅读的文本。被反复阅读一定是有原因的,所以历史上的经典分为两种,一种是因为在思想和艺术上不朽,所以才成为了经典;还有一种是因为它非常重要,它在艺术上也许不见得那么完美,在思想上也不见得很高明,但它很重要。比如说今年,2016 年我们称之为新诗诞生一百周年,那么依据是什么呢,就是胡适最早的《尝试集》中的几首诗,他自己标注是写于民国五年,民国五年就是 1917 年。这些诗在我们今天看来已经显得很幼稚了,但这并不妨碍它是经典,因为它是最早的新诗,所以它是很重要的东西。所以,历史上有两种文本,一种是因为它非常杰出,一种是因为它非常重要,所以我们会不断地返回这样两种文本。"重返经典"这个名字起得非常之好。而经典还有一个"历史范畴"是必须要说明的,即经典是有尺度的,假如我们用一千年做尺度,那么中国文学史留下来的东西就比较少了,只剩了屈原、李白、杜甫这样一些人。如果用一百年做尺度,就会有更多的经典出现,我们把整个唐代的文学分为初唐、盛唐、中唐、晚唐四个时代,每个时代都群星灿烂,这就是一个尺度的问题。新文学诞生了一百年,这个一百年给了我们一个尺度,有些很重要的东西、很杰出的东西就开始水落石出了。但是这里面情况又非常复杂,哪些东西是经典,需要我们在不同的范畴和尺度下进行讨论。

今天我要回顾的是先锋小说。什么是"先锋小说",想必大家清楚,指的是 20 世纪 80

年代后期到90年代中期,历时将近十年的——用修辞感比较强的说法来形容,就是一场生气勃勃波澜壮阔的文学运动。在这场运动中出现了几个波次的作家。首先我们会把先锋小说理解成一个狭义的概念,指的是1987年崛起的余华、格非、苏童等作家,扩大一下还有孙甘露、叶兆言、北村等人,这个说法大概已经"历史化"了。1988年《钟山》杂志和《文学评论》在江苏联合召开了一个会,提出了"先锋派"这个概念,这是一个很重要的命名,我们今天谈论先锋小说应该从这里开始。但再广义一点,即从文学史的角度,比较学术化地、准确地来理解这场文学运动或者这个文学现象的完整性,那么它还可以上溯到1985年。1985年是中国文学变革的一个重要年份,这一年出现了很多重要作家和文本,比如说莫言、扎西达娃、马原、刘索拉、残雪等一批作家,这一批作家风格各异,但是他们共同构成了一个重要景观,与之前的文学有了根本的不同,我们后来将其称为"新潮小说"。同时,还有一个和它相关的,我们称为连体双胞胎的现象——"寻根文学"。寻根文学的思想倾向是试图到中国传统文化当中,去寻找有利于那个时候的文化重建的、文化的"源头活水"的文学,在写法上也比较新,像韩少功的写法,也可以广义地看成"新潮小说"的写作范畴,另外,像马原和扎西达娃写的是西藏题材的小说,本身也具有文化寻根的性质,所以说他们的作品可谓既是新潮小说,又是寻根小说。这表明寻根小说和新潮小说是一对连体的双胞胎。这是我们的一个基本的划界,什么是先锋小说——大致就是指1985年、1987年先后崛起的两个波次的作家,他们在这个时期和稍后,一直延续到90年代中期创作的一批作品。因为在思想与艺术、形式与内容上具有共同的变革与颠覆的性质,所以我们把它们叫作"先锋小说"。这是一个概念的说明。

讲述历史是先锋小说非常重要的一个方向。我粗略合算了一下,先锋小说中大概有三分之一以上的作品可以划归到"新历史叙事"之中,是一种比较新的历史小说。我稍后还将对这个概念做简单的梳理。我们为什么会将新历史小说看作是一个新现象?这就要再返回历史来对照讨论。

我们先回到"革命叙事",即比新潮小说和先锋小说更早的一种典范的历史小说,即革命历史小说,大家可能了解或者看过一些,或许会在艺术上认为它并不完美,存在着种种问题,但这没关系,不影响它们依旧是重要的文本,所以有所谓"红色经典"的说法。简单地说,革命历史小说所遵从的讲述历史的方式,是一种"进步论"的讨论方式。进步论来自哪里?稍加梳理会发现,革命叙事来源于"现代性的话语",而现代性的话语出自黑格尔的哲学。在黑格尔之前,人类历史的各种表述,也有时间谱系的总体化,但是很少或者没有赋予其历史叙事以一种逻辑,即进步论的逻辑,只有从黑格尔开始,进步论才变成了历史叙事中的一个内在要求。所以我建议各位如果有时间可以找黑格尔的《历史哲学》和《精神现象学》去读一下,你就会知道我们今天的革命话语是从哪里来的。我曾经在课堂上给学生们念过一段《精神现象学》当中的话,一开始我没有说这是谁的话,念完以后问大家,同学们都认为是我们的领导人在政府工作报告里的话语,最后我说,这是黑格尔的话,大家觉得很吃惊。因为他大量使用了"新时期""光明""胜利""旧世界的坍塌""新世界的形相"等等这样的词语。这就找到了革命话语的源泉所在。这种进步论逻辑后来又加上1850年代达尔文的"生物进化理论"的推动。达尔文的进化论从科学的角度证明了自然界的进步论,黑格尔原来是从哲学和社会历史的角度提出了这种学说,后来得到了自然科学界进化论理论的支持。

我们知道这种理论很快就进入到中国,最早接受进步论思想的是谁呢?是林则徐,稍后是魏源。林则徐最初编纂了一个很粗糙的《四洲志》,后来魏源将其进一步地梳理改写,丰富为《海国图志》,这和黑格尔说的"近代历史的一个巨变"是一致的,就是从"地理大发现"中引发了一种关于历史的思想变革。地理大发现本来是一个空间上的拓展,但是因为澳洲和其他新大陆的发现,科学家发现了在生物界的一个普遍联系性,并把这个空间的横向谱系时间化了。比如达尔文在澳洲发现了一种奇怪的动物——鸭嘴兽,这个鸭嘴兽既是禽类又是哺乳类,它的繁殖方式,首先是产蛋,即卵生,但从蛋里孵出来后,母体中还分泌奶水,小鸭嘴兽又需要哺乳来生长。显然这是一种边缘动物,而动物学家从这种现象中就可以获得启示,将其解释为是漫长进化过程中的一个中间地带。这是典型的把空间意义上的不同和差异性进行时间化,将其连续化变成一个进步论逻辑的例子。

近代中国最初的现代性话语也是这样产生的,例子就是《海国图志》和更早的《四洲志》。两部书讲述的都是世界地理,只有出现了世界地理的视野,我们作为中央大国的幻觉才被颠覆了,原来我们中国人认为自己是世界的中央,周围都是"蛮夷",哪知西方人将我们看作"东方",而且将我们叫作"远东",即"最遥远的东方",我们就被"他者"化了,以前我们把别人他者化,现在又被别人他者化。而且我们知道欧洲已经出现了发达工业,他们已经走上了工业化的道路。所以,西方人是带着鸦片和坚船利炮最终敲开了我们的大门,所以我们的现代化进程,是被动地接受的,而不是我们内部自动产生的逻辑。但是中国的有识之士、知识分子,从这样的关系当中,从地理的关系当中接受了进步论的逻辑。所以,严复在《天演论》中就明确提出了"宗天演之术,而大阐人伦治化之事",什么意思呢?就是要用进化论的逻辑来推动社会变革。这是中国的进步论、现代性话语的一个简单的来历。那我们再来看西方,马克思主义是从哪儿来的?我们都知道它是从黑格尔的历史哲学和辩证唯物主义思想这儿来的,那么,马克思主义把黑格尔的进步论进一步细化为人类历史是一个从低级形态到高级形态逐渐发展的一个过程,我们从小学习辩证唯物主义和历史唯物主义常识,就知道人类社会是从原始社会、奴隶社会、资本主义社会、社会主义社会到共产主义社会,这样一个逐渐的演变过程,从过去走向今天,然后又经由今天走向未来,所以,我们领导人讲话永远是"明天会更加美好"。我们知道,之前的浪漫主义诗人也是这样的,雪莱的《西风颂》里面有一个非常有名的诗句,叫"冬天来了,春天还会远吗",可是按照我们中国人的逻辑,春天来了那又怎么样呢?南唐后主李煜的词是怎么写的?"林花谢了春红,太匆匆,无奈朝来寒雨晚来风。胭脂泪,相留醉,几时重,自是人生长恨水长东"。春天来了他倒生起了一种无尽的愁绪,"长恨",这种长恨就是李白说的"万古愁",《红楼梦》里说的"大荒凉"。这种莫名的愁绪,源自我们中国人对时间、对历史的理解,这种理解又源自在进化论思想到来之前,我们中国人守望的一种古老的"循环论",这样的一种世界观。

二

那么,循环论是哪儿来的呢?是从佛教里来的,从本土原生的道教里面来的。这个很复杂,我就不梳理了,我就用中国传统小说的叙事方式来简单地说明一下。我们刚才简单地梳理了一下从进化论、进步论逻辑到革命话语。从林则徐、魏源到严复,就是从地理大发现的逻辑走向了现代性的逻辑,再从严复到邹容的《革命军》。《革命军》的叙述逻辑就是从严复的《天演论》发展来的,大家可以去查原作,"革命者,天演之公例也"。这是一个最简单的线条,就可以找到革命话语是从哪儿来的,共产党人的革命话语也是,从早先民国晚期的革命话语,到近代的现代性话语,再到革命党人的话语的产生,这是一条线,在这条线上产生了红色叙事。就像大家看到的《红旗谱》是一个典型,柳青的《创业史》也是一个革命叙事作品的典范,它一定是叙述一个由黑暗到光明、从过去到未来、从失败到成功这样一个进步逻辑的,而且,还要按照一定的规范。《红旗谱》的叙事方式是从哪儿来的?它是从毛泽东的《新民主主义论》里来的,这是一个非常有意思的文本,我希望大家不要怀着被政治老师压制的心态去读,而是怀着一种好奇去探究,去了解革命叙事的秘密。

毛泽东是怎样叙述中国近代历史的?他找了几个大的节点做了修辞上的区分,比如说1921年共产党的成立,之前是旧民主主义革命,既然是旧民主主义革命,它是不可能成功的,为什么不可能成功?因为它是资产阶级领导的,资产阶级领导的能成功吗?自从共产党成立后,中国革命才能够走上光明的前景。这种逻辑后来被更多的人庸俗化了,对党史的描述便成了一种模式:如党成立早期,是机会主义路线执政,陈独秀、瞿秋白、李立三、罗章龙、王明、张国焘等等,这些人执政能够成功吗?不能。什么时候能成功呢?从遵义会议以后,毛主席掌握了领导权,它就开始从失败走向胜利了。

然后我们知道,还有一个重要的节点,即到了1949年,在新中国成立前在第一次政治协商会议上,毛泽东使用了一个著名的修辞,他说:"中国人民从此站起来了!"站起来了是什么意思?当然是历史性的,过去是屈辱匍匐的,而今站了起来,做了主人。这就是革命修辞,不要小看这种修辞,它可是一种非常强大的叙事,它简洁地表明,之前的制度是不合法的,统治者是不合法的,因为人民是受压迫的;之后呢,新的当政者是获得了充分合法性的,因为获得了人民的支持,人民站了起来,当然会拥护你。这当然是对于权力的一个很重要的表述与证明。再往后,邓小平理论中最重要的一点,即"发展是硬道理",还有之后江泽民的"三个代表"理论,都是同样的时间叙事和进步论逻辑。这表明革命理论是连续的、一脉相承的。之后的"科学发展观"以及"中华民族的伟大崛起的中国梦",也同样都是时间叙事。所有革命叙事的秘密从这里一下子就都揭开了。

从这里我们再回到古代,事情就会很清楚了。刚才讲到李煜的时间观,显然与雪莱的时间观是完全不一样的,与林黛玉的时间观也不一样。你看今天,一场春雨过后,城里到处都是鲜花盛开的景象,大家去赏花心情会非常愉悦,但是此时此刻假定有一位林黛玉的话,她和我们的看法以及态度就不太一样了,她会提前看到大片的死亡,因为她是一个有哲学思维的人,她比我们的世俗思维要高一个等级,她所看见的是花朵的死亡,几百年后艾略特才意识到"四月是残忍的季节,哺育着丁香……"海德格尔也才意识到"存在是提前到来的死亡"。那也就意味着,林黛玉早就是一个彻头彻尾的存在主义者,曹雪芹先生早就是一位存在主义的哲人,他们都提前看到了生机背后的危机,鲜花背后的凋落,所以,提出了一个深邃的哲学命题。这个我们暂时按下不表,来看一下中国古代的经典的四大奇书,是怎么来讲述历史的?

《三国演义》是按照它开篇的第一句话"话说天下之事,分久必合,合久必分"来展开的,这是什么意思呢?就是讲述一个不同于我们现在历史教科书中的基本逻辑。现在的逻辑是,中华民族要朝着统一、繁荣、强大的道路前进,中间不论经过多少曲折,千回百转,最终要汇入到统一的光明前景中。但是古人不这么看,他们认为分分合合,这是一个自古而然的循环。所以小说从一开始,从董卓进京、天下大乱、汉室衰微开始讲,讲得很伤感;但最后三国归晋,又"统一"了,难道就不伤感吗?也是伤感的。这就是苏东坡所说的"大江东去,浪淘尽,千古风流人物""谈笑间,樯橹灰飞烟灭。故国神游,多情应笑我,早生华发。人生如梦,一樽还酹江月"。历史的大逻辑中并没有进步之说。

还有一点要充分注意:在历史观和基本伦理方面,古人也是特别讲究平衡的。小说的第一回叫作"宴桃园豪杰三结义,斩黄巾英雄首立功",什么意思呢?就是天下大乱之际,英雄出来了,首先要"结义"。因为你一个人单打独斗是不行的,要找到合法性,然后还要找到一种合作机制,古人的合作机制是靠一种伦理的力量,即"义"。"义"就是"四海之内皆兄弟也",它是一种平等伦理,但平等伦理又不是充分合法的,还要再加上一个"忠"。"忠"是什么呢?就是"斩黄巾,英雄首立功",就是"替天行道",是替大汉皇帝来平定天下之乱。《水浒传》中也是同样的伦理。在"义"的伦理基础上加上"忠",两者结合,才是充分合法的伦理。这个在今天的题目中并不是很重要,重要的是《三国演义》的讲述方式就是循环论的时间观和历史观。"滚滚长江东逝水,浪花淘尽英雄,是非成败转头空……"没有说是非成败要摆摆清楚,谁是谁非,他不说这个,都是英雄。他们不论站在什么样的立场,代表谁,最后经过几番争斗和杀伐之后,都随着滚滚的长江、随着历史和时间流逝了,而今安在?"江山如画,一时多少豪杰!"这是当年东坡的感慨。讲述者只留下了一种悲剧性的诗意——"青山依旧在,几度夕阳红?白发渔樵江渚上,惯看秋月春风,一壶浊酒喜相逢,古今多少事,都付笑谈中"。笑谈,显然不是以是非成败论英雄,而是以诗、以传奇来论英雄,这就是中国人的历史伦理。你可以认为我们中国人从来不论是非,这是一个问题——中国人更多地讲的是"利害",而很少讲"是非"——这和西方人的思维有差异。不过这是另外一个话题了。

再来看《水浒传》。《水浒传》讲的是"从聚到散"的故事,也是我们人生的另外一个主题——聚和散。那么聚是什么呢?是欢乐,是饮宴,是蓬勃兴旺,是往上走,那么散呢?是离散,是衰败,是生离死别,是往下走。《水浒传》前半部分讲的是一百单八个英雄好汉上应天象,从神州大地汇聚梁山。当然它还有一个"前史",前史就是第一回中"张天师祈禳瘟疫,洪太尉误走妖魔":在江西龙虎山有一个寺庙,寺庙中有一块碑,碑下镇压着一百零八个妖魔的魂魄,皇上派洪太尉去龙虎山请道教大师张天师来做法消灾,但是洪太尉是一个昏官,一个好奇又昏庸的家伙,他责令别人把石碑挖开,想看个究竟,结果一道金光散去,这一百零八个妖魔散落神州各地,化为作乱人间、然后又成为英雄豪杰的一百零八个人汇聚到梁山。这个过程是非常漫长的,而且是多线条讲述的,从结构来看非常丰富,这是众所周知的。汇聚梁山之后,意味着"梁山好汉"到达了顶点。之前晁盖领着他们啸聚山林,那么现在宋江要把它变成一个合法的组织,将"聚义厅"改为"忠义堂",这个"义"字仍然保留,因为它是一百零八个好汉之间的凝聚力,大家都是兄弟,"大碗喝酒,大块吃肉,论秤分金银,论套穿衣服",大家都是平等的。但这是农民之间的平等,它和现代意义上的平等是不一样的,因为他和"喽啰"之间又是不平等的,而且还要"长幼有序"。"义"显然只能支持啸聚山林,而宋江要替天行道,改成"忠义堂",这就将之充分合法化了。所以宋江是很高明的,比晁盖要高明得多。但是之后宋江领着一百零八个兄弟招安了,打方腊时折损了三分之二,回来后剩下的三十六个兄弟又多被奸佞谋害,或是因为其他的意外,最后都死于非命。宋江自己喝了毒酒,他还不放心李逵,把李逵大老远从润州叫回来,让他也喝了毒酒,两个人一起死。小说把所有的梁山好汉的后事交代完之后，最后的一回叫作"梁山泊英雄魂聚蓼儿洼"，他们的魂儿又"聚"回去了，这便完成了一个"圆"。但是这个圆经历了跌宕起伏，经历了情感与经验上的往复变化，就成了"由聚到散，再到聚，再到散，最后是完成了一个虚拟的聚"。这是一个完整的故事。这也是中国人的大逻辑。

再看《金瓶梅》。《金瓶梅》我就讲得简单一点，是"从色入空"的故事。"色"是什么呢？不只是色情之色，"色"在佛学的意义上指的是万象，万物之表象，及其本身。那么年轻、生命力和人生的过程好比是"色"——用弗洛伊德的话来说就是"力比多"，用尼采的话说叫"生命意志"，用中国古代人的说法，就是"食色，性也"。但最后，无论你身体多么强壮，多么有钱，多么有权势，如果没有控制，如果过度放纵欲望，就会加速奔向死亡，加速奔向"空"，按照小说中的说法就是"财去空"与"色去空"，这也是佛家的术语，不论是财还是色，最后只有一个结局就是空。这个理论其实也适合于老子所说的"天下之物生于有，有生于无"的说法，老子早已经给大千世界的运行变化就做出了一个解释，即本来是无，后来无中生出了有，但是有最终又归于无，就是"无——有——无"这样一个大逻辑，这是我们每个人的生命经验，世间本来是没有我们的，父母或者造物主给了我们生命和身体，终有一天，还要归于无，这也是《圣经》中讲的，你来源于泥土，最终又归于尘土，这些都是相通的。《金瓶梅》所讲述的，用我们今天的话来讲就是，本来是一个"欲望叙事"，但欲望叙事是不合法的，为了使其合法化，最后让主人公死掉，因为纵欲而死掉，所以它变成了一个"训诫叙事"，一个不合法的欲望叙事，经过作家的处理，最后变成了一个合法的训诫叙事。显然，《金瓶梅》所给予我们的，也是一个循环论的逻辑。

接下来是集大成的《红楼梦》。《红楼梦》讲的是一个"梦"的体验，一个"由盛而衰"的故事。从大处说，你可以认为是一个家族的历史；更大处说，你也可以认为是一场"春秋大梦"；但从小处说，每个人都有生老病死的经历，每个人的生命经验本身都构成了由盛年到衰亡的过程；从更小处说，每个人都会"做梦"，而梦毕竟都是"黄粱美梦""南柯一梦"。我们知道这个小说里面写过一个特别精彩的梦，就是"贾宝玉梦游太虚幻境"，它讲述的其实是一个少年第一次"梦遗"的经历，就像少女第一次经历月经，它是青春期发育过程中最重要的经验，这个梦对曹雪芹来说当然是一个非常核心的经验，一位伟大作家的了不起的地方在哪里？它就在于可以把一些非常隐秘的，然而又是非常核心的经验巧妙地植入到他的叙事当中去。而我认为，《红楼梦》中整个叙事的内核，就是这个"春梦"，在这个春梦的同心圆外面，更大一点的是一个家族的兴衰，就是由盛到衰的过程，就是所谓豪门落败、红颜离愁，而这是我们中国古人最核心的主题之一。"旧时王谢堂前燕，落入寻常百姓家"，这才会让人生出沧海桑田、百感交集的一种体验，或者一种震撼。《红楼梦》就是通过个体的经验，然后将其扩展为家族的经验，然后再扩展为一切生命之普遍经验,这个普遍经验就是"从有到无",当然"有"之前的前史是"无","无——有——无",由盛到衰,盛之前的"衰"与之后的"衰"连在一起,首尾相接。大家可以回顾一下第一回,那个石头的来历:女娲炼石补天,炼了三万六千零五块,最后剩下了一块没有用处,就放在了"大荒山无稽崖青埂峰"下面,这当然都是虚构的。这块石头经过日月光华的化育,渐渐有了灵气,突然有一天来了一僧一道,在石头下歇脚,两个人谈及人间万象,繁华富贵,就说动了这块石头的凡心,石头听见了之后说:"大师何不带我去人间经历一番?"那大师心怀恻隐,就将这块大石头做了法,变成一块美玉,扇坠一般大小,袖在了他的袖子里,带到人间的繁花锦绣之地、温柔富贵乡去经历了一番,然后又不知过了"几世几劫",那块石头又回来了,上面"编述历历",记着它的前番经历。这个第一回的讲述,其实就已经设置了一个长远的前史,一个延续百代的循环,其开头与结果,都是"大荒"。《红楼梦》的结尾处还是一个大荒,贾宝玉出走,随着一僧一道出家走了,临别还做了一歌:"渺渺茫茫兮,归彼大荒……"最后又回到了史前的状态。

这是我们中国古人对生命和世界的一个基本理解。所以说,古人活得比我们今天好,他们不焦虑,不担心,因为有来生来世,担心什么呢?但是我们今天的人,自从黑格尔告诉我们时间是一条线,是线性的,我们就有了必须要发展的焦虑。今天的人物质上比过去更富有,我们使用的机器都很现代,但是你幸福吗?在世俗的意义上你当然可能会有幸福,但是从哲学上讲,你不敢说幸福——如果你从哲学上讲幸福,便被定义为浅薄。每个人都不愿意浅薄,因此都会说不幸福——因为从哲学上没法解决生命本身的一个永恒困境。

这是我们简单回顾一下中国古代的状况,这很复杂,从学理上讲清楚恐怕要花一个星期的时间,现在已经过了一个小时,我得进入正题——当代小说如何讲述历史。

三

小说该如何讲述历史,前面回顾了中国传统叙事的写法,实际上越过了革命叙事,直接上溯到了更早先的历史的理解方式,这是一个前提和理解的基础。

让我们回到当代的先锋小说,从1985年开始,先从扎西达娃讲起。扎西达娃最早叙述了西藏的故事,而他使用的世界观和时间观就是藏族人所信仰的循环论。这很了不起,原来的"伤痕""反思""改革",所有的文学,其实都是此前革命文学的变体,都是讲述"明天会更加美好"的故事,但是扎西达娃告诉我们不是这样的。他1985年发表的几篇小说中有一篇很重要的《西藏,隐秘岁月》,讲的是20世纪的西藏,是从一个小村庄,也即一个历史的单元开始讲述。这个小村庄一开始人丁兴旺,可是后来逐渐只剩下了两家人,这是一个衰败的迹象。两户人家中又有旺美一家要搬走,留下了一个十岁的儿子达朗,给一双年迈的夫妻米玛和察香做伴。两位老人都已经七十多岁了,旺美走后村庄里已一片死寂。这时他们突然发现,老太太居然有了身孕,而且两个月后生下了一个女孩!女孩非常聪明,他们给她取名次仁吉姆。当时的西藏还是完全封闭的,漫长的历史,被作家轻轻一笔带过。它是一个地理和文化的自足体,自我循环着,当然我们也可以把它理解为一个非常久远且繁盛,曾经人口众多、生活丰富多样的地方,这样一个地方突然在20世纪出现了衰败的迹象。这小说讲述的是1910—1927年的西藏地区历史,这时期中国正发生着波澜壮阔的革命,这是整个国家和现代世界相遇之后出现的新情况。而西藏暂时还是沉睡安静的。后来,印度人和英国人来了,一个英国军官拿着照相机、打火机、小刀这些探险用的工具来到了廓康小村,年幼的次仁吉姆遇到了这两个外国人,一切开始改变了。次仁吉姆本是一个极其聪明的小孩,她五岁就开始跳一种"格鲁金刚神舞",而且很快从"一楞金刚"跳到了"五楞金刚",她的脚步上应天相,合于星宿的排列,这是非常神秘主义的一种认识。在西藏地区,人们最原始的生活方式就是最合理、最合乎神的意志和安排的完美生活,就像跳格鲁金刚神舞一样。可次仁吉姆被英国人抱了一下、亲了一下,她的脸上突然就起了红点,化了脓,患上了一种浑身奇痒的疾病,一直到16岁,她都必须每天泡在冰冷的溪水里洗澡。16岁那年,她想起了英国人曾经送给她的一条黄军裤,她把这条黄军裤穿上,从此以后她的痒就止住了。这大概也是一个文化隐喻,隐喻着藏族地区脆弱和封闭的文化,在自足和封闭的状态下本充满了神性,其原始性与神性是长在一起的,可一旦遇到外来文化入侵便很容易受到伤害。但又如"黄军裤"所隐喻的,一旦被外来文化绑定,也有可能发生变化。次仁吉姆的父母死去了,她一个人守在廓康小村,她的母亲生前告诉她村里有一个山洞,山洞里有一个修行了好几辈子的大师,已经由几代人供奉,她临死前让次仁吉姆剃度,继续在她之后的供奉。因此次仁吉姆坚守了下来,继续坚守这个不知是否真实存在的大师、她的信仰。1952年西藏和平解放,农奴翻身过上了新的生活,但到了20世纪80年代,人们又开始去西藏寻找神秘的民俗,探访这里的文化。其间,次仁吉姆共有四个不同的化身出现,最后一个化身是一名藏族的女军医,她冥冥之中走进了山洞,发现在山洞里修行的大师早已变成了一堆骷髅,变成了一个呈跏趺状、和岩石融为一体的化石。这部小说里时间的长度与走势完全不是用现代历史来标注的,它表面讲述的是20世纪西藏的历史,廓康小村的三个时期:原始时期、与现代世界相遇的时期、新中国时期。小说里的时间,如果用现代历史的眼光来看,就是20世纪的沧海桑田,但是如果用藏族人的眼光来看,就是无限轮回的几个片段而已。

1986年还有一个很重要的作品,就是莫言推出了他的"红高粱系列",并在1987年初汇集成了他的第一个长篇小说《红高粱家族》。《红高粱家族》讲述了三代人的历史：爷爷奶奶的历史、父母的历史，还有"我"的时期。三代人分别代表了久远的过去、比较靠近当下的过去以及现在。其实三代人代表了历史的一个大的线条。爷爷奶奶的历史是惊天动地的，是"杀人放火又精忠报国"的，是气壮山河的；到了父亲母亲这里就变成了很平常的，完全平庸化了；莫言化身为既讲述故事又参与抒情的一个主体，不断地进行自我反思，到了"我"这一代，已经变成了一个猥琐的、病态的、没有任何出息的"不肖子孙"。从爷爷奶奶、父亲母亲再到"我"，历史没有呈现出一种进步的姿态，而是一种下降，如果用数学的说法就是"降幂排列"。所以，莫言第一次用了"非进步论"或者说叫"反进步论"的方式来理解和讲述历史，这对八十年代年轻一代作家和读者的影响和冲击是很大的。因为我们一直相信，现在好于过去，将来只会比现在更好，而从没听说过从祖先到我们是一种退化。但他是从尼采的"酒神精神""生命意志"，从西方的人类学那里获取了依据和灵感，说出了这样一个惊人的逻辑。显然，他对当代的文化进行了深刻反思。

苏童在八十年代也一直在叙述历史。他1988年的《罂粟之家》在我看来可谓是一个"结构主义的历史叙事"，他把中国过去的历史，通过一个地主家庭来进行一种隐喻化的讲述，这个地主家庭外部是很光鲜的，但内部却充满了弑父、兄弟相残、乱伦种种罪恶，这样的一个家族注定要走向没落。他的另一部影响很大的小说，1989年的《妻妾成群》改编成了电影《大红灯笼高高挂》，也反响很大。《妻妾成群》是把《金瓶梅》这样的传统叙事进行了缩微化的处理改装后，放置在20世纪30年代的中国。这个故事讲述了中国南方的一个大家庭，这是一个一夫多妻的大户人家，故事的核心人物是一个新女性，她读过大学，受了新式的教育，然而因为家庭的变故却不得不嫁人，而且是做了妾。通过这个人物来观察一个一夫多妻制的家庭生活内部的景观，那必然是男权主义的专制，加上女性的争风吃醋。现在的宫廷剧也是一样的模式，从《甄嬛传》到《芈月传》都是这样的叙事，不断地把它展开或者做一些改装，其实内部结构是一样的。20世纪80年代，一方面我们在批判传统文化，另一方面，是想改装传统文化。如果说莫言是改装传统文化，赋予中国的历史传统以一种正面价值的话，那么苏童他们就是用比较批判性的眼光来分析传统社会内部结构的黑暗和腐朽。在《妻妾成群》中我们看到一个类似于《金瓶梅》一样的家庭构造，内部的文化则充满了阴暗、阴柔、阴险和阴谋。苏童生活在南方，他对生活细节，妇女的小心理是琢磨得特别深刻的，所以给我们留下很深的印象。还有他的另外一篇很有名的短篇《红粉》，讲述了和我们过去的革命叙事完全相反的故事，革命叙事往往讲述解放军解救"阶级姐妹"，让不幸落入了统治者魔掌的、被侮辱与被损害的阶级姐妹得以拯救，而苏童却颠覆性地叙述了一个完全相反的"历史背面"的故事。本来一双姐妹完全是自愿去翠云坊做妓女的，生活好好的，每天接客，突然解放军来了，把她们都从翠云坊赶了出来,结束了她们原本的"好生活"。由此开始了新一轮的悲欢离合与爱恨情仇。历史背面的各种原始性与可能性都展示出来了。

还有余华,我把余华的《活着》归结为"讲述历史背面的故事",假如说我们过去红色叙事讲述的是"穷人的翻身",那么他讲述的是富人的败落。过去从没有人认真讲述过富人是如何败落的,然而余华的《活着》讲出了一个令人十分感慨的故事。

王安忆的《长恨歌》,讲述了一个上海女人的故事。讲述上海女人的故事有先例,比如张爱玲。王安忆通过一个美丽的上海女性的一生,来折射中国现代历史的沧桑巨变,讲述的故事可以说是对白居易《长恨歌》的一个致敬,当然也是一个"戏仿"。主人公王琦瑶在上海的弄堂里面长到了青春岁月、豆蔻年华,她人生最美妙的时候来了,但却遇到了历史的巨变,这时的上海面临着新旧时代的交替,假定她生活在更早的上海,或者生活在古代,我们设想她当然也会经历一番悲欢离合,会演绎出一个古老的红颜薄命的故事。在中国古代有无数红颜薄命的故事,在《三言二拍》《今古奇观》里面早都讲过,《今古奇观》里也有一个"王娇鸾百年长恨"的故事,那个"百年长恨"也是戏仿了白居易的《长恨歌》。那么王安忆算是戏仿前两个"长恨歌"。这位王琦瑶被评为了"上海三小姐",按照那时革命的逻辑也许她应该选择一条新的道路,因为她毕竟也受到了新式教育,杨沫的《青春之歌》里就安排新女性林道静从家庭里面出走,五四文学中也有太多这样的主题。鲁迅先生还作了著名的《娜拉走后怎样》的演讲,这个命题可以说一直是现代文学中核心的一个主题。而王琦瑶却选择了一条旧的生活道路,她给一个权贵李主任做了"外室",和她一起长大的另外一个女孩蒋丽莉则选择了和她完全不同的道路,蒋丽莉长得没有王琦瑶好看,是一个"灰姑娘",因为她长期和王琦瑶相处,有深深的自卑感,所以她选择了革命,变成了"胜利者"。王安忆对历史的理解是相当敏锐和精妙的,宏大的历史变迁同时也是个体无意识的产物。蒋丽莉选择了革命,和革命一起胜利,而王琦瑶选择了旧式的生活,就和旧势力一起失败了。这是她的第一个人生阶段,我把它叫作"末世的繁华"。20世纪40年代的上海风雨飘摇,随后上海进入了革命时期,王琦瑶被迫长期生活于地下,和一帮旧时代的遗老遗少生活在一起,这个时候胜利者蒋丽莉,按说该是很骄傲的,可是蒋丽莉在王琦瑶面前却从来也没有找到过自信。这是为什么呢? 也是王安忆的安排,这就是她说的"上海的芯子","上海的芯子"就是王琦瑶所持守的一种价值观,她宁可作为地下的遗民,也不愿屈从于宏大历史和意识形态去生活。所以蒋丽莉后来也不幸福,她嫁给了一个山东"南下"的干部,最后得了肝癌,死的时候很惨。王安忆安排的这位革命者的生活,显示她的"未来"并没有像以往革命叙事所期许的那样不断成长和胜利,而是充满了灰暗与失败。

我们可以把蒋丽莉的生活和林道静的生活联系起来,可以把蒋丽莉看作是林道静的"青春之歌"的一个"续集"。显然,蒋丽莉颠覆了林道静的未来,终结了革命叙事的神话。所以很明显,先锋新潮小说对于历史的理解,某种意义上是专门对革命叙事的一种反思。最后蒋丽莉惨死,程先生自杀,王琦瑶幸存下来活到了20世纪80年代,改革开放的上海又重回到了古老的轨道,20世纪30年代那个灯红酒绿的、消费的、五光十色的、现代生活的上海又回来了,中间革命时代的巨大的历史弯曲,不过是消耗了王琦瑶人生中最美好的时光,最后她重新回到原有的生活轨道时却已青春不再。但她又偏偏很浪漫地开始了一段荒唐的生活,就是和"老克腊"认识了,两人经历了一番恋爱,最终因为已容颜衰败而被抛弃。再后来是遇到一个骗子"长脚",这个混混发现王琦瑶很有可能是当年杂志封面上的那个"上海三小姐",他就判定王琦瑶家里有金条,于是潜入到王琦瑶家去偷金条,但恰好被王琦瑶发现,两人便发生了搏斗,长脚最终把王琦瑶给掐死了。这个曾经的绝世佳人因为生错了时代,错过了青春,却又因为赶上了荒唐的夕阳红,最后惨死于一个骗子的手中。王安忆非常感慨地为小说取名"长恨歌",同白居易经典的《长恨歌》之间发生了一个戏剧性的对照,将一部皇家的爱情故事,高贵的、感天动地的经典爱情故事,置换为了一个小市民的悲剧,两个女性的命运之间戏剧性的对照,典范地区分和彰显了古典叙事和当代叙事的美学差异。

综上,我简单地概括一下,当代的先锋和新潮小说对于历史的讲述,在某种意义上回到了更为古老的传统,这使得20世纪50到70年代的革命叙事反而变成了一种无比另类和极端的新式的叙事,或许我们可以将之称为一种"革命新历史主义"的叙事。而20世纪80年代的"新历史主义"则更像是一种旧式的传统历史叙事。当然,这里面也包含着大量的现代性改造,同时也是对革命历史叙事的简单向度的一种反思和拓展。

今日名家

叶　舟　著名诗人、小说家,现任第十三届全国政协委员,甘肃省作家协会主席,甘肃日报叶舟工作室主任。著有《大敦煌》《练习曲》《边疆诗》《叶舟诗选》《敦煌诗经》《引身如叶》《丝绸之路》《自己的心经》《月光照耀甘肃省》《漫山遍野的今天》《漫唱》《西北纪》《叶舟小说》《我的帐篷里有平安》《秦尼巴克》《兄弟我》《诗般若》《所有的上帝长羽毛》《汝今能持否》《敦煌本纪》等。

作品曾获得第六届鲁迅文学奖、《人民文学》小说奖、《人民文学》年度诗人奖、《十月》文学奖、《钟山》文学奖、中宣部全国文艺名家暨"四个一批"人才等。

内陆高迥:在西部的叙述

□叶　舟

A

　　剪羊毛的季节,悄然来临。
　　草原深处,一座寺庙刚刚砌毕;一只鹰捧着完卵,驰越天庭;一块毡毯将擀完一半;一个黝黑的婴儿才啼出一声。
　　风起时,一个剪羊毛的季节,落地生根。
　　——其实,我一直相信,是太阳这个彪形大汉,拎着一把黄金大剪,走过草原。要不,比牛奶还白的羊子,比白昼更亮的羊子,说明什么?风吹斜表情,天空陡峭,鲜花打开。这个醉酒的糙汉子,踉跄奔行,在星宿上买醉,云朵上长卧不醒。那时,蜜蜂是沉默的,狗也不知所终。
　　春天了。
　　终于,他想起剪羊毛的季节到了。
　　数不清那些秘密的羊子,究竟是从哪一颗青草的根部上,悄然挤跳出来,站在这个荒凉人世上的?像晨时的露珠,挂在大地的腰际;像一片片瓦,在地平线上飞行;像一根根燃香,机深如海。经过漫长一季的寒凉和摔打,它们被雪冻伤,被风弹破,被鞭子遗忘。现在,它们是一只只瓷器,蒙了尘,覆了土,漏洞百出,挤满在草原深处,等待探看和修复。
　　——它们破着,碎着,裂着。在春天,祈望一位热烈的修补匠人,拎来一只黄金大剪,去细查,去慰藉,去剔净身上的疾病和哀痛。

这时,太阳来了。

太阳这个糙汉子,从蛮荒的长醉里,一步步醒转,忆起了荒疏的手艺活。他是一个锔伤补心的工匠,一年一回,赶着春季,来到人间。平素的日子,他则站在天上,翻看手里的账册,记录着世上的爱憎与情仇。

剪羊毛的季节到了。

草原上,脚声恳切,经幡猎动。

这是一个需要举意的时刻。

我知道,我其实也是这么一只羊子,一只携伤具裂的瓷器——日光照我,如照着世上所有的好儿女,带了恩情,去怀想下一季的生动和热烈。

B

青海东部,靠近积石山一带,有一场葬礼在进行。

山里积雪盈尺,风寒鸦瘦,枯木遍野。起灵时,一只黄铜的铙钹在前头狂响,一路逐奔,仿佛头羊或领袖,作了引领;十几根清漆的灵杠,抬起龙头寿材,在清洌的日光下狂步紧随。我知道,那座金色的车辇上,坐着一静默之人。这个人的名字,叫"死"。

路经每个院落时,村人们必会燃起一堆麦草,焚烟路祭,送君十里。

此刻,在积石山上,一幅版画在秘密地印制:那群缭绕的烟柱,仿佛一根根梯子,直端端地站着,正接续世上的亡人。

麦草是今年的。

今年的麦子下来了,但亡人却来不及吃上一嘴,就上路了。

在浩瀚的雪原上,一副鲜艳的寿材奔行着,犹如一艘刚刚打造停当的新船,追撵着天上的梯子,去说一句话,去赶一次长脚。

我心里一疼,蓦地想起诗人昌耀写过的那个词——

"慈航"。

C

坐在山顶,拍打灰尘。

仅仅是路经。翻过天山南侧时,一场起自巴音布鲁克草原上的大雾,散了。散也就散了,不过是一阵蜂蜜和牛奶的风。从远处来,又回到了远处,像一个人走掉,再没了消息。却突然间,云塌陷,天敞开,一个大得无边无际的广阔世界,竖在眼前。人的心,也就断成了游移的悬崖。

鹰若标本,挂在太阳上,一动未动。

这么空荡荡的人世,荒凉到惆怅,不置一字,也没了那种水落石穿的一粒粒声响。这时,便需要拍拍衣服,抖落灰尘。

拍打灰尘。

——在山脊上,手一抬,其实只听见了自己的空洞。接着,乃是人世上的一粒回声,弹滚而来。"拍打"这个动词,仿佛一个人的乳名,荒疏了许久,现在才被唤醒,跟着前世的脚踪,嗅闻而至。

人的心,其实也是一捧灰尘,一丸泥,在宽阔明亮的人世上浮游。拍打,只那么随意的几巴掌,心的空洞便毕露无遗。

据说,这荒凉的世上,最早是有一架天平的,用来称一称心的重量,再去分配每个人的来路。埃及人这么想过,中国人也这么想过,黑人与白人,富人和穷人,也都如此作想,猜着末路上的歧途和光阴。

于是,在上秤前,拍打,便成了宗教的源初,是一种信仰的举念。让心轻下来,再轻下来。比一片羽毛更薄,比天堂还轻。

但现在,人的心都实了,充耳不闻。

那一架世上的老天平,也脚声杳然。

D

有一个人站在云上,揣摩世间。

我觑不见他的表情,听不到他的脚声,也摸不见他的心跳。但我知道,一定有那么一个人站在云上,放牧着什么。

要不,风起时,怎么会有大团的云雾,从天空深处挤出来,从日头的库房里癫跑出来,从青草的芽尖上漾荡起身?要不,午后的那一阵子暴雨,干吗要急慌慌地擦掉地上的污泥,连累了旱獭和地鼠的王宫?要不,夕阳砸下来的一瞬,山腰上大金瓦殿的脊顶,怎么会坐着一位观世音?

秋草黄了,在甘南草原。

早起,一个羸弱的阿奶,带着她的朵拉(转经筒)、羊只、酥油、茯茶和经版,走进山里。黄昏时,一匹独身经年的獒犬,牙缝里塞满了妖怪、魔鬼、传唱、爱情与失败,在毡房的周遭踱步,雷霆不已。

——四姑娘叫卓玛,在今年夏天的转场中,一个人悄悄走掉,再也没了指甲皮大小的消息。

一帮子穷亲戚,坐在草原深处,

时常寄信,说明近况。

一定,有那么一个人,站在云上,放牧着什么?

——其实,我知道此刻,秋深了。

秋深的时候,即便一只滚烫的巨鹰,青春也会被吹凉。我的青春也凉下去了。我热爱的穷亲戚们,嘴里吮过的酥油,也越来越淡了。往后的日子,八成是一道窄门,云落下,冬苍临,草原和牛羊也会被冻伤。

只是,那牧云的人,也牧着世上的一切,偏偏悄不作声。

我亦缄口,热泪长流。

E

许多年,在高迥的西北内陆,我抄经、喝茶、歌哭、过小日子,谨守本分。

许多年,西北像一方镇纸,镇住我,命令我隐忍与悲伤。

许多年,我还叫叶舟,和春天走在路上,带着不曾熄灭的滚烫。

守护住高贵的人类价值
——评叶舟中篇小说《姓黄的河流》

□ 孟繁华

我认识叶舟的时候，他是一个诗人。他的家在兰州叫作"一只船"的地方。这个诗意无比的故乡，太适合诗人了。叶舟曾到张承志写作过的房间去写作，也曾在校园面对黄河独自朗诵《北方的河》……当年的《兰州晚报》发表了叶舟的《永远的张承志》，我曾为这篇感人至深的文章流下了热泪。我知道，一个热爱张承志到如此地步的人，日后必不同凡响。

现在的叶舟不同凡响。他不仅是个诗人，同时是一个出色的小说家。叶舟的小说是心在云端、笔在人间的小说，是丽日经天惊雷滚地的小说；他的小说有诗意但更有关怀，他的关怀不止是人性、人物命运或技巧技法，更重要的是他在追问、质疑、批判中有终极关怀。这个终极关怀，就是对高贵的人类价值的守护。现在，我们读到的这篇《姓黄的河流》就是这样一部小说。

《姓黄的河流》在结构上层峦叠嶂、迷雾重重。它有两条线索：一条是叙述者艾吹明与妻子迟牧云的婚姻危机；一条是德国人托马斯·曼——李敦白扑朔迷离的家世和命运。国人的婚姻危机是辅线，德国人的家世是主线；国人的婚姻危机虚伪而混乱，德国人的家世深沉而苦难。叶舟在这里无非是讲述两个故事，在比较中表达人性中最珍贵、高贵的情感和情怀，并借此传达他对人类基本道德的理解和守护。

衣衫褴褛的李敦白一出现是在黄河边上，他要自己修一只独木舟，然后顺着黄河一直漂下去。他要用黄河水洗去姐姐的罪恶。姐姐因一个梦魇诬陷舅舅沃森强奸了她，舅舅沃森为此进了监狱；姐姐良心发现，与母亲到警察局做了供述洗清了沃森的不实之罪。母亲请求沃森原谅当初一个孩子的错误。这时的舅舅没有因这个奇耻大辱怨恨姐姐米兰达。当然，故事远没这么简单。事实上，沃森舅舅正是他们的父亲。在纳粹"驱犹"的日子里，沃森的父亲母亲被攥进了克拉克夫集中营。年幼的沃森被纳粹巡逻队带进了"儿童戒护所"。在"儿童戒护所"他认识了比他大两岁的女孩克拉拉，他一直叫她姐姐，终身未改。姐姐是"纯种"的德国人，只因做大学教授的父母叛变了纳粹被枪杀并被做成了"标本"。为了保护沃森，姐姐主动委身于一个五十多岁的戒护所长，受尽屈辱和苦难。战后，沃森和姐姐克拉拉分别了十年，他一直在寻找。但是，当他找到姐姐的时候，克拉拉居然有了丈夫，这个丈夫就是那个"日耳曼"所长瘫痪的儿子，是作为"人质"留给克拉拉的。三年后，那个老纳粹没有找到克拉拉要的东西，从城里返回的路上被昔日戒护所同僚发现，为赏金被报官抓进了监狱。缓慢的审查三年未果，老纳粹自知恶贯满盈，等待他的只有死在狱中或被枪决，于是他越狱了。当克拉拉问他回来的理由时，他说："我是来给你和你的诗歌谢罪的。"半夜时分他在黑森林用一根绳子吊死了自己。这时的克拉拉可以离开黑森林去寻找沃森了，但老纳粹的病儿子怎么办？她去了教堂，表示愿意照顾他，并用了婚誓的誓言。于是，克拉拉就这样成了这个老纳粹儿子徒有虚名的"妻子"。沃森与姐姐相聚，老纳粹的儿子修改了遗嘱，愿意将克拉拉"纯洁无瑕"地还给沃森，并将这里的一切归于克拉拉和沃森。当然，此后就有了米兰达和托马斯·曼……

这个故事不仅千回百转九曲回肠，重要的是叶舟借用这个故事表达了人类应该恪守的基本道德。无论是沃森还是克拉拉，他们都饱受苦难和屈辱，但他们不是以恶报恶以怨报怨，而是以高贵的无疆大爱处理了那些难以逾越的万重关口：他们一次次地化解了仇怨，一次次地筑起了爱意无限的高原。与艾吹明和妻子迟牧云虚伪的婚姻相比较，那就是天上人间。这当然是叶舟对异国文化和文明的一种想象，但在我看来，这个故事发生在哪里并不重要，重要的是叶舟发现了在红尘滚滚心无皈依的时代，还有这样的故事和讲述的可能。

因此，在当下的小说创作中，《姓黄的河流》是一个奇迹，尽管它难以改变我们面对的一切。但是，无论哪个时代，只要有高贵和富有诗意的声音在隐约飘荡，我们就有勇气朝向那个方向——让我们一起祝福李敦白吧，祝他早日抵达他的彼岸……

俗人活在世上的理由
——评叶舟小说《什么风把你吹来》

□蒲荔子

一

自古以来,中国的文人们觉得诗歌才是文学的正统,写小说被认为是"小技",是难登大雅之堂的事。1990年代以后,中国诗人们才开始不那么吝啬自己在小说上的才能。诗人们在写诗之余,也开始写作小说,并贡献出了一大批优秀的小说。

林语堂曾经在论及中国古代小说的命运时说:"小说的著作人非但不能获得金钱与名誉的报酬,且有因著作小说而危及生命安全的。""因为这些文章是随兴之所至,为了自寻快乐而倾泻出来,他的创作,完全出于真诚的创作动机,不是为了金钱与名誉。又因为他是正统文学界驱逐出来的劣子,反而逃避了一切古典派传统的陈腐势力。"[①]而现在,情况恰恰反了过来,诗歌才成为相对纯粹的创作,通往名利的大道由小说铺就,甚至只有长篇小说这样的大部头才有资格成为名利大道上的铺路石。

我们很难忘记全民诗歌的1980年代,如果没有诗人们对语言、形式、结构、观念等文学要素的敏感和实践,很难想象有后来的先锋文学的那一场解放。进入到1990年代,文学的另一场解放同样得益于诗歌。先锋文学进行的是中国小说语词和形式的实验,我们读到的是别人;而当朱文、韩东等人把在诗歌中淬炼的语言转移到小说阵地时,他们发掘了通往生活内核的秘密通道,从他们的小说里,我们读到的是自己,是每个人日常生活细节的真实和怪诞,每个人内心生活细微的冲突和混乱。

---

① 林语堂:《吾国与吾民》255页,陕西师范大学出版社2002年版。

被称为"少数几个能有力写出当代生活的作家之一"[1]的朱文,后来改行拍了电影;韩东则主攻长篇小说,但可惜似乎力道不足。

不知从什么时候起,诗歌读者变成了稀缺资源,诗人甚至变成了略带揶揄的称呼。诗歌是否还在文学的解放中担任着秘密的实验者的角色?诗歌仍在实验,但这种实验对文学已不是亲切的先知,而只是遥远的巫术。诗人做着孤寂的努力,改写诗歌秩序,但如同在山洞中,山中才一日,世上已千年。当于坚在反抗整个诗歌体制和话语秩序时,他的意义,他的成就,更多的是在诗歌界的意义和成就,没有听哪个小说家说过,他曾从于坚那里获得过写作的资源。这也许就是诗歌不同于往日的命运。

也许无须担心,诗人中的一批,依然埋头注视他们的笔尖,像当年曹雪芹写出"满纸荒唐言"那样。他们的声音没什么人听见,但这些荒唐之言,却可能是绝妙语言的晶体。

二

叶舟原有诗名,他的简介里,诗人的身份也永远写在小说家之前。在评论叶舟的《案底刺绣》时,雷达用比较优美的语言表扬了叶舟的诗人身份对他小说的影响:"叶舟是著名诗人,他一旦着迷起小说,这个诗人的主体和小说便出现了一种奇妙的化学反应,并产生了一种奇特的文本。因为,诗人小说家的想象力比一般小说家的想象力飞翔得更远。诗人的敏感洞烛了小说,对人性的挖掘会更加幽深,诗人灼热的目光面对女性,使女性更加美丽。"[2]

这些话,只有对照他的小说才能确知其意。

我现在读到的是他发表在《芳草》杂志 2009 年第 5 期上的中篇《什么风把你吹来》。在我们越来越对这个时代的人性产生怀疑,甚至对自己的卑劣之处也越来越觉得可以原谅的时候,叶舟在小说中写出了庸常生活之中人性的温暖和美好,这种美真实得像你的睫毛,而你总是看不见它;在"当代作家的语言确实很粗糙"的今天,这篇小说在语言上的控制力和精确度,也常有令人惊叹之处。

叶舟的诗歌题材大多超凡脱俗,这从他的诗集名字《大敦煌》中已可窥一斑。他把诗歌当作头顶的太阳,而把小说看成身边的空气,写的全是五味杂陈的生活。但这两种看似截然不同的题材,在《什么风把你吹来》中朦胧地交汇,就像阳光和空气一样拥抱——小说的外壳虽然是粗粝的生活,但内核同样是诗歌的。

---

[1] 陈思和:《当代文学的粗鄙化与文学世代的断裂》,载《南方都市报》2009 年 3 月 26 日。
[2] 叶舟:《案底刺绣》封底语,甘肃人民美术出版社 2006 年版。

两条互相交叉的线索，串起兰州城里一段波澜不惊的生活。报纸发行员杜怀丁牵出了他开无轨电车的姐姐王幸男、他因盗墓蹲了监狱的姐夫乔如山；舞蹈培训学校的芭蕾舞老师陈亭妃带出了她出走的继父李释堪，和一个常年在墙上笑着的母亲。最后，如你所想的，两条线索在经过几次弹碰之后胶合在一起——陈亭妃把杜怀丁拉进门口主动强吻。

主要人物就是这六个，故事也挺平淡的，甚至看了不到一半，你已经能猜出结尾。而多视角的叙事、蒙太奇的结构，当然也并不值得大说特说。但恰如博尔赫斯的诗句"我只对平凡的事物感到惊异"那样，生活波澜不惊的湖面下，鱼虫生动，水草摇摆，潜流暗涌，如何只写湖面却让人感知水面下不可预知的一切，才是小说的力量所在。

在小说开头不久处，陈亭妃走到白马浪时，叶舟用不小的篇幅，描写了白马浪古渡口一组唐僧师徒四人的雕塑："唐僧照旧坐在马上，双手合十，慈眉善目。猪八戒断后，一副气喘吁吁的神色，洞开的嘴巴，似乎骂骂咧咧的，牢骚满腹。孙猴子在前挑头，手持金箍棒，杂耍似的压下云头，引颈眺望，寻望着来路。"当然，叶舟不会笨拙到像静物写生那样描摹雕塑的细节，他经由陈亭妃的眼睛和心思，把雕塑立在你面前（这让陈亭妃后来讲述其继父抄写经卷的举动时，变得自然妥帖）。而关于雕塑上那些小广告，孙悟空手里的金箍棒总被市民换成笤帚和破雨伞等轻轻带过的细节，则写出了这个城市的烟火之气——这是有人居住的城市，而不是只是为故事而设的一个毫无意义的地名。

这个有关白马浪古渡口的细节，让我想起沈从文《长河》第一章《人与地》对"辰河流域一个小小的水码头"的风物人情的描写。沈从文在小说题记里写，以这码头作背景，是为了"就我所熟习的人事作题材，来写写这个地方一些平凡人物生活上的'常'与'变'，以及在两相乘除中所有的哀乐"。[①]沈从文的水码头，写的是被现代化侵蚀的田园牧歌的流失，和逐渐远去的素朴人情；而我们在叶舟的古渡口看到的，同样是这个城市中正在改变和永不改变的事物。

沈从文离乡十八年后的1934年，冬天，他由沅水坐船上行，沿路所见让他喟叹："最明显的事，即农村社会所保有那点正直素朴人情美，几乎快要消失无余，代替而来的却是近二十年实际社会培养成功的一种唯实唯利庸俗人生观。敬鬼神畏天命的迷信固然已经被常识所摧毁，然而做人时的义利取舍是非辨别也随同泯没了。"[②]今天的我们有更多的理由发出这种喟叹，或者假装更深沉点，发出失望的悲叹。但在叶舟这篇小说里，我们看到了另外一种态度，他在绝望之中发现希望，在肮脏之中发现美，在庸常之中发现伟岸。

---

①② 沈从文：《长河》题记。

改变的是生活的细节:"现在,兰州城里只剩下了两辆无轨电车,东西对开,仅供黄河岸边观光之用,免票。但在落寒的秋夜里,很少有人兴致勃发,去看一条暗夜下的河流。"改变的也有生活的境遇:"狱头被当场击毙,乔如山也被擒获,重新羁押。罪加一等,数罪并罚,乔如山的刑期累计达到了十五年,又不在本地关押,直接转移到了千里之外的青海格尔木,在荒天远地里去打发下半辈子,等于是一个被遗忘的家伙。"改变的还有生活的心情:"陈亭妃蜷缩起来,抱住自己,又抱住了狼藉的枕芯,贴在鼻孔上,一遍遍地嗅闻着,直到闻见了妈妈的体香,轻,略涩,羊脂味,混杂了咯咯的笑声。"正因为这些改变,那些坚守着的才更有价值。杜怀丁拖着一条有点瘸的腿,不爱说话,每天守在桥头,因为姐姐害怕深夜一个人开车;只要有事,他负责送报的那一片区域一准首先告诉他。陈亭妃母亲病逝,继父李释堪在酒后差点强奸了她,随后说要跳河赎罪,陈亭妃向着河面说:"我求求你,这里是你的家,我是你的女儿。我早就原谅了你,彻底原谅你了。"而李释堪则躲在郊区一屋里,抄写经卷,对来送报的杜怀丁说:"哦,我是有业障的人,负罪在身。"小说里看上去最坏的人、因盗墓被监又逃狱的乔如山爬上王幸男的电车,要在车里立即释放他禁闭了多年的欲火,"却被三个警察撂翻在地,死死地压住,砸了钢铐"。恨他恨得要死的王幸男抱住警察的腿,哀哀地说:"他是自首的,我是他的家属,我可以作证,他越完狱就后悔了,一心要自首的。"

爱、原谅、救赎,这是叶舟在小说里呈现给我们的镜像。

谢有顺对中国当代小说有一个论断:中国小说"被日益简化为欲望的旗帜,缩小为一己之私,它的直接代价是把人格的光辉抹平,人生开始匍匐在地面上,并逐渐失去了站立起来的精神脊梁。所以,这些年来,尖刻的、黑暗的、心狠手辣的写作很多,但我们却很难看到一种宽大、温暖并带着希望的写作"。[1]叶舟从另外一个维度,不以身代人,也不漠然旁观,为我们书写了普通人的温暖和希望。不同于麦家式的智慧英雄,不同于莫言式的生命狂欢,更不同于王朔式的文化流氓,他让我们相信,在送报、舞蹈老师、开电车这种十分庸常的生活中,依然可以选择不只是思考"我要不要加班",无论你身处底层还是衣食丰足,都不必拒绝正直素朴的平常心境。在我们身边,沈从文所叹的"唯实唯利庸俗人生观"像黄河走泥,无处不在,而"做人时的义利取舍是非辨别",也像无人观看的黄河之水,奔流而去,又奔腾而来。它们是我们这些俗人有必要活在世上的理由。

---

[1] 谢有顺:《文学的常道》,248页,作家出版社2009年版。

三

　　如果叶舟不是一个诗人，这篇小说无疑将少了许多看头。纳博科夫说："没有一件艺术品不是独创一个新天地的。"落实到小说上，尤其是短篇和中篇小说上，独创新天地意味着对文字唯我独尊的控制力和精确度，作者能不能吃这碗饭，两分钟内一目了然。我们早已熟悉的用词，早已界定的现实，每个人都能想到的结论，实在没有必要由作家来写——然而，大多数作家都在干着这事。

　　要找个语言好的作家似乎已经变成一个挺大的难题。林语堂1930年代曾对中国新文学的语言有一个看法：文学革命之后，出现了两大变化，"第一为尚性灵的……以周氏兄弟为代表，即周作人、周树人（鲁迅）……，第二个变迁即所谓中文之欧化，包括造句和字汇……，在一八九零年前后，为梁启超所始创，但在一九一七年之后，此风益炽"。[1]这个七十多年前的论断，在今天依然有效，第一种变化"愈演愈衰"，第二种变化"愈演愈烈"。经由"文化大革命"的语言更新，王朔式的解构和反讽大行其道，只有在诗人和少数几个小说家中，还保存着语言的创造力。

　　能否一箭射中靶心，是精确度；能否入木刚好三分，是控制力。我看到叶舟试图在小说中尽量剔除不必要的冗词杂句，试图建立专属于他的独具一格的汉语句法和节奏，用词用句精确和新颖常让人击节，而他对情节的铺陈与掌控，也将非常简单甚至无聊的故事讲得跌宕生动。但偶尔的控制力的失调，让人觉得他诗人的热情过了头。拿这一句来说吧："海关大楼上的报时钟声，像一层层青铜碎屑，从夜空里飘飘洒洒地落下，使秋夜的空气更凉更寒。""青铜碎屑"一词，让人想起《红楼梦》第四十八回里香菱学诗："据我看来，诗的好处，有口里说不出来的意思，想去却是逼真的。有似乎无理的，想去竟是有理有情的。""'大漠孤烟直，长河落日圆。'想来烟如何直？日自然是圆的：这'直'字似无理，'圆'字似太俗。合上书一想，倒像是见了这景。若说再找两个字换这两个，竟再找不出两个字来。""青铜碎屑"就是那"似乎无理，想去竟是有情有理"的东西，要表达那寒凉，你觉得用它形容最不能代替。可接下来，那句俗套的"从夜空里飘飘洒洒地落下"，却让人感觉落下的不是寒凉，而真是满头满脸的铜粉。

　　好句子很多，比如当杜怀丁说姐夫乔如山不是好货必遭灾难的话应验时，叶舟写道："姐姐像掉了线的无轨电车，瘫痪下来。"

　　而用力过度的句子也时常出现，不注意时，你可能一跳而过，但对一篇吸引你的小

---

[1] 林语堂：《吾国与吾民》，224页，陕西师范大学出版社2002年版。

说而言,这些瑕疵毕竟让人叹气。"杜怀丁怅然地仰天一叹,心里枯涩得如一只唐朝的墨盒,再也挤不出一丝温润……""怅然"是什么意思,估计不查词典很难有几个人能准确解释。"唐朝的墨盒"这种比喻也不能让句子产生更大的张力,反而因其"隔膜"而使句子变得无力。

另外,有一些重复的描写,也多少影响了我们阅读的快意。有一句是"阿姨一抖湿物,水汽在窗外雪崩似的日光中,漂泊地化成了一圈圈虹霓……""雪崩似的日光",我犹记得第一次在三岛由纪夫的《爱的饥渴》中看到这个比喻时的激动,我把那个句子连续看了好几遍,直到背了下来。可这个绝妙比喻在这里被打倒在地,没有那让人怦然心动的一击。在《爱的饥渴》中,悦子透过敞开的门扉,看到"雪崩般地投射进来了一缕缕令人感动的强烈的阳光",那种阳光突然闯进的动态,因为"雪崩"两字强烈的音节在前,而让人仿佛想抬头看有没有雪在倾泻。再没有更好的形容了。而在这里,"雪崩"两字夹在句子中间,给人的感觉是阳光像凝固的雪。还有一句是"沙僧其实是自己的一帧写真像,吃苦受气,还挑着担子——担了一路的经(惊)",而在作者自己另一篇小说《羊群入城》里,也有一句:"心想,我是唐僧的扁担,担了一路的经(惊)。"("唐僧"应是"沙僧")"

最后,我大胆猜测作者的灵感来源于小说中提到的"六度分离理论"(世界上任何人平均通过六点六个人就可以发生联系):某一个时刻,作者读到了这则理论(或如文中所写的一篇与此理论相关的报道),这让他感到新奇,于是由此出发,推演出整个故事。当然我并不确定事实就是如此,只是我本以为一直会躲在幕后的李释堪的出场,及他与杜怀丁的相识,让小说滑向一种"凑巧"的安排,编排的痕迹由此显露。叶舟曾说过,他两次见到羊群入城的经历,让他写了三种作品:"十多年前,我曾以诗歌的方式,写了一首《入城的羊群》,发表在《花城》;又以散文的方式,写了《西宁的街道上走过》,发表在《十月》;现在,以小说的方式,写下了《羊群进城》。"[①]这种素材的多层次的使用,恰恰表明那一刻他真的倍受感动。但如果因为某一刻的灵机一动而凭着训练推演,而不是对此题材有着真正的情感,不是如同黄河在壶口难受到不得不发泄,小说情感的浓度自然会打些折扣。

---

① 叶舟:《羊的路线》,载《小说选刊》2008 年第 9 期。

当代批评家

雷 达 原名雷达学,甘肃天水人。著名评论家,中国小说学会会长。1965年毕业于兰州大学中文系。历任《中国摄影》、新华通讯社编辑,《文艺报》编辑组长,《中国作家》副主编,中国作协创研部主任、研究员。中国作协第五、六、七届全委会委员,中国当代文学研究会副会长,中国小说学会常务副会长,茅盾文学奖评委、茅盾文学奖评委办公室主任,兼任兰州大学博士生导师。1962年开始发表作品。1980年加入中国作家协会。著有论文集《小说艺术探胜》《蜕变与新潮》《文学的青春》《民族灵魂的重铸》《传统的创化》《文学活着》《思潮与文体》等八部,散文集《缩略时代》《雷达散文》等。获鲁迅文学奖、中国文联文艺评论奖、中国当代文学优秀科研奖、全国报纸副刊银奖、铁人文学奖、中华文学选刊奖等。

《雷达观潮》后记

□雷 达

我不喜欢雷达这个名字。我是个沉浸于审美的人，雷达给人一种工具化或科技化的、甚至窥探什么的感觉。但是，这由不得我。1943年我出生时，天水新阳镇王家庄雷家巷套里，已经有了雷嗜学、雷愿学、雷进学、雷勤学等一大群人出世，全是"学"字辈，雷字和学字都是固定的，只能动一动中间那个字。于是，母亲采用了我父亲给我起的小名"达僧"中的达字，就有了大名"雷达学"的我。小镇人哪知道"雷达"为何物，直到上高中时，在兰州，忽然有一天大家都叫我雷达了，因为他们知道了雷达是什么器物。1978年进入文艺报，同事都说干脆叫雷达吧，那个学字有点累赘。我听从了，于今已四十年矣。2014年，文艺报邀我开个专栏，我脱口而出说："就叫'雷达观潮'吧。"看来我似乎又是认可这个名字的了。

这本《雷达观潮》是以我近年来在文艺报开设的"雷达观潮"专栏文章为主体的。我人虽然老了，却力求做到，思想不老化，甚至要有锋芒；要求决不炒冷饭，说套话，要使这些文章密切结合创作实际，提出一些真问题，新问题；诸如长篇创作中的非审美化表现，代际划分的误区，文体与思潮的错位，乡土中国与城乡中国，文学与新闻的纠缠与开解，"非虚构"的兴起，今天的阅读遇到了什么，文学批评的"过剩"与不足等等。思想还算活跃，也不失一定的敏锐与深刻，富于启发性。这也许算不得什么，但在当前的语境下，真能做到这个程度，也不容易啊。

这本书选择了一批典型的作家作品评论，从汪曾祺、高晓声、铁凝到莫言、王蒙、张炜，到"陕西三大家"路遥、陈忠实、贾平凹等等，试图通过他们的代表性面目，勾画出一条富于表情的文学走廊。

书中选用了少量八十年代的评论文本，奇怪的是，今天读来并不过时，反而有一种欢乐与鼓舞的时代气息。例如,我翻出一篇早期研究汪曾祺的长文《使用语言的风俗画家》,连我都有些惊讶,其中对汪老的几篇小说的比较分析颇为精彩。现在评说汪老,已成为显学和风气,没有人认为我跟汪老有何瓜葛,也不认为我有什么见解,但汪老不是这样,八十年代初的一次聚会上,我的文章刚发表不久,汪老主动走过来说:"你是雷达同志吧。"那时我才三十多岁。汪老还主动送我一幅画。当时还有点纳闷儿,现在想来,汪老真是多情之人哪。

作为新时期文学的参与者、研究者,我提出过"'民族灵魂的发现与重铸'才是新时期文学主潮"的观点;最早发现并评述、归纳了"新写实"的思潮;为"现实主义冲击波"命了名。对于中国当代文学各时期审美趋向的宏观辨析,构成了本书另一个重要内容。

这一切都没什么值得夸耀的,但回首平生,我倒真的是一个贯穿了新时期文学四十年的批评者,心头涌满了复杂的感受。让这本书作为当代中国文学的一份精神档案存留吧。

2017 年 2 月 29 日记于北京

《黄河远上》后记

□ 雷　达

　　这是一本比较纯粹的叙事型抒情散文集。这一次,我下了决心,不再把我的那些说理、议论、思辨、札记、序跋之类的文字编入了,我要让这本散文集呈现出饱满的感性血肉,要用"苍茫辽阔,委婉多情"的意境和形象去感染人。书名原先叫《新阳镇》,那是我的家乡,我偏爱它,但经不起朋友劝说,最终还是选择了含义更为广阔的《黄河远上》。这名字似乎更切合这本书的风貌。

　　故乡与成长是这本散文集的主题,而对文化精神的求索,反思现代人的精神困境,则是贯穿始终的主线。我既写具体的故乡以及我的成长,探究故乡的历史人文血脉,同时让文字涟漪般扩散开来,兼及整个大西北,甚至转向了更为遥远的域外,只求精神的贯通,不拘时空的具体。这里不少篇章确有自传的影子,但个人经历仍不过是背景;这里也有苦涩的黑色幽默式的回忆,但也不是纯粹的"个人记忆"。我想还原的,是与个人经历血肉相连的风俗史,精神史,心灵史;我要表现的大多是在极限状态下人性的残酷与美丽、历史的呼吸与人心的微妙。

　　收在书里的一些散文,发表后有过一些反响。这几年,《作家》杂志为我开设了"西北往事"专栏,不少新文章都发表于此。这本书也是以这些新文章为主体的。《新阳镇》被《新华文摘》转载。此镇是我的出生地,它同时是西北一座名副其实的古镇、名镇,呈现出渭河流域极其深厚的文化传承。我塑造了我的大嫂的形象,一个堪称平凡而伟大的农妇。我家乡的省报,市报,都相继转载了这篇文章,家乡人喜欢写他们的东西。《皋兰夜语》《王府大街64号》等为《读者》等著名刊物转载并收入过多种选本。《还乡》收入人民文学出版社的《中华散文百年精华》。《重读云南》入选上海市普通高中必修课本。《费家营》《梦回祁连》《黄河远上》等,贴到微信公众平台上,点击率甚高,留言感人。《费家营》

被评为2015年"中国文学最新排行榜"散文类的榜首。《韩金菊》是我最新的文章,却是藏在胸中多年的故事,不写出来,压得我喘不过气来,真的一写起来,几次伤心得写不下去,她短暂而不幸的一生,汇聚的社会历史内涵甚为复杂,人生的沧桑五味杂陈……我列举这些,并不是想说我写得多么好,而是深感到,历史生活本身的丰富性、壮阔性、向前性。感谢历史,感谢生活!

尽管我做了一些努力,在今天的阅读生活中,这本书恐怕仍不过是沧海之一粟。作者总是记着自己仅有的一点荣耀,而读者却并不注意这些,甚至完全不记得了。加缪曾说:"不管多么超脱多么杰出的作家,同样渴望得到社会的认可和读者的承认。"是啊,就像一个没有人欣赏和追逐的美女,其存在还有意义吗?我把读者的需要和喜爱,我心灵难抑的诉求,视为我写作的根本动力。"文章千古事,得失寸心知,作者皆殊列,名声岂浪垂",诗圣杜甫的浩叹,何尝不也是一代代文人的浩叹。

我知道,放在时间的长河里,活着的尽头是死亡,爱情的终点是灰烬,写作的收场是虚无,不管我们多么珍视自己的这些作品,这命运是不可避免的。然而,尽管如此无情,我们依然要尽力地活,尽情地爱,尽心地写,别无他法啊!我自知渺小脆弱,难脱定数;我自知人生短暂,如飘尘,如流云,恍然若一梦,却仍想顽强地活出一点意义来。斯宾诺莎说过大意如此的话:"我们都是法则和原因的伟大河流中的一滴水,人类也只是宇宙生命大戏中的一个小小的插曲和波浪罢了。"似含有某种宿命之意;萨特却说:"人的命运取决于人们自己的抉择,人的存在价值有待于人们自己去设计和创造。"更加肯定存在先于本质。好像都有道理。人,总是要在无意义中,在虚无中,去寻找意义、创造意义。

作者在寻找读者,读者也在寻找作者。如果我的这本小书,能让一些读者在车上、在厕上、在枕边,翻一翻,会心一笑,引起一些共鸣和返思,那我就没有白写,那也就是我最大的幸福了。

2017年3月23日清晨小记

忧患而强健的精神远行
——读雷达散文

□ 古 耜

一

翻开雷达散文,迎面而来的是一个丰富多彩的艺术世界。其中有人物肖像的生动摹写,也有地域风情的精彩描绘;有生命记忆的潜心打捞,也有社会世相的多维摄照;有环绕文化焦点的辟透剖解,也有针对体育竞技的颖异感悟;有诗性勃发的叙事抒情之什,也有哲思充盈的析理辩难之制……所有这些,摇曳变幻,不拘一格,仿佛在诠释作家曾经的"夫子自道":"我写散文,完全是缘情而起,随兴所至,兴来弄笔,兴未尽而笔已歇,没有什么宏远目标,也没有什么刻意追求……我写散文,创作的因素较弱,倾吐的欲望很强,如与友人雪夜盘膝对谈,如给情人写的信札,如郁闷日久、忽然冲喉而出的歌声,因而顾不上推敲,有时还把自己性格的弱点一并暴露了。(《我心目中的好散文》)"

雷达散文在很大程度上保持了生活的繁复性、艺术的率真性以及作家主体的随机感与自由感,却不见同类追求之下常常难以避免的内容或风格上的散漫、杂芜和琐碎。这里起到化合与统摄作用的,是一种强大的生命磁场与浓郁的心灵色调,二者互为条件,不仅为多姿多彩的散文世界注入了"血管里流的总是血"的整体感,而且十分清晰地凸显了作家高度个性化的文化面影——置身于充塞着物质化、商品化和功利化的消费时代,他不时感到有困惑、怀疑和悲哀来袭,却始终不情愿让这些统治内心,更不承认它们天经地义。为此,他将忧患的思绪化作遒劲的笔力,叩问历史与现实,对话社会与人生,力求以饱含哲思与激情的审美化语言,实现精神自救,同时为喧嚣扰攘的物化世界,留下一片可以安置心灵的绿洲——这庶几就是作为散文家的雷达。

二

作为中国改革巨变的亲历者与见证者，雷达从不否认现代化进程带来的社会进步与民众福祉，但也从不把眼前的一切理想化、完美化、绝对化。在他看来，历史的现代化进程具有明显的两面性。它所产生的空前强大的物质力量在给人以舒适和便利的同时，也会造成对人的挤压。而这种挤压通常表现为一种全方位的"缩略"形态。正如作家在《缩略时代》一文中所写："缩略乃时代潮流使然，其中不乏积极因素，但从根本上说，所谓缩略，就是把一切尽快转化为物，转化为钱，转化为欲，转化为形式，直奔功利目的。缩略的标准是物质的而非精神的，是功利的而非审美的，是形式的而非内涵的。缩略之所以能够实现，其秘诀在于把精神的水分一点点挤出去……于是，我们想起了'物的世界的增值，同人的世界的贬值成正比'这句话。"

显然是为了抵制和反拨几成潮流的物对人的"缩略"，雷达散文每每将视线投向现代人的生存状态与精神图景，努力揭示其中的繁复、亮丽与斑驳。《乘沙漠车记》透过作家身临其境的观察体验，描述了沙漠石油勘探鲜为人知的艰难情境，凸显了石油建设者使命中或者说宿命里的悲壮，以及构成这种悲壮的忘我的拼搏与奉献精神。《秋实凝香》聚焦辽东桓仁县女医生李秋实。她身上熠耀的善良、仁爱、敬业、无私，不仅赓续了传统的道德之美，而且告诉人们：即使在物欲膨胀的商品时代，高尚的人格与人性依然是珍贵的、不可或缺的存在，依然拥有巨大的精神感召力量。《行走的哲人》将由衷的激赏送给了孤身徒步走西藏的余纯顺。而之所以如此，则是因为作家从这位"哲人"身上，发现了物化时代难能可贵的人道关怀和慈悲心肠，以及他对自然人化和人化自然的执着追求。《辨赝》《摩罗街》取材于作家的文物收藏经历，而其中最让人过目难忘的，便是人性在物欲中的沉沦或升华，即一种出现于不同时空的或利欲熏心，或大美卓然的社会风景。这种无意中生成的不比之比，将作家激浊扬清的济世情怀，表现得生动而剀切。

对于现代人的生存状态和精神图景，雷达散文敏于发现，亦精于描摹，但不曾满足和滞留于此，而是在此基础上，注重发挥"学者作家"的优势，让思想和学养恰当适时地进入经验或现象世界，展开由知性引领的联想与阐发，就中完成更见深度的意旨表达。请读《尔羊来思》。该篇由朋友馈赠的"百羊交泰"篆刻起笔，旋即过渡到中国文化传统赋予羊的美善性情。接下来在"羊性"与"人性"之间展开生存与伦理的回忆与思考，就中指出"文明愈发达，人性愈复杂"，人类的疾病时常伴随文明而生的严峻事实。最后则引入马克思所说的人的自由发展和人性复归的观点，呼唤人类在获得物质极大丰富的同时，实现精神的极大完美，即人性在更高螺旋上的由浑浊而清澈，由复杂而单纯。这时，一种理想健康的人性发展观,呈现在读者面前。《化石玄想录》讲述了"我"对化石的由衷喜爱和由此产生的一连串遐想:许多活蹦乱跳、翩若惊鸿、矫若游龙的动物,为什么会在一瞬间成为永恒的雕像?这当中除了物种进化的原因,恐怕更多是大自然灾变的结果。而面对自然界的种种变化,动物并非被动无为,听天由命,而是物竞天择,新陈代谢。动物如此,人类何为?尊重客观规律,善待世间生灵,强化自身素质,才是正确的选择。显然,诸如此类的思索关联着现代人生存与发展的宏大主题,是作家与时代和现实的深入对话,因而很值得我们仔细咀嚼与回味。

三

在谛视和发掘现代人生存状态与心灵图景的过程中,雷达始终敞开着内心,袒露着灵魂。也就是说,他把自己的精神思考、情感起伏和意识流动,包括其中的迷惘、纠结与焦虑等等,统统当成了审视和表现的对象,不加掩饰地端给了读者,从而使作品具有一种真诚的、在自省中省人的艺术力量。

不妨一读《还乡》。这篇记述作家回乡见闻的作品,自然而然地写到了家乡和家乡人在历史进程中的某些变化。不过,所有这些变化在作家眼里,却有些喜忧参半:物质生活已经向好,自然环境却不容乐观;侄女在人生路上的"不安分",透显出农民观念和命运的双重改观,而侄子在官场的情绪起伏,却意味着强悍本色的最终丢失;乡音和柴禾味令"我"感到亲切,只是这亲切里又分明掺杂了生疏与隔膜。唯其如此,作家一时说不清这次还乡"究竟是失望,还是充实"。《天上的扎尕那》记述了作家神往已久的扎尕那之行。然而,一旦身临其境,"我"却陷入了深深的矛盾之中:偏远的扎尕那美如天界,令人沉醉。出于保护这人间美景的考虑,"我"不希望它像许多已经开发的风景区那样闻名遐迩、游人如织。可一旦如此,这穷困的边地又该怎样走向富裕?这确实是一个难以两全的难题。《我们为什么读书》是一篇读书随笔。在谈到当下司空见惯的功利阅读时,作家不惜现身说法:"一卷在握,正襟危坐,每个细胞都很紧张,为的是在最短时间里抓住一些要领,形成一个评论的框架。所谓艺术的直觉,沉醉自失,含英咀华,都谈不上了。我读得专注,读得累,可就是没有发自内心的感动。这不能不说是读书的异化。"而读书的异化说到底,还是人的异化。此时此刻,作家端的是推心置腹,忧思深远。

也有一些时候,雷达的内心世界是在相对安静自适的情况下,以沉思的方式和从容的笔调展开的,是一种带有较浓的形而上色彩的意识流动,其基本主题则是解读精神现象、探索生命奥秘。譬如《论尴尬》由人生之尴尬想开来,既梳理其语义转换,又勾勒其场景变化,进而发现:"尴尬是人的不自由状态的自然流露,是消灭不掉的……只要我们不矫情,不造作,抛弃虚伪的遮饰,敢于直面自己的灵魂,也就敢于坦荡地面对尴尬了。"可谓要言不烦,切中肯綮。《说运气》是"我"对运气的认识和理解:运气这东西看似神秘,其实不过是主客体的一次奇妙的、充满无数可能性的、出人意料的遇合。因此,对于每一个人来说,与其做命运的奴仆,不如忘掉运气,我行我素,在自由创造中接近运气的最大可能性。显然,这是更为积极和睿智的人生态度。《生命与时间随想(18章)》荟萃作家日常生活的片段思绪,其话题大都直抵现代人的心理症结或精神困境,而由此展开的作家的内心独白不仅烛幽发微,别开生面,而且每每衔接着一个时代的思想乃至理论前沿。于是,我们在收获作品醍醐灌顶般的心灵启迪的同时,也可领略到作家难能可贵的清醒、敏锐与深刻。

四

对于现代生活和现代人,雷达的观察是持久而细致的。某一天,他突然发现:"人为了生存、舒适而改造自然,可真的舒适起来,就又损伤了它本身这个自然……意志软化了,野性驯服了,耐力减弱了,蛮魄消解了,卧在病床上的现代人终于恍然大悟,他的一切努力似乎只是在为自己建造一座精美的囚笼,编织一条柔软的绞索。(《为自己建造囚笼的现代人》)"

应该是对现代人生命与生存悖谬的积极反拨,雷达散文开始自觉营造另一种精神向度:呼唤强健体魄,崇尚激扬人生。请看《冬泳》,该篇围绕作家与冬泳的一段缘分,以饱满酣畅的笔墨,极富感染力地写出了"我"搏击冰水,对抗寒潮,外冷内热,体痛心畅的奇特感受,以及"我"在一个天人合一的环境中,冲破精神闷局、享受心灵自由的愉悦情形。同时又将作家有关冬泳可以磨炼意志、净化心灵、澡雪精神,进而唤醒人类原始御寒本能的哲思穿插其间。这使得通篇文字蒸腾起坚忍勃发、激流勇进之美,读罢让人身心为之一振。《足球与人生感悟》是雷达的名篇。该文虽以观赏世界杯足球赛破题,但作家的目光和思绪早已从绿茵场转向人生的广阔疆域。于是,我们看到:喀麦隆队的胜利是斯巴达精神的复活;马拉多纳的眼泪里包含了被名声所困的委屈;米拉和斯基拉奇截然相反的球风,划清了自由与功利的界限;弱势球队的崛起和替补队员的惊艳,则意味着竞争的诡谲与机遇的可贵……所有这些归结到一起,庶几昭示人们:一个民族要想在历史的长河里不断发展前行,就必须保持从体魄到精神的刚毅坚卓,一往无前,正所谓"天行健,君子以自强不息"。此外,《无可逃遁的反思》《旦夕祸福论》《多一些狼气和虎气》等系列随笔,锁定的都是体育活动,但关注的还是人的心理、意志、状态、气势,弘扬的仍是强悍的体魄与勇猛的精气神,是一种强力超拔之美。联系现代社会出现的人越来越慵懒、娇贵和脆弱的现象,雷达的这种努力自有无法忽视的积极意义。

五

雷达出生于甘肃天水,在兰州长大并接受系统教育,是地道的西北人。正像许多散文家在创作中都会频繁调动有关故乡的人生储备一样,雷达散文中亦每每活跃着中国西部特有的地理标识、文化基调与精神底色。可以这样说,对西部大地的无限眷恋、细致打量和不吝笔墨,构成了雷达散文的突出特征。

先看《皋兰夜语》。该文旨在为西部名城兰州立传,其锁定的中心意象是静卧千年、俯瞰全城的皋兰山。围绕这个意象,作家一方面回溯过往,将多种记忆、史实与学养整合为摇曳而浑厚的叙事,勾勒出历史上兰州曾有的集强悍与保守、坚韧与封闭、叛逆性与非理性于一身的矛盾性格;一方面立足现实,透过皋兰山顶建起公园,以及"我"和朋友们居高临下,夜观灯海的写意性描述,象征性地展现了新时期的兰州打破闭锁、锐意变革,努力汇入大时代的情景。这时,通篇作品呈现出梳理和打通兰州精神与文化脉络的主题,进而提示人们:一切变革都离不开传统的铺垫与滋养,都必须经历对传统的改造和扬弃,变革只有实现对传统的有机性衔接和创造性赓续,超越和进步才成为可能。

《听秦腔》以秦腔为文眼。其跌宕起伏的讲述,不仅活现了秦腔牵人心魂的"苍凉悲慨",以及"我"和无数西北人对秦腔渗入血脉的酷爱;而且将秦腔和秦腔之爱的心灵化、社会化过程同大西北的地理与历史结构,以及西北人的情感与伦理方式,紧密地联系在一起。正因为如此,一篇《听秦腔》所揭示的,便不单单是一个剧种历久不衰的奥秘,同时还有包括优势和局限在内的整个西部文化的当代生态及其未来走向。显然,这样的作品并不缺少与现实生活的对话。

天水地界上的新阳镇是渭河上游的古镇和名镇,也是雷达严格意义上的家乡。以镇名为篇名的力作《新阳镇》,便是作家透过岁月烟尘,朝着家乡的深情回望。应该是得益于记忆与经验的厚积薄发,这篇作品将家乡的山川形胜、自然物产、历史沿革、文化习俗等,描述得多彩多姿,曲折有致。其中以简约有力的笔墨勾勒出的大嫂谢巧娣的形象,更是丰满真切,感人至深。她身上特有的那种刚强、坚韧、泼辣、豁达、敢踢敢咬和不畏强势,无疑是粗粝而艰难的西部生存留给她的性格印记。而一篇《新阳镇》则不啻一卷西部古镇的风情画。

还有《多年以前》《黄河远上》《费家营》《凉州曲》《走宁夏》……它们将雷达的目光和思绪,一次次拉回苍茫浑厚的西部大地,拉回这片大地上的山山水水、万物苍生。所有这些与作家个人经历血肉相连,但又不是"纯粹的个人化"的记忆,开满了社会心理、民间传说、历史事件、地域风味、时代氛围的花朵,它们交织在一起,分明构成了甘肃乃至整个西部的风俗史和精神发展史。唯其如此,对于雷达来说,书写西部已不再仅仅是一种题材的选择或意象的熔铸,也不单单是一种乡恋的表达和乡愁的寄托,而是明显承载了现代人精神还乡和心灵充氧的意义——当作家常年奔波于都市的喧嚣,发现物欲的侵蚀已经使心灵变得苍白羸弱的时候,便禁不住一次次情牵桑梓,神驰故园,就中梳理生命根系,寻找精神资源,实施灵魂保健。显然,在作家的意识或潜意识里,传统而质朴的以前现代为基本形态的西部生活,包含了许多具有恒久价值的东西,它值得现代人深入省察、仔细回味以致常读常新。

六

雷达散文看重思想文化视角,却不曾因此就忽略社会历史维度。事实上,从1980年代的《王府大街64号》到1990年代的《依奇克里克》,再到近年来陆续刊发于《作家》杂志的"西北往事"系列,进行历史的审视与反思,一直是雷达散文的一个重要主题。值得注意的是,同样是审视和反思历史,雷达散文依旧有着属于自己的价值取向和审美特点,这主要表现在两个方面:

首先,区别于某些反思性作品较多罗列社会现象的习惯,雷达散文的历史反思重在进行灵魂的审视与人性的拷问,努力强化作品的"人学"含量。如《王府大街64号》打开了作家的"文革"记忆,其中的文字固然涉及田汉等诸多文艺名家惨遭批斗凌辱的灾难性场景,但真正让作家耿耿于怀和心灵不安的,却是藏在这灾难性场景纵深处,长期未能彻底清算的一些人的精神阴影与心理暗疾,是民族根性中负面的"集体无意识",这是种更让人担忧的存在。《黄河远上》《费家营》讲述了雷达1950年代在兰州读小学和中学时的情景。其中透过"我"的目光和经历,牵引出若干老师、同学以及相关人物。这些人物有着不同的状貌、行为和命运,但同时又仿佛承载了来自作家的某种问询:他们为什么会有这样的行为与命运?如此行为和命运的背后又蛰伏了怎样的社会因子、心理动机或情感逻辑?对于这些问题,作家没有给出更多的主观解析,而是将答案留给了读者。事实上,正是这种有意或无意的"留白",将作品的人性勘察引向了深处。

当然,雷达散文有时也会直接面对历史上曾经发生的闹剧或悲剧。不过即使在这种情况下,作家的笔墨也没有陷入绝望,更不曾带有"戾气",而是坚持从历史的本真与本相出发,在正视其扭曲与病痛的前提下,悉心发掘其并存的生活亮色和人性暖意,这是雷达散文反思历史的又一特点。譬如,《依奇克里克》沿着一座油矿的废墟走进岁月深处,打捞出十年浩劫中的生活奇观:外边是狂热的革命风暴,这里是艰苦的夺油会战;墙上贴着阶级斗争的标语,但真正的兴奋点却是油井出油;晚间也有批斗会,只是发言过后,被批斗的领导照样安排明天的生产……如此反差巨大的镜头对接,让人心绪复杂,感慨万千。难怪连作家都要发问:"依奇克里克,面对历史,你究竟是耻辱的象征,还是光荣的大旗?"同样的追求在《梦回祁连》里表现得越发充分,也越发圆融。这篇作品激活了作家在读大四时被编入工作队,到老君山下参加"社教"的一段经历。其笔墨行进间,固然涉及那个时代和那片土地上极度贫瘠的物质与精神生活,以及异常畸形的政治氛围,但最终活起来的却正如作家所说:"是隔着历史烟尘的各种亲切的面影,是那个久远年代里,人性的淳朴与异常,残酷与美丽。"其中少女环子那清纯、善良而略带野性的形象,以"把美好的东西毁灭给人看"的浓重的悲剧基调,让人扼腕叹息,过目难忘。应当看到,这种在苦难中淘洗人性光华的成功实践,不仅有效地强化了作品的生活真实感,而且显示出作家从整体上把握历史与现实的能力。

七

不少读者反映,雷达的散文"好看"——行文转折自然,叙述引人入胜,好像每篇作品都生动摹写了一段生活流程,都是一气呵成似的。这固然不错,只是穿过其质朴无华浑然天成的外表,将会发现,雷达散文其实包含了卓荦的艺术匠心,"好看",恰恰是苦心经营的结果。

雷达散文构思自由灵活,体式新颖多变,叙事不拘一格,不少作品堪称形神互惠,随物赋形。如《重读云南》是作家对云南的重新"发现"和整体写意。其行文一改常见的由风物民俗入手的套路,而借来前人形容云南的"倒鞋天下"作为纲目,在阔大辽远的中华版图上,斜出旁逸,纵横捭阖,展开历史与地理的宏观挥洒,其结果不仅酿成了作品跌宕恣肆、雄健奇崛的风度,而且成功彰显了云南的文明地位与文化个性。《黄河远上》以兰州战役先声夺人,随即进入"我"的少年视线,即通过作者上学路上所经过的一个个"点",牵出一件件往事,演绎历史风景,揭示心路历程。《味外之味》让文思顺着舌尖上的味道层层递进:先介绍"我"由衷喜欢的西部饮食,然后从西部饮食谈到江南菜肴。再由西部饮食和江南菜肴的差异,谈到文化含量的多寡与文明程度的高下。从江南菜系不断推出的新菜品、新口感和新味道,谈到人的想象力和创造力,直至万物流变与传统更新。从舌尖之美谈到地域文化,再谈到生命质量。于是,品味美食的美文果然有了"味外之味",而作品本身亦呈现出起伏跌宕之美。

同时,雷达散文又很注重谋篇布局的层次感和曲折美。如《新阳镇》以一条渭河贯穿全篇。由于这条河曾是秦国乃至中华民族农耕文明最早的发祥地,所以作者下笔精细而富有情致,渭河两岸的灌溉、纺织、节庆、人文,依次跃然纸间,最后以一个人格化的象征,渭河边上的坚强女性——大嫂的形象作总结,可谓豹尾一甩,精神全出。《皋兰夜语》围绕皋兰山与黄河展开叙述,写"山与河的较劲",溶入大量历史文化细节,最后以登上山顶看夜景结束全文,同样有万取一收,余音袅袅之妙。《梦回祁连》是一篇不可多得的力作。作家以"我"、环子、工作组长老刘、"坏分子"郝得全等几个特色人物,支撑起一个骨架,调动多种手法,丰满而有趣地写出了历史上难忘的一页,以及活在其中的人性的美丽与残酷。整篇作品苍凉浩阔,凄婉沉郁。

雷达散文的语言是偏于传统的。作家没有年轻一代的俏皮、犀利、华美、反讽,也没有被余光中所批评的"中文西化"式的生涩拗口,他的语言简洁、精炼、有质感、有力度,无论叙述还是描写,都极富逼真性和现场感。他的词语明显受中国古典文学的影响,笔墨之间,时有聊斋志异和唐代传奇式的风韵。

显然与作家长期从事文学研究与评论相关,雷达散文具有比较明显的理趣之美。而这种美质的形成,明显得益于作家思维方式的一大优长:善于围绕一些复杂现象或疑难问题,展开发散性思考,通过多维互动式分析和两极扩展型探究,努力酿造行文的辩证性风度乃至悖论式效果。不妨来看《假如曹雪芹有稿费》。该文以中国古典文学巅峰之作的生成为切口,来谈现代社会艺术与金钱的种种夹缠:艺术在本质上具有神性,它与存在、本体、永恒一脉相通,而同金钱、功利无缘;然而,艺术家置身于现代社会,又必须直面生存的需要,因而也必须接受金钱的制约。在艺术创作中,艺术家只有驱逐了金钱的重压,精神才能飞扬。但现代人驱逐钱魔,就像驱逐自己的影子一样困难,其中一个重要原因,就是作品中的商品化成分大大加重了。正因为如此,作家认为:"现代作家怀着比古代人更发达的七情六欲,注定了要在物质与精神的二律背反中忍受更大的煎熬。这是他们与生俱来的悲哀。然而,他们的存在困境又正是他们的优势所在。如果他们坚持不让物欲主宰心灵,并且深刻地写出了人们挣不脱物欲的痛苦和反抗物欲的勇气,他们就展现出古代作家不曾有过的现代魅力,就在通往终极关怀和人的自由的永恒之路上做出了卓越贡献。"可谓峰回路转,柳暗花明,而作品的魅力恰在其思辨转折之中。与该文异曲同工的篇章,至少还有《论疼痛》《论牢骚》《我们还需要文学吗》等等。

雷达散文有一种刚健之风,不过细细品味又会发现,这种刚健之风并非是单一的存在,有的时候,它分明被一种悲凉之气所裹挟、所压倒。这时,我们听到了作家真诚而顽强地心灵告白:

"当我奔波在还乡的土路上,当我观看世界杯足球赛熬过一个深宵,当我跳入刺骨的冰水,当我踏进域外的教堂,当我伫立在皋兰山之巅仰观满天星斗,当我的耳畔回荡着悲凉慷慨的秦腔,我便是在用我的生命与冷漠而喧嚣的存在肉搏,多么希望体验人性复归的满溢境界。可惜,这只是一种痴念。优美的瞬间转眼消失,剩下的是我和一个广大的物化世界(《我心目中的好散文》)。"

必须承认,雷达这种充满悲剧意味的内心感受,并非仅仅属于作家本人,而是在很大程度上构成了一个时代的精神投影,唯其如此,它具有足够的启迪心智、砥砺灵魂的力量——这庶几是雷达散文的核心价值和终极意义。

感性风骨，理性激情
——谈雷达的文学批评

□徐兆寿

内容提要：雷达是新时期以来就活跃在文坛的重要批评家，对其评论之研究已多见，基本上集中在对其思想内涵、观点阐发以及在文学思潮中的作用方面，但对其美学方面的阐述较少。事实上，雷达批评的美学特征体现出宏阔、健朗的感性风骨和澎湃、深沉的理性激情，与此同时，又表现出现实主义的精神追索和强大的批评主体意识。这一切都是值得整体把握并加以研究的。

关键词：雷达；文学批评；感性；理性

二十年前，评论家白烨曾言："十数年来，'雷达'一直是小说评论文章中出现频率最高的名字。因而，便有了雷达是名副其实的'雷达'的说法。这句不无调侃意味的玩笑话，实际上也如实地反映了雷达小说评论的许多特点，这便是扫描纷至沓来的新人新作及时而细密，探测此起彼伏的文学潮汐敏锐而快捷。可以说，仅此两点，雷达在评坛乃至文坛上就有了别人无以替代的一席地位。"[①]2013年6月1日在兰州召开的"雷达的文学评论与中国化批评诗学建设研讨会"上，同为评论家的李敬泽又一次评价道："他是新时期以来批评家中的一个异数，他属于那些在70年代末80年代初，为了中国文学的思想解放，为了中国文学在新时期的复苏做出了重要贡献的那样一批批评家，但是，他又是那一批批评家中最年轻的，所以他同时又属于后来80年代中期以后进一步推动中国文

---

① 白烨：《个性·活力·深度——评雷达的小说评论》，《批评的风采》，安徽文艺出版社1994年版，第232页。

学不断向前发展、不断开拓新领域的那样一批批评家。如果回顾一下,我们恐怕很难找到哪些批评家,在他的批评生涯中几乎贯穿了中国新时期文学从70年代末直到现在的整个发展历程。"新时期以来,雷达始终处在中国文学创作的前沿,活跃在文学批评、文学思潮的前沿。仿佛他始终挥舞着那柄巨桨,在新时期以来波澜壮阔的文学潮汐中奋勇前行,并不断地呐喊,一如英雄的奥德修斯在大海上航行,领着壮士们回家一样,颇有些悲壮。也因此,李敬泽说:"在这个意义上说,雷达老师的批评生涯、批评成就是非常值得我们认真去研究、去探讨的。"①

在中国文学的历史上,甚至世界文学的历史上,大概也未曾有过中国新时期以来文学思潮风云多变、文学观念频繁更替、文学媒介迅猛变革、文学生态异常复杂等局面。如同这个时代一样,高度缩略,激流飞进,巨浪浊天,能够在这样的洪流中始终立于潮头,除了顽强的意志,还要有过人的本领。就文学评论而言,需要有旺盛的精力、过人的才华以及令人悦服的评论品格。

宏阔、健朗的感性风骨

读雷达先生的评论文章,尤其是那些重要的长篇巨论,大家都有一个共同的感受:太美了。同时代的评论家李星总结得最为准确:"雷达的评论绝对是一个美学的评论,他的语言太漂亮了,是散文语言,他打破了中国当代文学评论注重政治思想和文风呆板的面孔,完全用散文的语言、诗意的语言来写文学评论。有时候,同一个主题我们都写文章,全国没有一个人像雷达那样把评论文章写得这么美。"②作家李国文也说:"我也在琢磨,他和别的评论家同和不同的地方,直到我读到他的一篇散文《冬泳》,我明白了,他首先是诗人,然后才是评论家。"③在李国文看来,雷达的评论与别人之异取决于他的诗歌品格和散文品格的嫁接。

雷达先生出版过一部有影响的散文集《雷达散文》,收集了20世纪90年代发表的一些有影响的散文。这些散文曾经一发表,就被一些报刊纷纷转载,多次登上过排行榜。那十年也是雷达在评论界的黄金时期,风云一时。他游走于散文与评论之间,使散文带有浓烈的精神气质,而又使评论带有散文的灵动感性。贾平凹说:"我一直把雷达当散文

---

① 根据李敬泽在"雷达的文学评论与中国化批评诗学建设研讨会"上的发言录音整理。
② 根据李星在"达的文学评论与中国化批评诗学建设研讨会"上的发言录音整理。
③ 李国文:《散文的雷达》《雷达散文》,浙江文艺出版社1999年版,第3、4页。

作家。"①在贾平凹看来,雷达的散文写得好,评论也像散文。事实上,十九岁时,雷达还在大学读书期间就发表了第一篇散文《洮河纪事》,从那时起,雷达的散文就没断过。后来,他把这种散文的"灵性"运用到评论中去,就使评论忽然间散发出动人的魅力,大有开一代风气之气象。

从美学上看,雷达的评论文章具有独特的品质,即宏阔、健朗的美学风格。试举一例,雷达在评张贤亮的《绿化树》时有一篇《〈绿化树〉主题随想曲》的文章,开头如是写道:"从西北高原一个荒寂、几乎被人遗忘的村落里,突然射出了一道强烈的、巨大的、照人肺腑的艺术之光。它受孕于六十年代初期的饥荒岁月,却辉映于八十年代初期的蔚蓝天幕。虽然横亘着二十余年时间和空间的距离,由于它揭示了具有哲理色彩的重大的人生主题,它的艺术力量依然像电流一样,迅速地通向了今天每个富于良知的心灵。但是,也由于它触及了至今仍然极其敏感的知识分子问题,也就造成了人们感受的空前复杂和认识的多种歧异。这就是张贤亮的系列中篇之一《绿化树》所产生的特殊的社会反响。

它拥有奇异的艺术魅力:它充满着荒原气息和犷悍之美,它绝妙地描绘了难以忍受的饥饿感,也出色地描绘了如火烈烈的感情;它以准确的瞬间感觉涂绘出看不见却无处不在的时代低气压,也以雄浑悠肆的笔墨传递出野性的灵魂的呐喊……"②

正如李星所言,雷达之评论犹如美文,句句优美,读起来热烈、开阔、激情澎湃,既不枯燥,又富于感染力。雷达的评论中有一股丰沛的大气,笔力壮健,一般评论家难以仿从。贾平凹形容其评论有两个特点,一是"大",二是"正",说的也是这个意思。雷达早年对朱光潜的美学文章极为推崇。他总是讲评论的诗学特质,大概是从朱光潜先生那儿得来的理念。其意思是评论之行文不但要有诗歌般的质感,而且其最终所指也要达到诗歌那样的化境。这正是散文的追求。正是因为对诗学的这样一种推崇,这才使他的评论展现出不同一般理论文章的灵光来。此外,他在评论中还常常谈道,小说的最高境界是诗化境界,这仍然是他的美学理念的延展。

在贾平凹看来,雷达之所以拥有如此之美学风格,除上面所讲的借散文之灵气外,还有一种个人的经验,即来自于故乡和童年的经历。雷达生于渭河之畔的天水,后又成长于黄河之滨的兰州。他常常横渡黄河,其雄力也许来自于此。他文中的那股浩荡之气不正是黄河之势吗?西北的辽阔荒凉使他的文章也无时无刻不透着一股开阔苍凉之气。如果对雷达的评论进行一个大致的梳理,就会发现他写那些北方作家,尤其是西北的作家时,这种风格格外明显。比如,他评陈忠实的《白鹿原》的文章,开头如是道:

---

① 贾平凹:《读雷达的抒情散文》,《当代作家评论》1995 年第 1 期。
② 雷达《〈绿化树〉主题随想曲》,《蜕变与新潮》,中国文联出版公司 1987 年版,第 165 页。

我从未像读《白鹿原》这样强烈地体验到静与动、稳与乱、空间与时间这些截然对立的因素被浑然地扭结在一起所形成的巨大而奇异的魅力。古老的白鹿原静静地伫立在关中大地上，它已伫立了数千载，我仿佛一个游子在夕阳下来到它的身旁眺望，除了炊烟袅袅，犬吠几声，周遭一片安详。夏雨、冬雪、春种、秋收，传宗接代、敬天祭祖，宗祠里缭绕着仁义的香火、村巷里弥漫着古朴的乡风，这情调多么像吱呀呀缓缓转动的水磨，沉重而且悠久。可是，突然间，一只掀天揭地的手乐队指挥似的奋力一挥，这块土地上所有的生灵就全都动了起来，呼号、挣扎、冲突、碰撞、交叉、起落，诉不尽的恩恩怨怨、死死生生，整个白鹿原有如一鼎沸锅。在从清末民元到新中国成立之初的半个世纪里，一阵阵风掠过了白鹿原的上空，而每一次的变动，都震荡着它的内在结构：打乱了再恢复，恢复了再打乱。在这里，人物的命运是纵线，百回千转；社会历史的演进是横面，愈拓愈宽；传统文化的兴衰则是精神主体，大厦将倾。于是，人、社会历史、文化精神三者之间相互激荡、相互作用，共同推进了作品的时空，我们眼前便铺开了一轴恢宏的、动态的、纵深感很强的关于我们民族灵魂的现实主义画卷。[①]

这种文风，是将作品完全地吃透、把握，并内在地成为表达自己思想的一部分时，才会有的一种通达、顺畅，甚至是站在山顶上目睹山下情景的开阔气象。就像李健吾论沈从文时所拥有的那种古今通识、中外皆备的视域，以及与作家心意相通、彼此互印的那种深深的共鸣；又像是钱谷融论《雷雨》人物时怀有的那种人道主义情怀，对每一个人物尤其是对繁漪的同情、深解，令人动容和尊敬。那些评论实在是美文，每一句都是作者含着极大的热情、同情、爱以及曾有的深刻的人生体验而写作的，并非简单地对一个作者或一部作品的解读。它们本身就是精湛的艺术作品，充满了对艺术作品乃至宇宙人生的独特见解。雷达之所以在写陈忠实、张贤亮等这些西部作家的作品时怀有强烈的激情，是因为西部正是雷达童年、少年以及青年时代用生命体验过的世界，那里粗粝、荒凉、广阔、悲壮的大美气象始终是他艺术世界的底色与美学意境。是那些作品点燃了他的激情，开启了他的故乡世界，并促使他迫不及待、情不自禁地表达。

关于这一点，在他的散文中表现得更为明显。李国文在为雷达散文作序时写道："我喜欢他的这两类散文，一类是着笔于人生体验的，代表作为《冬泳》，另一类是侧重于心灵感觉的，代表作为《皋兰夜语》。"[②]如果说前一类文章更多地在表达他对社会人生的种种看法，是属于精神性的追求、反思与批判，是可以通过读书、写作、苦难而得的，那么，后一类文章就是情感、性格与心灵的背景，是属于感性美学的，是在童年、少年、青年时

---

① 雷达：《废墟上的精魂〈白鹿原〉论》，《文学评论》1993年第6期。
② 李国文：《散文的雷达》《雷达散文》，浙江文艺出版社1999年版，第3、4页。

期与故乡世界早已融合烙印在心灵上的。

弗洛伊德说:"童年或者说少年时代的阅历构成一个人生命情结的本源,构成一个核心的意象,此后的一生中,这个人的精神永远在追寻童年种下的梦幻,或者在寻找少年丢失了的东西。作家的出生地对作家构成了看不见的影响,这种影响执着地影响他的一生,使他终生苦苦寻觅,终生在迷惘着、痛苦着、幸福着。在许多时候,他不知所措,许多时候又获得最大的精神性满足。"这不仅仅是对一个作家如此,对一个评论家也是如此。罗兰·巴特、新批评派以及德里达等关于作者、文本以及读者的关系发表了许多令当代人深思的观点,从20世纪至今,他们的言论引发了无数的讨论。无论人们怎样去看几者之间关系,有一点是肯定的,即作家再也不是古典时代那样高高在上了,再也不是传道者了,读者也不是信众了。在传播的过程中,文本本身以及读者、评论家的参与、再创作显示出比古典时期更为重要的作用和地位。罗兰·巴特宣布一部作品一经产生,便会发生"作者已死"的现象,之后的事就交给读者了。读者完全可以不必再去了解作家的信息,而直接根据自我的经验阅读、创作文本。评论家便是读者中最有创造性的"作家"了。那么,这个作家又会如何去创作呢?显然,他不再是作者的传声筒,而是一个靠这部"文本"去发现自己、创造自我、创造新的"文本"的读者或"作家"。当然,这样的创造也许与原来的文本之间离题万里,甚至毫无关涉。所以,后来的新批评派及其他的学者便修订这种间距,但仍然认为,读者尤其是批评家将按照自己的理解来解读、创作文本。这也就是文本活着的意思。这些理论解释了存在主义以来文以载道的文学生态逐渐消亡,而以多元价值论为基础的"文本至上"的解构主义文学生态在渐渐生成,文学必然面临众声喧哗、主流溃散的坍塌局面,和大众主义、消费主义洪流无情冲击下改弦更张的恶俗形象,个体的读者便"唯我独尊"、毫无顾忌地自由阅读与创造了。这在网络、新媒体时代尤其如此。显然,它是消费主义时代和信息传播时代的产物。我们暂时不去讨论它的价值,单就说在这样的时代中,作家、文本、读者显然是平等的地位了。那么,一个优秀的评论家必然是既能够打通作家、文本与自己之间的种种障碍,又能以"作家"的方式重新去解读和创造文本的读者。

假如以这样的方式来解读雷达为何与西部作家构成上述的"亲密"关系,也许就顺理成章了。也只有那些可能用自己的故乡情结、童年印迹而去解读文本——实际上构造自己的作品的评论家,才可能成为有品格、有深度、有感性的评论家。雷达便是。

澎湃、深沉的理性激情

刘再复曾说,雷达的评论拥有一种"理性的激情"①。这是一个很有意味的判断。激情是感性的,但刘再复说的并非感性,而是理性。这种激情,我在罗曼·罗兰的《约翰·克利斯朵夫》中遭遇过,罗曼·罗兰称其为"欧罗巴精神"。我还在尼采的众多哲学论著中见到过,人们称其为"强力意志"。从上面所举的关于张贤亮和陈忠实的评论,我们不难想象雷达的文风与《约翰·克利斯朵夫》和尼采哲学论著文风之间的某种联系。我称其为理性激情的继承。雷达的大学时代,多受苏联文学和十九世纪俄罗斯现实主义文学的教育,屠格涅夫和高尔基等的散文、普希金和阿赫玛托娃等的诗歌、托尔斯泰和肖霍洛夫等的小说以及别林斯基的评论深深地影响过他,俄罗斯文学那伟大的胸怀打开了他的心脏,俄罗斯文学中那高贵、庄严的理性激情开始在他的胸中不断地涌起,到了20世纪80年代,整个中国的学者和大学生都受到存在主义哲学的激荡,尼采、萨特、加缪、海德格尔等的哲学著作一度成为青年写作者的"必修课",雷达也不例外。在这个时候,尼采的哲学犹如一把斧头将他理性的栅栏砍去,他那澎湃的激情便一发而不可收。贾平凹说雷达的评论文章中有一种"强力",那不就是尼采强力意志学说的振动吗?似乎雷达的笔下,始终裹挟着1980年代那浩浩荡荡的激情,始终有一场暴风雨被他的理性梳理为一种叙述的激情。在陈忠实的《白鹿原》中,我们不曾看到过雷达评论中的那种激情和那样的文风,似乎雷达比陈忠实更为激动。在张贤亮的《绿化树》等小说中,我们也不曾看到那样的热情。似乎评论还压抑着他,于是,他用散文的方式继续来渲染连他自己也按不住的理性激情。他不仅评论小说散文戏剧影视,还评论足球彩陶化石与电脑。

从今天来看,雷达评论的这样一种理性的激情不正是1980年代那一代文风的典型代表吗?当我们重新去读李泽厚的评论、张炜与张承志的小说以及徐敬亚等人的诗评时,我们就不感到惊讶了。那种文风在今天呆板的学院派批评为主的时代显得格外新鲜,但也孤独了。现在让我们回过头去看看雷达在那个时候的评论。

"历史有没有呼吸,有没有体温,有没有灵魂?历史是一堆渐渐冷却的死物,还是一群活生生的灵物?它是随着岁月的流逝而终结,还是流注和绵延到当代人的心头?它是抽象的教义或者枯燥语言堆积的结论,还是一代又一代人的心灵不断温热着、吸纳着因而不断变幻着、更新着的形象?人和历史是什么关系?人是外来的观摩者、虔诚的膜拜

---

① 文中观点引自刘再复信《致雷达文学批评研讨会》,"雷达的文学评论与中国化批评诗学建设研讨会"召开时刘再复在美国,该信2013年4月8日写于美国利罗拉多州。

者、神色鄙夷的第三者,抑或本身就是历史中的一个角色?"这是雷达关于莫言"红高粱系列"小说评论的开头。排比递进式的、存在主义式的质问使这篇评论显示出非同一般的理性气质。

很显然,雷达在这里要阐述的绝非莫言的思想,而是他甚至是整个1980年代知识分子的集体历史话问。历史到底是什么存在?当"五四"新文化以来所引进的西方马克思主义以及黑格尔主义的历史观充塞所有的知识空间和精神领域时,历史到底是什么?先祖的历史是死的文字?还是活着的灵魂记忆?历史是已经早已死去的另一个空间,还是人神鬼混居的一个多维存在?那么,当代,也就是当下的存在,只是一个我们用感官感觉到的平面的存在,还是一个历史与当下、人神鬼多维存在的世界?这显然是一堆充满了冲突的问题。但它们恰恰构成了莫言与雷达之间的评论张力。很显然,在这里,雷达的这样一种理性建立在阅读莫言小说的感性认识与其拥有的理性世界的冲突之上。

谁都看得出来,红高粱系列小说与我国以往的革命战争题材作品面目迥异,它虽是一种历史真实,却是一种陌生而异样的、处处留着主体猛烈燃烧过的印痕,布满奇思遐想的历史真实。就它的情节构架和人物实体而言,倒也未必奇特,其中不乏我们惯见的血流盈野、战火冲天、仇恨与爱恋交织的喘息、兽性与人性扭搏的狂嘶;即使贯穿全篇的传奇色彩浓厚的农民自发武装的斗争形式和内容,也算不上多么新鲜。但是,它的奇异魅惑在于,我们被作者拉进历史的腹心,置身于一个把视、听、触、嗅、味打通了的生气四溢的独特世界,理性的神经仿佛突然钝化,大口呼吸着高粱地里弥漫的腥甜气息,产生了一种难以言说的神秘体验和融身历史的"浑一"状态。……这样奇特的艺术效果,仅仅用莫言奇诡的"艺术感觉"无力说明,仅仅指出它扩大了视野、糅合了意象、魔幻、荒诞之类手法也不够用,深刻的根源还在于主体与历史关系的变化,在于文学把握历史的思维方式之变革……莫言毕竟以他富于独创性的灵动的手,翻开了我国当代战争文学簇新的、尝试性的一页——把历史主体化、心灵化的一页。①

这篇评论可以成为今天解读莫言最权威的教科书内容。它是我们还能够站在唯物主义历史观的视角下来解读莫言的最为准确,同时又极大地激活了人的感性思维的评论。这在那个时代算是很前卫的评论了。时隔近二十年,当莫言获奖时披露了他的信仰之路时,我们当然可以做另一番理解。莫言在他的获奖演说中说,他小的时候是一个有神论者,整个世界对他来说都是有灵的,但随着他走出故乡后,他的信仰发生了很大的变化,后来,在他尝试过先锋小说的种种命途之后,他开始走向传统,又一次走向故乡。

---

① 雷达:《历史的灵魂与灵魂的历史——论红高粱系列小说的艺术独创性》,《民族灵魂的重铸》,中国工人出版社1995年版,第111~112页。

他写自己的母亲,写故乡的很多人。他还发现了佛教。无论他后来是否是一个真正的佛教徒,但他的《丰乳肥臀》《生死疲劳》等作品受到了佛教的很多启发。也就是说,他又一次向着有灵世界前行。也许他再也不可能像童年时那样去体验这个世界,但是,那个时候的体验却一直在他心中生长着。

从莫言上述精神经历来看,他写"红高粱系列"时的精神体验显然是复杂的,也正是一个与唯物主义历史观相互冲突又相互确认的时期,是一个将有灵世界的体验当成魔幻存在的时期,是一个想将历史存在与当下存在混杂于一起的充满张力的时期。然后,我们再来看雷达的评论,与那个时代的精神气质多么相符!

这样的理性激情还可以从他另一些重要的评论中发现,如《诗与史的恢宏画卷——〈平凡的世界〉》《福临与乌云珠悲剧评价——〈少年天子〉沉思录》《心灵的挣扎——〈废都〉辨析》《废墟上的精魂——〈白鹿原〉论》《生存的诗意与新乡土小说——读〈大漠祭〉》《〈狼图腾〉的再评价与文化分析》等。在这些评论文章中,我们仍然能看到一如他评价"红高粱系列"时的那种澎湃、深沉、有力的激情。

读这些文章,我们会被一股强大的理性激情所推动。在尼采、萨特、黑格尔、卢卡契以及鲁迅等众多哲学精神的鼓荡下,雷达自然形成了一种崇尚生命强力、崇尚内在自由意识、突出主体精神的美学观和人文观,这影响到他整体评论的气质面貌。这使他不仅能够有效地运用诗人、散文家的艺术直觉,同时在此基础上又能理性地探讨文学的精神与价值;不仅使他能够准确地把握具体作家的精神气质,还能够从整体上把握一个时代与一个民族的灵魂。这方面的典型代表是写于1986年9月的《民族灵魂的发现与重铸》[①]。他找到了新时期文学真正的内在生命,"对民族灵魂的重新发现和重新铸造就是十年文学划出的主要轨迹""这股探索民族灵魂的侠侠主流,绝非笔者的主观玄想,它乃是从历史深处迸发的不可阻遏的潮流,是中国历史、中国社会、中国文学汇流到今天的一种必然涌现"。文章回答了一个重要问题,什么是艺术作品价值更替和魅力浮沉的秘密?什么是通向获得艺术生命和不竭艺术魅力的道路?

现实主义的精神追索

对于1980年代上大学并成长起来的一些批评家来说,他们是在现代主义的主潮下成长,同时又以西方现代哲学滋养并为根本。这些批评家所熟悉的是新批评、存在主义、精神分析学、后现代主义、结构主义、后殖民主义、符号学,依赖的是弗洛伊德、海德格

[①] 雷达:《民族灵魂的发现与重铸》,《民族灵魂的重铸》,中国工人出版社1995年版。

尔、荣格、弗洛姆、柏格森、德里达、福柯、萨义德等，雷达也是在这样的文学场域中发展并成熟的，但是，他同时还有更大的一个传统，那就是伟大的现实主义文学传统。这也是他能够横跨几个评论时代的原因。从前一部分的论述中，我们已经看到，存在主义和新批评以及精神分析学等西方思潮对他有极大的影响，甚至直接构成了他的强力生命哲学。但是，我们仍然会发现，他的一生谈论最多的仍然是现实主义文学。他不断地在强调宏大叙事、民族灵魂、时代精神、正面价值等这些现实主义的元素。这是为什么呢？

只要我们想想他的童年与故乡经验以及青年时代所受的核心教育就可以回答这个问题。在第一部分中，我们解决了他的感性经验的来源，苍凉的大西北辽阔的背景几乎可以决定雷达一生必将与一系列宏大的主题相关。在第二部分中，我们论述了他的理性激情的来源，基本上有两部分构成：现实主义文学的伟大传统和存在主义的哲学激情。但是，其青年时期主要接受的是前者，即现实主义文学的伟大传统。这就使我们不难得出一个结论：尽管在雷达的成长、发展及成熟期受到多种不同的美学及哲学的影响，而且尤其是存在主义哲学影响了他整个评论的气质，但是，他与现实主义的关系仍然是最近的。这也与中国当代文学的主潮有关。

于是，我们看到，雷达所热情评论的作家大多也是现实主义作家，如陈忠实、路遥、莫言、贾平凹、张炜、张贤亮、刘震云、杨显惠等。他总是第一时间对这些作品发出热情的评论。也是因为现实主义的经典理论支撑，他曾构建过他自己的现实主义理论，影响大的观点有"民族灵魂的发现与重铸""现实主义冲击波""历史需要灵性激活""新写实主义"等等。他似乎对先锋派等现代主义兴趣不大，这倒不是因为他不懂——他对莫言"红高粱系列"的评论足可以说明这一点——而是他所接受的理论、他所经验的世界以及他所希望的艺术，基本上都与他宏阔的灵魂相适宜。他那苍凉、辽阔的视域不容他去关注技巧，只允许他关心一系列堪称伟大的主题——人类命运、民族灵魂、时代精神；也排斥他关注风花雪月和江南小调，只能去欣赏大漠孤烟、长江黄河。

慢慢地，他的现实主义的宏阔立场竟使他与那些"小众"艺术分道扬镳，而使他与文艺复兴以来汪洋恣肆的人文主义、现实主义甚至浪漫主义、存在主义的洪流汇合了。他以散文家的敏感来感觉一切他所翻开的文本，以其强大而执拗的心性来判断眼前文本的优劣，但又正如贾平凹所说的那样，他有大局意识，有古往今来浩浩荡荡的文以载道的主流思想，所以，他的感性再丰沛，也有理性的主心骨在里而撑着，这使他的评论充满了强大的主体意识。也因此，他的判断便中正而不失风骨。比如，在《废都》遭遇强大的批评时，他如是写道：

《废都》是一部这样的作品：它生成在二十世纪末中国的一座文化古城，它沿袭本民族特有的美学风格，描写了古老文化精神在现代生活中的消沉，展现了由"士"演变而来的中国某些知识分子在文化交错的特定时空中的生存困境和精神危机。透过知识分子的精神矛盾来探索人的生存价值和终极关怀，原是本世纪许多大作家反复吟诵的主题，在这一点上，《废都》与这一世界性文学现象有所沟通。但《废都》是以性为透视焦点的，它试图从这最隐秘的生存层面切入，暴露一个病态而痛苦的真实灵魂，让人看到，知识分子一旦放弃了使命和信仰，将是多么可怕，多么凄凉；同时，透过这灵魂，又可看到某些浮靡和物化的世相。①

毫无疑问，这样的批评话语只能出自一个具有强烈精神追求的批评家，也就是贾平凹所说坚守正道的批评家。"他是个黑脸包公，办的是大案，坚守的是正道，举的是铡刀。所以，他的威信是这样形成的，文坛的地位也是这样形成的。"②

也是基于这样的批评精神，雷达先生在新世纪以来发表的一些重要文章，仍然对中国文学的大势紧追不舍，如《新世纪文学初论——新世纪以来中国文学的走向》《我们时代的文学选择》《新世纪十年中国文学的走势》《20世纪近三十年长篇小说审美经验反思》《民族心史与精神家园》等。在这些评论中，我们发现，他仍然强调能够抒写民族灵魂、深刻反映现实生存的现实主义大作。同时，他还多了一些对当前文坛的批评，如《当前文学创作症候分析》《地气、人气、正气》《真正透彻的批评声音为何总难出现》等。在这些文章中，他对当下文学精神缺钙、原创力匮乏、宏大叙事丧失、叙事欲望化等现象进行了有力的批评，而所有这些批评，反过来又构建了他宏大的现实主义文学精神。

---

① 雷达：《心灵的挣扎〈废都〉辨析》，《文学活着》，人民文学出版社1995年版，第144页。
② 贾平凹：《从雷达说文学评论》，《文艺报》2013年6月10日。

论雷达批评的文学史主体意识

□ 晏杰雄

在文学界,雷达通常被认为是一个现场批评家,以他对最新作品的即时评论和对当下文学发展动态的敏锐反应而著称,几乎新时期以来重要作品在浮现之初都有他笃实而透彻的批评,几乎新时期文学发展的每一个关节点都留下他清晰而洪亮的声音,被誉为旋转在中国当代文学天空的"雷达"。但正因为即时性和反应敏锐,加之其诗性化和散文化的风格,在蜚声文坛的同时,也有人质疑他批评的学术价值,比如有的学院派同行就认为雷达批评是印象批评,感性化色彩太浓,缺乏学理性和学术性,其即时作品评论可能更多具有艺术价值,没有深远的恒久的文学史价值。果真没有学术性吗?我们且看一下雷达早年《关于乡土文学的通信》:"田园牧歌式的生活是一定要结束的,现代化的马达声会越来越响,这是潮流所趋,你认为面对此情势,乡土文学的前景如何?"[①]这是1981年在致作家刘绍棠的信里所提的一个问题。当我们看到今日城市文学的兴起和乡土文学的转型,能说雷达所述过时了吗?乡土文学的发展在今天仍是文学界需正视的一个重要问题,雷达三十年前发出的声音依然有效。事实上,据雷达批评的读者接受情况[②]、学术引用重复率、批评集发行量和文学界的实际口碑,雷达那些所谓的"即时评论"确实在时间之流中留下来了,他历年积累的数百万的批评文字,已经成为沉在中国当代文学底部的一个巨大的存在,研究文学和学习创作的人都没法绕过雷达。由此引发我们

[①] 见雷达《小说艺术探胜》,湖南人民出版社1982年版,第269~270页。
[②] 作为新浪文化名人博客,雷达自2007年开通博客以来,仅仅几年时间,目前点击率已达1717917,关注人气达7552,其博文主体是文学评论,反映了雷达批评在全媒体时代仍具有广泛读者影响力。雷达新浪博客:http://blog.sina.com.cn/leida2007,2014年8月11日22:00查询。

对雷达批评的更深入认识:雷达批评不仅有文学界所认同的在场性,而且具有潜在的经典性,具有学术界所忽视的预见性、延续性和稳固性。经典性是雷达批评能够不因时间流逝而淡出的内在品格。而经典性产生的一个主要原因之一,是雷达批评内部所隐伏的文学史主体意识。如果细细考量雷达的大部分评论文字,我们会发现,雷达不仅是一个反应及时的现场评论家,同时也是一个具有自觉文学史意识的深度批评家——三十多年来孜孜追求现场性和历史性的统一。

从雷达批评文章看,他是一个经常谈论文学主体意识的批评家,很看重作家主体意识对文学作品的投射作用。相应地,他自己也是一个主体意识浓烈的批评家,文学史意识就是其批评主体意识的重要方面。所谓文学史主体意识,就是指雷达批评往往基于一个更大幅度的文学史时间坐标,在具体批评活动中对作品或现象进行联系的、溯源的、纵向流变的文学史观照,从而更深刻地揭示出作品或现象的当下意义和历史价值。所谓文学史,就是研究文学发展过程和总结文学发展规律的科学,实际上是一个纵向的时间概念,因此,是否有一个时间坐标是文学史研究的前提,确定作品在文学历史中的位置是文学史研究的基本方法。雷达是具有文学史时间观的人,九十年代初期,《钟山》《文艺争鸣》发起"新状态文学"讨论,当时批评界都围绕"新状态文学"的现状展开论述,雷达即提出"世纪眼光"的时间参照,认为应该"站到以一个世纪为单位计算的世界文学和中国文学的高度,来看待我国文学的现状和未来"。[1]通读雷达的文学批评,可以发现总的来说存在一个大于当代文学时限的多维时间坐标。如《第三次高潮——九十年代长篇小说述要》开头便写道:"长篇小说的发展大约经历了三次大的高潮:第一次,约在一九五六至一九六四年间。第二次,在一九八〇年到一九八八年间。我要在此着重谈论的第三次高潮,则出现在一九九三到二〇〇〇年,其热度至今虽有所减退却仍在延续。"[2]此外,在《关于乡土文学的通信》中梳理了自五四以来乡土文学的发展源流与演变,在《现实主义艺术形态的更新》中把现实主义源流从新中国成立后上溯到19世纪巴尔扎克及我国中世纪时期,在《新世纪以来中国文学的走势》中则概述了中国现当代文学一百年的发展历程,在《历史的灵魂和灵魂的历史》中则把《红高粱》的叛逆精神与中国古代"容隐"和"尊卑"的审美传统比较,而在《灵性激活历史》中把乔良的《灵旗》与"十七年"王愿志的《党费》《粮食的故事》比较,得出"曲线"折射"本质"的精辟之说。把这些时间坐标汇总归纳,我们可以看出,雷达批评中存在这么一个由新世纪以来文学、新时期以来文学、新中国成立以来当代文学、五四以来现代文学、中国古代文学、世界文学汇成的六重时

---

[1] 雷达:《论世纪眼光与新状态文学》,《文艺争鸣》1994年第5期。
[2] 雷达:《第三次高潮——九十年代长篇小说述要》,《小说评论》2001年第3期。

间坐标。这便是雷达解读新时期以来一切文学作品或现象的时间参照系。而雷达在论述当下文学思潮时通常先做一个文学史梳理,在论述当下文学作品时习惯将其与历史上类似作品比较,显然有追根溯源或寻找互文文本以深化当前问题论述之意,也是文学史主体意识较鲜明的体现。

一般来说,治文学史的学院派具有专门性和精细化的优长,习惯于概念演绎和抽象阐释,热衷于提出宏观结论和学术论断,但往往导致文学史与文学创作实际脱节,成为理论和观念的空转。对此,雷达认为:"文学史既不是政治观念史,也不是经济观念史,同时也不是文学自身的思想观念史。文学史就其实体而言,只能是形象和意象的历史,作家和作品构成的历史。"[①]作为一线批评家,与学院派同行普遍注重学理性相比,雷达批评的文学史表现与文学理论教科书规约的不同,不着意构造概念,可能通篇不提一个"文学史"的词,文学史意识就像盐溶解在水中,在批评文本表面文字看不出来,但文本内部存在一个隐伏的、自觉的、与文学创作声息相通的文学史主体意识,明显更具实践性和现实介入力量。如果用一个词概括,雷达批评的文学史主体意识或可称之为"实践文学史观"。这种"实践文学史观"的内涵,在他的《文学史并非观念史》一文中有集中阐述:不从某个先入为主的观念出发,而是从客观实存的中国当代文学曲折、坎坷、复杂的既成历史出发,从中国当代文学的特殊性出发,把当代文学放进民族生活和民族精神的大背景中,既考虑到多重关系的制约、影响,又着眼于文学实践的历史,把作品放到特定的历史条件下,历史主义地、实事求是地、严格地评价其成败得失。[②]也就是说,他的文学史意识首先建基于当代文学创作实践之上,置身于文学实践的历史,从文学原创生发出来,与文学原创水乳交融。从雷达的具体文学批评看,这种实践文学史主体意识体现为原创文学史、精神文学史、个体文学史三条主要思想线索。

不可否认,雷达首先是一个现场批评家,他及时跟踪新时期以来涌现的新作家新作品,满怀热情地给予历史的、美学的专业评论,深深地楔在新时期文学创作的内部,批评和文学原创始终处于同步和相通状态。正如他在《雷达自选集·序》中说:"我这个人,是与当代文学一起走过来的,尤其是与近三十年的被称为新时期的文学一起走过来的。我身处其中,是见证人、亲历者,也是实践者。我知道它的发展脉络,乃至种种细节。"[③]新时期以来,由于思想解放和文化开放,中国文学迎来一个复兴时期,尤其是新世纪以来,在全球化和新媒体的刺激下,文学原创出现空前繁荣的局面。据有关方面统计,现在每年出版几千部长篇小说,还不包括数以千万计的网络文学作品,形成一个广阔无边的文本

[①][②] 雷达:《文学史并非观念史》,《文学评论》1991年第1期。
[②] 雷达:《雷达自选集·序》,山东文艺出版社2006年版,第1页。

的森林,泥沙俱下、良莠不齐、鱼龙混杂。批评家怎么宏观把握,怎么从大量粗糙的作品中发现好作品,发现文学发展的内在规律?显然靠空谈和理论推演是不可能的,唯一的办法就是深入文本的密林,尽可能地细读作品和占有文本。正因为身处文学场中,亲身触摸文学发展的脉络,雷达深知当代文学史研究必须扎根于文学原创的土壤之上。在《现实主义艺术形态的更新》一文中,他对绕圈子式的理论讨论直接表达不满足,认为"目前的讨论与十年来的创作实践的联系甚少"[①]。在《真正透彻的批评为何总难出现》中,他认为文本细读的批评传统正在失落,当下刊物与学院批评共谋,形成一种新的批评风气,要求当代文学批评也要进入现代文学史料研究式的书写范式,进而尖锐地指出:"我们四处可见的是理论的碎片、重复的词语和不痛不痒的夫子式的文章,但就是读不出对文本的真切的感性认识和准确判断。"[②]因此,雷达的当代文学研究坚持从文学原创出发的思想线路,关注"冲在锋线上的审美意识变化",不断强调"观念不能直接产生文学","从文学发展的实际提出的'挑战'出发",时时警惕那种隔断创作活水的史料考证或文学史观念推演。熟悉雷达的读者知道,雷达可能是当代中国阅读作品最多的批评家之一,他每天都要收到由全国各地作者寄来的大量新书,最新原创作品把过道和地板都堆满了,而雷达总是愿意充当一个普通读者,长年热情地认真地读作品,不单读名作家的重要作品,也关注那些正处在上升期的不知名作者。每读到作品精彩处或关键处,他习惯用小纸片做札记,然后夹在书页里,因此读完一本书,书中往往夹满了白纸片,他的大量作品评论就是建立在这些阅读札记之上的,由此进一步进行文学史的归纳和总结。在新时期以来的三十多年时间里,雷达都在坚持做一件事,就是几乎不间断地做短篇小说、中篇小说或长篇小说创作的年度综述,如《读一批新人新作之后》《阅读获奖小说笔记(1979年)》《读1983年获奖短篇小说随想》《读1984年获奖短篇小说札记》《1985年中篇小说印象记》《1993"长篇小说"述评》《2005年中国小说一瞥》《对2011年中国长篇小说的观察和质询》《对现实发言的努力及其问题》等等,八十年代初雷达的名字在文学读者中风行,与这些基于大量原创文学阅读的精辟的年度文学综述有关。这些年度综述与雷达的那些长时段文学回顾,实际上可以看作当代文学的年度史或断代史。在这里,我们不妨以《2005年中国小说一瞥》《新世纪以来长篇小说概观(2001—2005)》《近三十年长篇小说审美经验反思》为例,看看雷达批评如何从原创文学出发、逐步上升到文学史总结的层面。这是三篇带有互文性、递进性的文章。《2005年中国小说一瞥》是对2005年一年小说的综述,雷达在通读本年度代表性作品的基础上,提出民族灵魂和精神

---

① 雷达:《传统的创化》,陕西人民出版社1992年版,第80页。
② 雷达:《真正透彻的批评为何总难出现》,《当代作家评论》2011年第2期。

生态的年度主题,分别从突破欲望、个体精神、底层呼喊、道德重建四个方面展开作品述评。而2005年小说作为新世纪头五年最后一个年度,它必然带着这个五年小说的整体特征和最新信息,雷达在此基础上扩展升华,写出《新世纪以来长篇小说概观(2001—2005)》,提炼出新世纪头五年乡土叙事、重诉历史、知识分子与女性、政治视角、底层书写等几个重要主题。同样,新世纪头五年长篇小说是近三十年创作的最末一段,也是最重要的一段,它带着新时期文学发展至今的全部信息,于是雷达在此基础上反观20世纪八九十年代创作,写出《近三十年长篇小说审美经验反思》。最后,还在这种对文学原创情况的体验、反观和整体梳理中,提炼出"文学缺钙""原创力的匮乏""创新是前进的车轮"等大的文学命题。从单个作品到年度综述,从年度综述到阶段性总结,从阶段性总结到全时代文学反顾,并提炼出事关当代文学发展的大的命题,这就是雷达原创文学史思想落到实处一个典型形态或批评模式。区别于学院派治史思路,雷达从文学原创出发,从单个可感的具体作品出发,抵达了一种批评的文学史高度,证明了他文学史主体意识的有效性和实际可操作性。

在批评同行眼里,雷达还是一个善于总结文学思潮的批评家。八十年代,虽然文学复兴,各种思潮此起彼伏,但文学尚保留与时代社会的同步性,具有内在同一性和共通性,作家、批评家和文学期刊尚能做主潮和思潮的归纳。进入九十年代以来,随着市场化、全球化、城市化、新媒体化进程,几乎没有谁再致力于去做潮流概括了。一个普遍的理由是:当下文学业已多元化、无序化、纷乱化,没办法概括了。但我们以为,这是一种偷懒的说法和虚无主义。多元化并不是有无数的"元",而是总有几个主要的"元";无序化并不是空无一物,而是文学的真正自由状态,从政治文化秩序开始走向文学本体的秩序;纷乱化并不是胡编乱造,而是文学呈现出了前所未有的丰赡。雷达是当下仍然敢于进行思潮概括并且概括得较为精准的少数批评家之一。新时期三十多年来,雷达在相关文学史著作和批评文章中,先后提出农民与土地的关系、主体意识的强化、现实主义艺术形态的更新、民族灵魂的发现与重铸、现代性的烛照、原生态与典型化的整合、写生存状态的文学、从生存想到生活化、欲望化与世俗化写作、人的日常发现、关怀人的问题先于关怀哪些人的问题、原创力的匮乏和拯救、重新发现文学等文学主潮或思潮,并且提出或确立了新写实主义、现实主义冲击波、朴素现实主义、新世纪文学等当代文学关键词,这些主潮、思潮、关键词是中国当代文学批评的丰美收获,业已成为当代文学史一以贯之的发展红线或醒目的路标,成为各种文学史写作绕不过去的当代文学发展事实。但我们考察雷达批评的文学史主体意识,不能停留在这些既成的文学思潮总结。问题不在于雷达已概括出哪些思潮或关键词,而在于雷达是如何提炼出这些文学思潮或关键词的。为什么独独是他慧眼所识而不是其他人提出?为什么他提出的概念能够得到一线文坛的认可？他是如何从纷繁复杂的当代文学作品、现象中发现这些暗流涌动的思潮？我们从雷达在《思潮与文体》中一段话可察得端倪："谈论当下的文学，没法回避市场化、都市化的背景，但市场化只是外因，精神的发展史才是决定文学前途最根本的东西。"[1]可见，对文学潮流的辨析，当然离不开雷达本人对文坛的熟悉度，雄健的感悟力、思想力、洞察力，但更得益于雷达批评文学史主体意识的精神之维。雷达曾说："历史上归纳主义最终战胜演绎主义，原因就在于归纳主义能够随着不断演进变化的事实，做出新颖的归纳。"[2]因此，他对当下文学思潮的把握不做学院批评惯常的文学史料的索隐、梳理和联结，也不停留在纷繁杂沓的文学作品或文学事件，而是注目于文学发展的精神史，尽可能拨开纷披的文学表象拈出文学发展的精神脉络。这有点文学发展动力说的意味，只有执着于发现文学发展的精神动力和精神源流，才能触到文学史坚实的底部，才能"发现内在的血液，预见运行的规律"。由此我们不难理解，在雷达的批评文章中为什么经常出现"精神联结""精神生态""精神发育史""灵魂写作""民族心史""震荡全部创作的热力核"等词语。循着这种精神文学史的思想线索，雷达表现出精准而宏观的文学概括力。比如在《现当代文学是一个整体》一文中，雷达把"现代性诉求""民族灵魂的发现和重铸"看作贯穿中国现当代文学史的两条红线，两条线独自绵延，又相互交叉，共同把二十世纪散乱的文学事实连成一个统一的有机的整体。[3]而在《论当今文学的自信力》中，雷达又把近年来尤其是莫言获奖以来文学的精神走向归纳为"重新发现文学"。他认为"在这个去精英化的、娱乐化的、新媒体化的、视觉化的时代，文学的价值从某种程度上遭到了遮蔽，她本身的闪闪珠贝有必要经由我们双手重新发掘出来""重新发现文学的意义在于这个喧嚣的时代重新找到精神生活的路径"。[4]这是多么"新"的发现啊。莫言获奖不到两年，他就对文学的变化做出及时反应，提出最新文学命题。这体现了雷达总是跟踪时代文学精神流变和发掘文学价值的努力，他永远保有创新精神，总能感应到最新的文学发展脉动，总在执着地做出"新颖的归纳"。有趣的是，民族灵魂的发现和重铸，原是雷达1987年对新时期文学十年主潮的概括，后来他发现这个论断也适合整个中国现当代文学。对某个时间段的文学论断，居然可以扩展为对整个世纪的判断，说明雷达触摸到了现代以来中国文学内部存在的某种相通性。的确，民族灵魂的发现和重铸是中国现当代文学的思想主线。纵向考察近代以来的中国文学，从梁启超的"改良群治"到鲁迅的"国

---

[1] 雷达:《思潮与文体——对近年小说创作流向的一种考察》,《文学报》2001年7月5日。
[2] 雷达:《论世纪眼光与新状态文学》,《文艺争鸣》1994年第5期。
[3] 雷达:《现当代文学是一个整体》,《当代作家评论》2005年第2期。
[4] 雷达:《论当今文学的自信力》,《小说评论》2013年第6期。

民性改造",从沈从文的"民族品德的重造"到毛泽东的"文艺为工农兵服务",从"文革"文学的"纯洁性追求"到新时期文学的"人的觉醒",无不是借助文学的方式在探求强化民族灵魂的道路。二十世纪中国文学表面上纷繁复杂变幻无穷,但在内部始终藏着这个庄严而神圣的使命。①最近,在谈及为什么说"民族灵魂的发现和重铸"是贯通性主线时,雷达充满自信地说:"乃是因为这不局限于某一种创作方法,也不是哲学理念,而是更贴近作为'人文'的文学,更科学、也更具长远战略眼光的一种归纳。它是与一百年来中华民族追求伟大复兴的主题紧密联系的。"②这又与当前国家主流文化倡导的"中国梦"联系起来了。应该说,雷达这个主线概括更经得起历史的考验,他确实触及了文学的本质,触到了中国现代文学乃至现代文化发展的精神脉络,而且只要现代化进程还没有完成,这条文学主线仍将延续下去。

但是,不能就此认为雷达是一个专擅于宏观评论的批评家。对于雷达来说,宏观评论在他的评论世界只占有很小的比例,代表着他在文学发展关节点所发出的声音。更多的时候,他的文学史主体意识是在具体的作家作品之间游弋、徘徊、突进。在某种程度上可以说,他的一切宏观评价都是建立在对单个作家作品审美意识的发掘和洞见之上的。迄今为止,他八九十年代所写那些作家作品论,如对《红高粱》《平凡的世界》《古船》《废都》《白鹿原》的专论,仍是当代文学至为经典至有见地的品论。在雷达的批评话语里,有一个高频词——审美意识。审美,是艺术的感悟;意识,是精神的洞察。从新时期初写下第一篇评论《春光唱彻方无憾——访王蒙》开始,雷达就无可避免地与新时期重要作家建立了精神联结,他与这些作家保持经常性文学交往,交流创作思想,互相通信,熟悉这些作家的创作经历、精神嬗变、痛苦求索乃至内心扭曲,而他又是一个如此强调作家主体性的批评家,因此在他的作品论中充满着对作家个体精神与作品意蕴联结的探求,在对作品的具体分析中闪耀着作家这个人的身影,往往能从作家创作思想的演变中揭示作品的内在精神,体现出雷达批评的一种深刻和温热。2006年,《当代作家评论》开辟"文学史写作与研究"专栏,复旦大学学者郜元宝曾发文指出,洪子诚、陈思和等编著的三部当代文学史均把作家"当作古人来陈述,甚至比古代文学史著作所陈述的古代作家更加没有活气,这就造成了当代文学史叙述中作家形象的普通缺失",因此,"作家的个体精神状态,甚至他们粗略的形象,都不约而同湮没了"。③而雷达的文学史主体意识恰好弥

---

① 晏杰雄:《联结中国现当代文学的血脉》,《兰州大学学报》社科版2009年第1期。
② 雷达:《近三十年中国文学的审美精神》,《西北师范大学学报》社科版2010年第3期。
③ 郜元宝:《作家缺席的文学史——对近期三本"中国当代文学史"教材的检讨》,《当代作家评论》2006年第5期。

补了通行文学史观或文学史写作的缺憾,他秉持的是个体文学史的思想线索。也就是说,从文本本身我们还看不到创作的全部,要想了解创作发生的精神源头,我们还是得深入作家的个体生命历程和心灵世界。需要面对灵魂,面对内心,贴着作家写,需要深入了解作家的精神成长史和作品的精神发生机制,如作家创作历程中细微精神脉动对文本面貌的影响。以《论〈古船〉》为例,雷达认为:"不论怎样令人瞠目的惊人之作,总会在它那个时代纷扬的思潮中找到依据,也总会在它的作者创作发展的脉络中发现端绪。张炜何以会创作《古船》?熟悉张炜的人知道,他是一个对痛苦极为敏感的人,一个富有强烈忏悔意识和抗争精神的作家,他极其关心人,关心人的处境和价值,人的权利和尊严。"[1]从作家个体的精神成长去发现作品的精神发生机制,雷达找到了《古船》的前文本《秋天的思索》和《秋天的愤怒》,认为这两部中篇小说可看作《古船》的准备和预演,从这一创作轨迹中追索作家思想演变的信息和创作的思想推动力,由此得出张炜三部小说中人物的性格演变:老得的抗争是争取人的自然权利;李芒的抗争带有更现实的理性的色彩;隋抱朴则是经历极度灵魂忏悔、怀抱解放人类宏愿的理想主义者。这样,把《古船》放在作家的创作历程中考察,就阐明了作品发生的精神来源和当代意义,获得对作品静止、孤立研究难以达到的深度和澄澈。在《心灵的挣扎——〈废都〉辨析》中,雷达则首先对贾平凹创作个性做了说明:"他创作个性中的孤独、自卑,他那极其敏感、极其脆弱的性格,实与川氏心有灵犀。"在作家性格中为《废都》颓废美寻求依据。然后再对贾氏作了一个典型的个体文学史梳理,描述其小说十年间所走过的"一条曲折多变的历程",历经单纯、迷惘、热情、冷静、紊乱、沉沦、悲伤,从而说明《废都》是贾氏创作精神演变的一种必然。此外,雷达还特别说明《废都》这种直白的写作实为贾氏"有股自我作古的勇气",所以大胆揭示心灵真实,任人评说。[2]这样,针对社会上对《废都》意蕴的争议及"诲盗诲淫"的诽谤,雷达从作家个人身世、精神结构、创作历程做了合情合理的评议,为世人揭示了《废都》实来源于作家真实的悲凉感和幻灭感,要表达的就是一种知识分子在绝望中挣扎的心态——"心灵的挣扎"。此处,文章题目用"辨析"一词,实有"辩白"之义,好像一个知根知底的人为好友出面,澄清误会和中伤。由此可见雷达批评与作家、读者有潜在对话、诘辩、和解,这种诘辩没有对作家的深度理解和精神契合是无法进行的。这样的批评没有学理分析的冷漠,而是回荡着当代人思想表白的鲜活的声音。此外,在《废墟上的精魂——〈白鹿原〉论》中,雷达把《白鹿原》和当代文学史上的《艳阳天》《芙蓉镇》比较,阐述了村庄史叙述从阶级斗争观念、政治本位视角到文化视角的嬗变历程,从而确

---

[1] 雷达:《民族心史的一块厚重碑石——论〈古船〉》,《当代》1987年第5期。
[2] 雷达:《心灵的挣扎——〈废都〉辨析》,《当代作家评论》1993年第6期。

立《白鹿原》在中国现实主义文学发展序列中的最新位置。在《灵性激活历史》中,雷达致力于从历史与当代的"精神联结"去理解《红高粱》,从莫言对中国农民灵魂的探索去揭示作品背后的精神意蕴,即体现了作家对"种的退化"的批判意图。值得称道的是,多年以后莫言获得诺奖,雷达在新评论《莫言:中国传统与世界新潮的浑融》中仍然指出:莫言对传统的叛逆性几乎贯穿他此后二十多年的写作,他的写作总体上离不开这块审美奠基石。这里,可以看出雷达对作家个体文学史梳理的稳固性和连贯性,他是深谙作家的创作精神流变的,从而在文学史的高度揭示了作品的精神内蕴。

新时期三十年来,雷达作为一个在场批评家广为人知,但他"即时批评"后隐伏的文学史主体意识少有认知,现场批评的荣光遮蔽了一个优秀批评家沉郁的素质。事实上,他是一个胸怀文学史主体意识的批评家,但又与待在书斋中的文学史家不同,他秉持的是具有现实参与能力的实践文学史观,它的原创史、精神史、个体史三条思想路线,体现了批评和创作的深刻的唯物主义联系。文学史主体意识,照亮了雷达文学批评的广阔道路。这种文学史主体意识往往渗透在他的动态批评中,和他的现场批评活动互相依存,浑融一体,并且在很大程度上赋予他批评文章的恒久品质。可以说,没有长期坚持的现场批评,雷达的文学史主体意识就无所附和;没有文学史主体意识,雷达批评就难有今日之经典性和权威性。刘再复说:"雷达的文学批评既有及时性又有持续性,既有启迪性又有准确性,因此在中国当代文学创作实践中产生了积极的、广泛的影响。如果没有雷达的声音,中国当代文学肯定会增添一分寂寞。"①持续性和启迪性,实际上点明了雷达批评的文学史品格,他的批评因之不会随时间的流逝而消逝。

---

① 这是刘再复致 2013 年 6 月在兰州召开的"雷达批评研讨会"的贺信,见雷达《重新发现文学·序》,中国书籍出版社 2014 年版,第 2 页。

有真情有担当的生命书写
——读雷达的散文集《皋兰夜语》

□侯　川

　　雷达的散文有文采，有激情，富有鲜活的生活质感。那种零碎、驳杂及沧桑的笔致，使得他的散文具有一种博大深厚、丰富细致的艺术美感。雷达的散文多写外在的人、事、物、景，但很注重情感的内化；注重现实生活，又渗透着浓郁的文化气息与独异的思想见解。近年来，在雷达的笔下，西部题材的作品日渐增多，如《皋兰夜语》《还乡》《多年以前》《新阳镇》等，还有未收入《皋兰夜语》散文集中的《黄河远上》。这类文章，恣肆洒脱，率性真切，委婉多情，深长悠远，是有根基有来路的写作，在雷达的散文作品中很有代表性。尤其是《皋兰夜语》《多年以前》《黄河远上》《新阳镇》等篇什，就是再三再四地读，也是回味不尽的。这些文章，是作者近来新开发的自传体散文的代表之作，显示了作者在散文写作上的创作实绩和新的突破。

　　雷达对甘肃，对兰州和天水，对大西北，怀有缠绵缱绻的深厚情怀。他生于斯长于斯，这里的山川草木、人物故事、时世变迁、城乡发展、历史文化、民间习俗，对他来说无不勾魂摄魄。这里有他苦难的童年，懵懂的少年；有他早逝的父亲，坚忍的母亲，可敬可亲的亲人，质朴善良的乡邻；有他初涉人世的天真烂漫的幻想及诸种惊恐、迷茫与困惑；有他难忘的师生及同窗间的情谊，以及小荷才露尖尖角的才华……这些，多年来在雷达的心里积聚、发酵、酝酿、升华，终于形之于言，成为我们看到的一篇又一篇精美、大气而又深沉的自传散文。这些散文，根在故土，生在当代，关乎性命，关乎未来，是有真情有担当的生命书写。

　　《黄河远上》与《皋兰夜语》均在不同角度呈现了历史的逼真细节，从独特的视角反映了当时的时代与社会风貌，在一定范围一定程度上展现了特定地域的山川地理形胜以及"我"之历史的独特存在性。读来如歌如诗，如童话，如小说，情味丰富绵长，思想浑厚深沉,于心间回荡不绝,令人时而激奋,时而遐思,时而伤感。

《皋兰夜语》中,介绍、解说及引用的文字较多,但这些文字,与学术性文章中的介绍、解说及引用还是有所不同的,那里面渗透着作者的情感,有其自信与自豪。《新阳镇》是一篇情感激荡、文气充沛的奇文佳构,具有强大的伸张力、辐射力及无与伦比的穿透力。文中的"大嫂",让我情不自禁想起自己的母亲,想起莫言的母亲,及《丰乳肥臀》中的"母亲",让人心痛而无法言说。其实,她们有一个共同而神圣的名称,那就是"中国的母亲"。

在《多年以前》中,雷达带着深深的久难愈合的心灵创伤,回忆和表现了他的父母亲生前的一些生活与工作的经历片断。读了此文,方知雷达的父亲是北京大学的高才生,且是民国时期的知识分子。对这样的人,我向来怀有由衷的敬仰之情。所以,看到此文,我很快便读了进去。然而,让我始料未及的是,竟然无法一口气读下去。"父亲"的才学、声望、抱负及天不假年的人生悲剧,"母亲"的才华、艰难、坚忍及内心隐痛,还有他们对子女的大爱与厚望,让人读来两眼发酸,阵阵心痛,难以卒读。读此文,让我忽而想起"苦音慢板"一词。以前听秦腔、京剧,对悲剧情有独钟,故而对"苦音慢板"还是有所体会和感受的。我觉得,《多年以前》一文,字里行间自始至终都流淌着一种深长凝重的"苦音",中间不停两三回,是无法读下去的。以前,回忆、悼念父母亲人的文章,也读过不少,但像雷达的这篇文章写得如此锥心刺骨、如此委婉深沉、如此形象鲜活,且能感受到已然逝去了的时代和社会的风貌及世态人心的微妙复杂,实在不多。

雷达的这类散文,是主体峥嵘、个性张扬、情感浓郁、性灵活泼及感伤忧郁的个性化色彩显著的诗性抒写,绝非那种肆意铺张、为文造情式的所谓知识型的大文化散文所能比肩,这其实正是雷达的散文独具魅力的根源。在雷达的散文中,既有自身活脱逼真的外在形象,亦有其丰富、复杂且细腻的内心世界。《多年以前》《皋兰夜语》《还乡》《黄河远上》《新阳镇》等,就是在当下散文界也堪称上乘之作。我们不仅能从其中见到作者那率性真诚的赤子般的身影,而且能感受到他那颗敏感、细腻而又多情的诗心。这些本真、质朴、纯美而又厚重的作品,写得疏密相间、内外兼顾、摇曳多姿、情味绵长。尤其是作者自身的形象,真情真性,憨态可掬,偶发的内心变化,哪怕是极隐微的,也都能被作者及时捕捉,以文字形式呈现于我们的眼前。《皋兰夜语》中,作者在秋日黄昏刚下火车远望皋兰山时内心突起的"惊讶",以及在子夜时分坐车沿盘旋陡峭的山道直奔皋兰山顶时顾不得细看闹市灯海而紧张失色的神态;《还乡》中作者在火车上憋尿的形象,坐"侄子天宝"的汽车在归途中急不可耐的心境以及"莫名的失望情绪";《天上的扎尕那》中蹲厕所时用"一指禅"抢救手机的形象,途中由于"贪玩"而未能赶上玛曲的格萨尔赛马大会的遗憾以及进入迭部后坐车沿白龙江行进时恐惧不安的心理状态;《听秦腔》中在朋友家

"检阅装磁带的柜子"以及《乘沙漠车记》中开始"潇洒"而遇到车祸时又急忙下车"双手刨沙"的滑稽形象,等等,无不真实率性,无不让人产生与雷达这位大评论家零距离接触的亲近感。而在《黄河远上》与《新阳镇》《多年以前》中,我们看到则是少年时期的雷达。其中,自由的生命、真实的情性与特殊的时代和社会交替扭结在一起,酸甜苦辣、喜怒忧思、天真好奇、多情幻想,那时光已永不复返,而记忆刻骨铭心。杨光祖在《雷达论》一文中说:"雷达从气质上看,更像是一位诗人,虽然他不写诗,也几乎不写诗歌评论。他在评论里显露的艺术直觉和那种诗性体验,应该说是他性格上的必然反映。"这是很有眼光和见地的说法。雷达的散文,也很好地说明了这一问题。

雷达的这类文章,不仅以文采和激情见长,而且工于细节,不仅内容丰富深厚,感情真实细腻,而且往往寄寓了深远的言外之意。《还乡》中,作者写道:"侄女改兰早先来过北京,我们就谈得多些。她也是我隐约觉得要找寻的人中的一个。""她的血管里有我们家族的遗传,跟我一样,也是个不安分、喜冒险的家伙。她的想法,未尝不同时反映着一种属于未来的东西吧。"作者表现"侄女改兰"的这些文字,其实隐含着对个性的肯定,对自由的向往。而那些与作者谈话"进行得艰难"的乡亲,恰恰是被艰辛的生活磨平了个性的棱角,自由的禀性已然钝化了。在《天上的扎尕那》一文中,作者带着近乎膜拜的心理,经过艰难而漫长的旅途,终于来到了扎尕那,来到了扎尕那的神山。他在尽情地咏叹、无声地赞美、虔敬地膜拜之后,这样写道:"天上的、云端里的扎尕那啊,我是为寻求自由和美感而来,为寻求纯净和圣洁而来,但愿我的笔不要无意中伤害了你的纯洁无瑕和绝世之美。所以我决定,关于你,只写此文,再也不写了,看不到的人就不要看了。"老子曰:"天下皆知美之为美,斯恶矣。"作者看似在表明心迹,甚至还似乎有点那么"绝情",其实蕴藏在文字背后的深意,是作者对大美的一种敬拜、一种理解、一种捍卫。大美,岂是与鄙俗能够相容的!只有真正的诗人,才会有这样的见识与境界。

《秋实凝香》一文,在《皋兰夜语》集中亦属上品。我们既可将此文当作一篇极好的写人散文来品读,也可当作一篇优秀的报告文学来看待。作者写李秋实,既能拨开现实生活及新闻言说的重重迷雾,让我们认识到一个真实的"李秋实",而且能够深入人物的精神世界,深入历史的腹地,切入现实的深细之处,让我们充分认识"李秋实"这个人物的历史由来、现实真实及其对现实与未来的意义,从而使该文具备了一种真实而又强大的精神力量。

古人云:"风声雨声读书声,声声入耳;国事家事天下事,事事关心。"在雷达的身上,仿佛有一股子古代士大夫兼济天下的胸怀和勇于担当的精神。他的《悲情山川:废墟上的联想》以及思考文学与体育诸多现象及问题的文章,还有关心家乡经济、文化、教育发展的篇什,让人读来顿生"叹息肠内热"的深深感动,引人深思,令人奋发。

如果说,在雷达叙述类的散文中,存在着一个生活的雷达,性情的雷达,当然也时有深刻的思想,独到的见解,那么,在以《生命与时间随想》为代表的一类论理性文章中,我们看到的,则是一个思想者的雷达。这类文章大致有这样几个特点:喜用对偶、排比句式,语言干脆劲爽;贴近现实生活,时代感强;知识面宽广,视野开阔;角度独特,思想深刻;富有人文气息,极少说教意味。尤其是在《生命与时间随想》一文中,作者出乎性情,发自灵魂,结合自己的工作、生活、阅读、社交、休闲,以及历史与现实,就时间与生命展开了深入而独到的思索。那种生命的体验,人性的光辉,诗性的语言,睿智的思想,令人读来倍觉享受,启迪甚多。

雷达的散文中,有几篇写人的、带有悼亡性质的作品,如《荒煤先生》《活着的介人》《达成先生二三事》《怀念罗荪恩师》等,所写及的人物,都可谓是文明薪火的传承者,也可称作是人类文明的钻木取火者。这些文章都写得精短、简约,作者往往能抓住曾经深深触动自己心弦的一两件事,通过或动作或语言或心理的一些细节,进行真实再现,语言简练,感情真挚,意味深长。而且,作者还很注意结合现实与历史,使文章给人一种既纵深又开阔的感觉。

不管是叙述类的,还是论理性的,雷达的散文中其实都或隐或显地贯穿着对现代社会人的物化、异化的反抗,希望回归大地,回归西部,汲取本真的原始的生命强力。这不仅表现在"我"、"侄女改兰"、李秋实以及著名文化人士陈荒煤、周介人、孔罗荪等人物身上,而且在写到刘翔、马拉多纳等体育界人物时亦时有思考与揭示,就是在对山川景物的描摹及民间的、古代的文化介绍中,也自然而然地有所流露,有所暗示。比如,《皋兰夜语》文中介绍兰州:"兰州是封闭的、沉滞的,但又是雄浑的、放肆的。不信,你往黄河老铁桥上一站,南望皋兰山,北望白塔山,下望黄河那并不张扬却又深不可测的浑浊漩流,会感到一种山与河暗中较劲的张力或蒙克绘画中才有的紧张感。"本来是介绍说明性的文字,作者却赋予其强烈的主观色彩与独特的审美心理,让人在如抒情诗般的语言中感受到一种蓬勃的自然之力。而接下来给我们展现黄河在春天"开河"的景象,作者更是调动其丰富而又卓越的想象与联想能力,运用诗意般的语言和天才般的表现手法,给我们有声有色地描绘了一幅惊天动地、诡奇壮观、气势骇人的景象。这是在介绍地理知识与自然现象吗?不,这是一曲对大自然的颂歌,是一首关于自然之力的赞美诗。试想,在如此神奇的自然之力、如此奇崛的自然之象面前,我们的利欲之念,我们的名位之心,还有什么放不下的呢?

我们读雷达的散文,总是不难体会到一种游子的乡心,回归者的切盼,追忆者的惆怅与无奈,其实这是现代性乡愁在雷达散文作品中的反映。海德格尔说,科学技术把人从大地上连根拔起。这种现代性乡愁有很深的时代与现实根源。当下的中国正处在城镇化、现代化的进程中,人们日益遭受物质主义的猛烈冲击,拜金与享乐观念甚嚣尘上,这就使人们的精神越来越处于无家可归的尴尬境地。所以,现代人一方面深陷物质的囹圄而难以自拔,另一方面又渴盼回归——或曰必须回归,寻找精神的家园,寻找存在的意义。这就使现代性乡愁与传统的乡愁迥然而异,它更倾向于人的精神领域,具有根深蒂固的矛盾,它既是前卫的,又是保守的,这恰恰构成了雷达散文的独特魅力,使得他的散文作品读来既苍茫辽阔又委婉多情,让人获得审美愉悦的同时,在精神上得到抚慰与疗救。

我觉得,雷达作为一个颇有建树、广有影响的文学批评家,他对当代文学的博览精思,他作为批评家的严谨审慎,再加古典文学方面的深厚功底以及对民间文学与外国文学的广泛涉猎,使他在文学语言上有很深的涵养与造诣,这就使他的散文形成了独特的语言风格。具体而言,雷达的散文,多用比喻、拟人、对偶、排比句式,语言形象生动,简明洗练。用词考究,有时信手拈来文言字词,精练典雅,极富表现力;有时以方言入文,顿生质朴亲切之感;有时运用诗词名句或民间谚语,恰切自然,既拓展了文意,又增强了诗情与理趣。总之,雷达散文的语言,干脆利落,流畅自然,意味丰富,耐人咀嚼。从雷达的语言中,既能感受到他作为一个西北汉子的气质与个性,又能体会到他作为一个卓有成就的评论家的严谨与细致。在文风上,我觉得用《文心雕龙·风骨》中的十六个字,即结言端直、意气骏爽、风清骨峻、篇体光华来说明雷达的散文(其实他的评论也是这样——笔者),并不为过。读雷达的散文,我们不难发现,作为一名艺术的思者,他在人生的道路上,在艺术的追求与探索中,也曾不断遇到新的难题,不断产生迷茫与困惑,但他总是处在阅读、思考与自我剖析的进程中。读他的散文,字里行间总能感受到一种清新刚健之气,总能感受到一种深细委婉之美,总能感受到一种开放坦诚的胸襟,总能感受到中华民族传统文化的血脉与精神的涌动。

就表现人性、书写心灵,使散文归于本真之位来说,雷达的散文,对扫荡散文文坛多年来的不良积习和矫揉造作的风气,意义非凡。他的散文,文体合宜,结构浑然,挥洒自如,行止天成。阅读雷达的散文,感觉他在思考、探索的同时,兼及古今中外,天上人间,思接千载,视通万里,观照现实,继往开来,感叹世路艰难,哀悯"人"之为人的万般艰辛。读他的散文,我们总能感觉到一种生机勃发的景象,那景致、人物,都是无比鲜活的,不光其形可观,就是其情其心,也是可感可察的。总之,雷达的散文,或大开大合,收放自如;或细针密线,浑然一体,有大胸襟大气象,非大手笔不可为也。

我曾经想,文学的最高境界应该是怎样的呢?我以为,不管是诗歌、散文、小说、文学剧本还是文学评论,当这些不同体裁的文学作品,达到最高境界时,那应该是真善美完美结合的一种状态,那应该是充满着一种诗性魅力,富有哲思与宗教情怀,且具有海纳百川的包容气度。《老子》《论语》《庄子》是这样,《文心雕龙》以及别林斯基、勃兰兑斯的文学批评也是这样,《红楼梦》《战争与和平》以及鲁迅的作品更是这样。读雷达的散文,我们会时时感受到一种语言的诗性魅力,时时感受到那种博大深厚的人文情怀。荀子曰:"诗者,中声之所止也。"雷达的散文,是贯穿着现代乡愁的独出性灵的诗性抒写,有一种浑厚的思想与精神的力量,应该是比较接近于此种境界的。

"陇军崛起丛书"评论小辑

皎皎天地一诗心
——读徐兆寿《北色苍茫》

□郑士波

徐兆寿君寄来他的诗集,捧读赏玩那些诗篇,有一种怦然心动的感觉:这是一位浪漫的骑士,也是一位大地的诗人。

他何其有幸,成长在西北,那片神奇的土地滋润了他的心灵,也把一种苍凉高古的境界和誓破楼兰的千古豪气,都带入他的诗章。他紧贴着大地,忠于自己的心灵和发现,并勇敢地对现实很多的龌龊和不堪发出质疑,这使得他的一部分诗拥有更为久远的价值。

这一点似乎已被方家所识,早有定论,中国著名诗评家、北京大学教授谢冕对徐兆寿的诗歌击节赞赏道:"在这个精神普遍受到淡漠的时代,这声音犹如滚过天边的沉雷,唤醒那些被漠视的东西。……他那高亢的歌唱，使一切流行和迎合时尚的诗歌都显出渺小和鄙陋。他直逼价值主题，不回避，使一切踯躅在'边缘'的诗人都显得卑琐。"

我个人以为，可能是作为小说家的徐兆寿太过成功，这种成功的光芒俨然盖过了诗人徐兆寿的光芒。世人大多知道那个很早就以《非常日记》名震神州的徐兆寿，知道那个以《荒原问道》蜚声当今文坛的徐兆寿，却很少有人知道在写作那些小说名篇之前，就已经有一个完成《那古老大海的浪花啊》的诗人徐兆寿。甚至可以这么说，这些年以来，在小说家徐兆寿和散文家徐兆寿的背后，一直都隐藏着一个诗人徐兆寿。

诗人的特质使得徐兆寿有一颗敏锐的心灵，他会时刻惊奇于自己的发现，他会激情于对现实的咏唱，那种诗意总会流淌在他的文字里面。而他的小说和散文都不能缺少这种诗意，我们很难去想象如果徐兆寿丢失了这种诗意，他还是那个徐兆寿吗？

记录成长的印记

这部诗集主要收录的是作者从 1990 年到 2015 年期间横跨 25 年时间所写的诗，最早的是 1990 年 5 月 3 日所写的《琥珀》，最晚的一篇是 2015 年 9 月 21 日所写的《核桃树下》。有趣的是，这两篇挨得如此之近（中间只有一页纸的间隔），似乎真的是一翻页的工夫，时间就轰然跨过了这 25 年的光阴，这里面有多少让人喟叹的东西？

其中最后一篇《核桃树下》，几乎就是这本诗集的题眼：

那时候

青春怎么那么慢　那么长

不知道如何浪费

于是，在黄昏来临之时

我们便不约而同来到这古老的大树下

倾听夜莺的歌唱

在这首诗里，作者追忆的是青春，是那些早已随风而逝的时光，那些生命里的成长的印记。每个人的青春，都只有一次，过后不再来。青春也是最容易失去的，常常在不知不觉中，一晃眼的工夫，它就没有了。很多人的青春伴随着苦痛焦虑，还有就是遗憾。但是，青春总是美好的，尤其是当年不再青春、发鬓染上白丝的时候，你就更对青春缅怀不已。我们每个人在青春的日子里，对于未来都充满着无限的憧憬，我们有的就是年轻，就是时间，就是对未来的无限可能性，这使得我们在青春之时，有一种错觉：青春怎么那么慢，那么长啊，都不知道该怎么去浪费，怎么去挥霍掉。我们在青春的时光里都希望摆脱掉那些困扰我们的迷茫，希望快些走过这些泥泞，希望远方和成熟可以拯救我们。我们并不知道此刻的青春是多么美好，在很多年以后，我们会不断地去追忆这段时光，而这段时光里那些困难和焦虑实在是太不值得一提了。

诚然，如果可以从一个人的后半生开始回望，我们会感觉，每个阶段都有每个阶段的苦恼和焦虑，青春有青春的，中年有中年的，各有不同。但是当时我们身处其中的时候，却懵然不觉，为那些苦恼所苦恼，事后回头再看，那些苦恼实在是一时的，完全不值得为之心烦。那么我们最明智的做法是什么呢？在作者看来，就是在黄昏来临之前，我们不如一起到古老的大树下，倾听夜莺的歌唱。或许很多年以后，很多事情你都会遗忘掉，能够留存在你心底的就是那一晚夜莺的歌唱，还有就是陪着你一起听的人。

此刻，我们生活在尘世里，也会有各种各样的烦恼，不断上涨的房价，小孩的教育，自己的事业等等，这些烦恼是普遍的，也是一时的，它们并不能给我们带来精神上的富足和幸福。我们的人生里有更重要的东西，此刻不如尽情地去享受生活，享受当下点滴的美好。比如跟随着我一起来到这本诗集面前，我们一起聆听一个诗人（夜莺）的歌唱。在忙碌一天之余，你在灯下读到一首美好的诗，这诗歌能够唤醒你对美好记忆的回忆，这种美好的感觉会留存在你的心底，它会在你的记忆里闪闪发光。

当然，我们在这本书里，也能读到作者的青春。1990年的时候，作者22岁，住在师大最破的地方——6号楼131宿舍。这里住着"两个写诗的学生，一个抽着雪茄半夜写小说的人"，大家都在大学里蹉跎岁月，"我们都很穷""我们都很乐观"。作者对80年代是无比缅怀的，因为那是一个充满理想的时代："我始终认为80年代是个理想年代，无论那时的诗，还是那时的歌，都有一颗年轻的心在飞扬，总有一种血在激荡。"那个时代，诗人是可以在校园里混得很好的，诗人可以到处游学，写诗泡妹，可以说是风光无限好。那时候的人还是追求理想的，"老何在这里展示他的血书""天下的人们都来听我的彝族舞曲"。可是，而随之而来的90年代则是那理想之后的失望、感伤、颓唐，乃至放纵"。作者处在90年代的开端，以一种诗人的敏锐捕捉到了这一点。在《低垂的旗帜——献给八十年代》，作者咏叹道："不止一次地告诉自己/无厘头已经占领广场"，可是人们呢，"总是摇头叹息/江山总得易主"。

作者的诗忠实地记录了每个时段的成长，就像是一枚枚被岁月尘封的照片或胶卷。你只要打开它，就能穿越回那个时代，感受自己曾经蹚过的岁月的河流。

大地上的抒情

诗人在《追记大地》中这样写道：
　　我总是不由自主地走上房顶

顺着小路到它的尽头
在黑夜里侧耳倾听

远方
陌生的远方
将我制止
我听不见自己的呼吸

  这是我读到的对于大地最为深情的告白。真实的心驱赶着诗人不由自主地走上房顶，探寻更高的精神，探寻这个世界的真理和秘密，在那些路的尽头，隐藏着危险和陷阱。缺乏勇气的人大多都停下来了，只有对真理充满渴望的人，才敢于走向未知，走向路的尽头，去发现那里到底有什么。可是，我们此时或更多时候都身处黑暗之中，莫名的恐惧时刻伴随着我们，没有人敢于在暗夜里呼喊，我们只能侧耳聆听，聆听那野兽的嚎叫，聆听微风的声响，聆听神的歌唱。只有大地可以给我们安眠，只有天空可以给我们希望。每个人都渴望远方，可是海子却告诉我们："远方除了远方，还是远方。"

  作者始终立足脚下的这块土地，他并不是在象牙塔里，或是书斋里，而是"到户外去/到郊外去/到山野里去/到高山之巅"，他要"一个人孤独地远行""去看看山火/看看野花的怒放/在向阳的山坡上发呆到流泪""向着那蔚蓝的虚空/做一次深深的祭拜"。

  作者是一个边城浪子，是一个仗剑走天涯的歌者，他一路行走着，从阿拉善到巴丹吉林沙漠的深处，从祁连山到青海湖，从贺兰山到居延海……他在见识过"北海无涯，大漠无边"之后，总是在不断地叩问：神在那里？他所迷恋的是"无法言明的忧伤"，以及"孤独，无用，永恒"。这是一位探问灵魂的诗人。

  诗人把自己的根紧紧扎进脚下的土地，变身"荒野里无人知晓的一棵麦穗"，"从春天到秋天唱着自由的歌"。诗人的心是天地之间最为丰盈的，最为明净的，"一如你的大地一样朴拙""一如你的天空一样辽阔"。他用大地、村庄、田野、高山、大漠来区隔城市，用这颗诗心去审视"人类自负的文明"，去反思当下陷入城市迷局中的人们的"贪婪、欲望、愚昧和自私"。这种思考，无论是对当下还是中国的未来都是有益的。

  读这本诗集的时候，我能够感受到徐兆寿的那颗诗心，一直在蓬勃地跳跃，就像鼓点一样，发出生命的欢唱。他的心是明净的，纯粹的，很少被世俗所污染的，跟古今的诗人一样，不停地对时代和生命发出一声声的追问。他在人生的客途之中，在那残山断水，在那大漠荒烟，在那乡野山巅，流连之余，在历史的河流里，在宇宙的洪荒之中，用思想的火苗，去点亮那一盏盏的小灯，慰籍每一个夜行到此的旅人。

一介性情任飘落
——关于王德祥《行吟集》

□马步升

今人做旧诗，大约是难以讨得好来的。一者，举凡粗识文字之国人，古诗总是记得几首几联的，而所记者往往则为千年经典妙品，于旧诗，心中早已高标岿然；二者，旧诗乃承载旧事，描画旧景，述说旧情之体式，而今人，目所见皆新事，足所践皆新景，口所言皆新语，新旧总装，免不了的是混搭；其三呢，古人于文字总是节俭，总是以少少许胜多多许，而新事新景新情，却需万般饶舌，也未必剖分的明白晓畅。

有此三端，旧诗于旧时，尚且不易，而旧诗于新世，难乎难哉。

然，诗乃个人性情之聚合，有性情，则有诗，无关乎新旧，无性情，即便榫卯咬合，即如再精密之机械都不可当诗看待。而性情，又有雅俗真伪之分。山水无言，却专俟真人以真言言其真；花草无情，喜爱的都是有情人之至情雅赏；人事纷纭，说不胜说，然其是非真伪，非真性情者，不可下得一二判词。

兹有王德祥君，真性情人也。身或萍踪四海，心却一秉性情。人在学院，则用心师范大道；出入江湖，则钟情于天地自然。至于个人穷通，世道兴替，风花雪月，飞鸟往还，则无不演化为性情，斟酌于诗行。诗为旧体，性情则为当下性情，格或有不备，律或有不协，而真性情则无处不在。如是，真性情之有无，可否为辨别诗之高下优劣之一法？于旧诗然，于新诗亦然。

王德祥君之《行吟集》，当属真性情之作。余于旧诗，珍爱流连有年，然于格律规制，则用功甚少，应约作序，实属冒险，而甘于冒险亦出自真性情也。

是为序。

一笔舞墨万山染，"谁懂"潭影月清寒
——读杨光祖散文集《所有的灯盏都暗下去了》

□刘仕杰

黑格尔说："一个民族，总要有些关注天空的人，如果都去关注大地，那这个民族就没有任何希望。"在我心中，杨光祖就是一个关注天空的人，他是精神的、是灵魂的，是在漆黑夜里踽踽独行的"文化苦行者"，不断地追寻着天外的天、水里的水，用文字抒写着现世的苍凉与人生的苦楚。他的评论"和气载柔、英气含刚"，观点犀利独到，拥有直捣黄龙的气势；他的散文则同样尖锐深刻，明灭着灵魂深处的幽光暗影，跳荡着或隐或显的生命旋律。

《所有的灯盏都暗了下去》是杨光祖结集出版的第一本散文集，收录了杨光祖近年创作的59篇散文，其中10多篇曾入选全国散文年选和多种权威选本。这些文字或感情真挚，或冷涩幽暗，却都渗透着无法言说的隐痛，述说着杨光祖生命中的密码与灵魂深处的战栗。

杨光祖博学多才，兴趣广泛，在文学、书法、绘画、影视等领域均有不同程度的建树。他的散文既有中国古文般的唯美意境，又有着西方文学与哲学的深刻哲理，读来总觉唇齿留香。他的散文题目结合了中西美学的特点，精准独特而又极富韵味，总是给人留下无限的遐想，如《所有的灯盏都暗下去了》《为谁风露立中宵》《把房门关紧，别让风吹开》《谁能逾越静默》《虚无主义站在门槛上》，还有《我用文字救自己》《歌哭无端纸一堆》《青草的爱抚，胜于人类的手指》等。他引用诗词古句，看似信手拈来，却极符合此景此情，于情于理恰到好处："但我也最怕夜，子夜的灵魂是最为躁动的，它会跑出来，靠在书房墙上冷眼看你，想起李贺的苏小小，想起李贺的'鬼灯如漆'，也想起西湖的烟雨蒙蒙，想起李白的'夜台无李白，沽酒与何人？'"他谈起西方文学与哲学更是如数家珍，海德格尔、里尔克、卡夫卡、歌德、克尔郭凯尔和肖洛霍夫等人的文字在他的笔下都有了新的阐释。

杨光祖对《庄子》更是钟爱有加，他曾想将这本散文集命名为《朝彻集》，希望自己能达到"朝彻"的这个境界。"朝彻"出自《庄子·大宗师》，指道家修炼的一种境界，即很短的时间内便能悟通大道，杨光祖所渴望的便是达到这样一种境界，他所欣赏、敬佩之人也都是像刘春生、杨海燕这样没有尘俗之气的"朝彻"之人。从这本散文集的字里行间，我们也足以获知杨光祖对《庄子》的深情："庄子说，相忘于江湖，这当然是最佳状态。可很多人对知识的需求太旺了，知识成了一个外在物，他们不懈地追求，最后粉碎的是自己。庄子认为人生有涯，而知无涯，以有涯随无涯，殆矣，这是很有道理的。"在我看来，他已然透过文字，穿越文意，抵达了庄子精神的内核。

然而庄子的精神不易理解，"朝彻"二字又太过生硬与艰涩，此书最后舍弃了"朝彻集"三字，仍沿用了其中一篇散文的名字：《所有的灯盏都暗了下去》。这十个字在书中虽没有直接的指涉，却也恰恰代表了杨光祖散文的整体意境，传达了作者内心深处最隐秘的情绪，亦给读者留下了无限的想象空间。在我看来，"灯盏"代表的是人内心深处的灵魂，是人们的精神与信仰。当"所有的灯盏都暗了下去"，人们便找不到前进的方向；当人们渐渐将自己的灵魂遗落，人们的前行也便没有了意义。这时，"肉中刺"似的隐痛渐渐袭来，作者无处可说，也无法去诉说，只能忍着，一点一点地将其遗忘。杨光祖笔下的文字也因此变得冷涩幽暗，充满失望的气息。幸运的是，这种痛苦能在写作中释放、挖掘，于是他的文字又渐渐拥有了色彩，开始饱含深情与希望。杨光祖的这本散文集正是一些充满失望而又饱含希望的文字，既冷涩幽暗而又热烈真挚，具有浓浓的韵味。

杨光祖是一位评论家，因为话语机锋犀利，他还被冠以"酷评家"的称号，因此他的散文不像传统的散文一般柔和抒情，而是以思和论为主，给人一种直击心灵深处的痛感。在《一座城市的记忆》这篇散文中，杨光祖写道："但丁《神曲》开篇就说：'当走到我们生命旅程的中途，我发现自己在一片幽暗的森林里，因为我迷失了正直的道路。'多伟大的诗句！人只有迷失了才会去寻找；人只有误入森林，才知道怎么去天堂。"杨光祖的散文就是如此，往往借各种文学作品进行议论与思考，抒情性的文字相对较少，但杨光祖的这种议论与思考并不是客观的，而是与杨光祖本人的生命有关，是杨光祖内心最深处的呼喊。

鲁迅先生说"抉心自食"，杨光祖便是如此，他时常将锋利的刀口指向自己，剖析自己。他写人生、写文学、写文化、写社会，也写爱情、死亡、恐惧和焦虑，但无论是写什么，他总是以自身为试验对象。例如那篇《打开你的身体》，他始终紧扣自身，打开的是身体、是思想，剖析的是文化、是社会。他真正地走进了灵魂深处，他的散文可谓是灵魂散文，阅读他的文字，我们往往会不自觉地陷入其中，去思考人生的种种苦楚，去感怀现世的苍凉。在"身体全面暴露，灵魂成了隐私"的当今时代里，"抉心自食"、剖析灵魂的杨光祖是孤独的,他的文字也总会给人留下一种隐隐的痛感,一种"肉中刺"似的隐痛。从这些文字中,我们所看到的杨光祖,不像是一个评论家,更像是一位不断思索人生的诗人。

杨光祖本人也说:"我以为所有的写作都应该上升到诗,唯如此能够持——存;否则,不是堕落便是崩溃。"在他看来,诗,就是不断提高自身的精神境界的,是持的。只有持,才能谈到"存"(存在)。作为一名文化人,自应粪土金钱,努力地去追求精神,而不是物质;否则,一味地追求世俗的东西,功名利禄,作为一名文化人,那唯一的结局,就是堕落或崩溃。杨光祖是追求精神的,他是关注灵魂、关注天空的人。阅读杨光祖的散文,你会发现他很少涉及物质生活,与之沾边的,无非是买书、搬书、读书,以及与书有关的玄谈、讲学、写作。杨光祖有一篇散文叫《我的书房》,讲述的便是他与书的故事,从幼时的无书可读,到如今疯狂地买书,布置自己的书房。但是读书越多,空虚越大,灵魂的纠葛也越深,因此杨光祖的文字又是充满矛盾的。

他在《孤独地走过兰州街道》中写道:"我是一个喜欢读书的人,读书给我许多满足,当读完一本好书或买到一本好书时,幸福无法用语言表达,我称作'语言的痛苦'。读书也给我很多烦恼,有时买到一叠好书,用帆布包背着它,走过夜晚的兰州街道,走过华灯初上的街道,我感到一种无助的孤独,甚至有一种荒凉,很辛酸地徘徊在心头。"杨光祖就是一个如此矛盾之人,一方面,他喜欢夜,因为那时候人的情感最波动,能体会到人生的最苦最深;另一方面,他又最怕夜,因为子夜的灵魂最为躁动,会让人想起凄风苦雨,会让人变得孤苦无助,甚至成为没有灵魂的弃儿。他的这种矛盾感正是来源于他对人生的追问与思考,而真正的写作恰恰需要这种矛盾感,因为真正的写作都与生命有关,都是心灵深处的哀歌,庄子、尼采、蒙田、鲁迅等人的文字都是如此。杨光祖的许多散文正是借鉴了庄子、尼采、蒙田等人的表达方式,思想深邃,言语犀利,蕴含着丰富的哲理,乱中不乱、齐而不齐。

"一笔舞墨万山染,只得潭影月清寒"散发着清寒之气的杨光祖的散文,其清寒背后是渐渐温热的气息,因为杨光祖"不是一个只会暗自哀叹的人,他看得远、悟得透,他会让冰冷的文字渐渐拥有温度,也会将一颗冰冷的心融化成水"。散文中跳动的文字是他生命的密码,来自于他灵魂深处的战栗,是他对人生的思考与感叹。而今的人们,与其在这个浮躁与肤浅的社会里行尸走肉般地游荡下去,毋宁读一读像《所有的灯盏都暗了下去》这般有思想、有内容的书,让这汪清泉,慢慢滋润我们干裂的心田。

在田野中凝望，在理性中书写
——《白姆措的眼睛》读后

□梁莉莉

白晓霞师姐的散文集《白姆措的眼睛》是她多年来在田野调查基础上对特定地域民间文化的倾心书写，收录其中的是36篇具有不同时间跨度和地域广度的文化研究之作。散文集以个体的生活史为主轴，以生活中不同的文化事象为中心，从人类学、民俗学视角对多民族地域的文化进行观察思索，以文学的笔触描绘了具有历史感的"地方性知识"，以个体生活化的书写呈现了一副生生不息的区域民俗文化画卷。

散文集通过文化的"自观"和"他观"，多面地为我们展现了特定地域中民族民间文化的不同维度，书写了地方的"小传统"在社会变迁中的交融和发展。同时将大的时代话语和历史沧桑中的群体发展穿插其中，展示了普通人在时代洪流中迸发出心灵力量和精神面貌。特定的性别视角又使她的书写以个人生活为场域，从身边亲人的生命故事和熟悉的风物入手，记录个体的生活史和文化的传承史，情感细腻、感人至深、娓娓道来。正如书名，这本散文集字里行间充满着女性作者眼里特有的清澈与灵动，散发着温润的生命温度；渗透着人类学者眼里的洞察与包容，包含着对尘世间的大爱和悲悯。应该说，白姆措的眼睛是明亮又通透的，她的目光所及就是心灵所至，心灵所至正是生活最纯粹的本真。

一、田野民俗志路径下的文化书写

民俗志书写强调在田野调查基础上、文化整体观指导下的文化深描，突出对民俗生活进行阐释和解读。《白姆措的眼睛》正是遵循着这样的研究路径。多年来，作者凭着对西部民间的热爱，目光向下，关注民众，行走乡间，进行了长期的民俗学田野实践。她在日常生活中用心观察体会，从实求知，深入研究，书写了多彩的地方文化事象，呈现了突出的区域文化意蕴。

"我是白姆措：民族篇"中的散文多是田野基础上的研究所思，具有鲜明的人类学意味，特别是那些对"物""歌""个体""家庭"及"故乡"的书写。作者笔下的"物"灵动而充满人性的温度。她将"阿热依玛""佛珠""藏饰""梅朵"与生命的体验紧紧连接在一起，表达出日常生活中的"物"所蕴含的文化意义。在每一个讲述的"物"的故事中我们看到了文化的传承和群体精神的延续。文集中书写的"歌"飞扬而充满诗性特征。作者眼中的每一首民间歌谣、每一则故事、传说和每一部史诗都传诵着美丽的生命神话，传递着群体的文化精神和族源记忆，而这也正是民间口头艺术真正的魅力所在。作者通过自身成长中民歌记忆书写出了口头传统在多民族家庭生活中的活态延续和群体中的口耳相传。同时也深入分析了这些民间文化样式中的诗性智慧。这些对歌的书写，既展示了作为群体交流与记忆方式的口头文学式样在今天依旧散发出的文化魅力，也让我们看到了这些正在面临濒危的口头传统遗产在维护文化性与文化创造力的方面的突出价值。

散文集中对亲人和普通人生活史的描写最令人感动，作者将时代波澜壮阔的变迁史在个体的生活中加以呈现。这些普通人和家庭关于奋斗与拼搏的书写看似微观，却折射出了这个国家在特定时代的变迁与适应，描写出了现代性浪潮中文化的传承与创造。正如她自己所说："关于国家、民族、革命、时代的话题在这么一个平凡的家庭中凝结成了一份我后来一直想描摹清楚的文化风景。"对于这样的文化风景，她用真挚的情感娓娓道来。同时，我们从这些个体的生活史中也看到了在多民族聚居的区域中不同文化群体之间的交往历史，而这也正是生生不息的民间文化的融合史。

故乡的文化滋养是个体成长的文化胎记，中国人类学者往往会选择自己熟悉的文化进行"主位"视角的书写，即所谓"家乡人类学"，大致也就是在这个意义上的"自观"。作为文化书写者，作者始终以坚持不懈的观察和故乡书写为其文化使命。因此，文集中也有着很多书写故乡的篇章，她深情地凝望那片哺育她的热土，用一颗敬畏之心描写了家乡的"一草一木""一山一水"，描写了故乡丰富的民俗文化，将故乡日新月异的发展与波澜壮阔的时代变迁以全新的面貌呈现在我们的面前。这样的书写是故乡赋予作者的文化宿命，也体现了作者对自身的文化定位。

总体来看，作者的上述书写都是在田野调查基础上的学术思考之作。不同于一些"游记"式的调查，作者的田野实践并不是选择特定时间段，而是在她最日常的生活中进行，在每一次经历的节日及仪式中开展。这样的田野实践倘若从初涉民俗学、人类学学科算起大约已经持续 20 年之久，在这期间，她将田野调查融入自己的生活，在平凡的生活中调查、发现和记录。费孝通先生曾说："其实我们整天就是在田野里边。人文世界，到处都是田野。"白晓霞正是如此，她的生活无处不是"田野"，她的田野调查也从未中断。

这样的文化视野和田野调查路径既与她所身处的天然文化坐标有关,也与作者个体学术研究的历程有关。家庭文化养就了她丰富的文化"基因",沉淀在记忆中的民俗场景和文化因子为她的研究埋下了一粒种子。在时光的哺育中逐渐成长为了文化深描的动因。家庭日常生活中文化的潜移默化慢慢积淀为她对民族文化的深刻感知。那些她自小听到的家庭成员轶事、家庭成员的经历给她的书写提供了丰富的养分。其次是民间文化的滋养、民族文化的交融为她的研究奠定了坚实的现实基础。正如她自己所说,"民族文化的交融在我身上体现得那样清晰"。不同民族的民间文化培育了她开阔、包容的文化态度,也使她以近乎天生的文化敏锐性来反观自己,反观身处其中的家庭和民族文化。民俗学专业的学习经历及研究实践铸就了作者文学书写里的民俗学学术血脉,也使她承继了民俗学的田野研究路径和文化的整体观。这些年,她以自己的学术实践传承着民俗学特有的民间情怀,在生活体验中参与观察,深入动情地记录生活的细节、鲜活的民俗个体,并将具体的文化事象放入特定的节日、神圣的仪式及文化的场域中,甚至是在群体的交往史、文化的融合史中加以解读。

二、历史感的"地方性知识"

"地方性知识"是人类学中对具有文化特质的地域性知识的概括,强调文化认知应突破传统一元的知识观,强调重视丰富的地方性文化。对地方性知识的描写也始终是散文集作者在文化研究中着意书写的重点。正如大家所知,民族民间文化的丰富性就在于它以融合开放的姿态吸纳周边族群、所处地域的文化因子,在动态的交融变迁形成自身的特点。民间文化既自成体系,又开放包容,因此,也就具有了多样的地方性特征。作者正是在这样的基础上书写出了藏族文化的地域性特征,对特定地域的书写也是极力呈现出了独具特色的文化现象。

《五月初五,安多藏区的花容佛心水衣裳》是筋骨最为饱满、最具力道的散文之一。作者深情地写出了五月初五的安多藏区节日习俗,突出呈现了在特定时空维度中安多藏区的地方性文化特色,呈现了藏族文化内在的多样性特征。"藏区那么大,那么宽,那么美,有许多人、事、情、景、话都有属于自己的独特的绵密味道,需要我们一块地方一块地方地去体察、表达、分享、传播"。作者对"地方性知识"的这种探求始终贯穿在整个文化的书写当中,其路径首先是对一个点的深入呈现,接着是对多个点的关照,再将这些点连接成面,从而形成整体和区域的文化认知,最终把握文化的个性和共性特征。这不仅是她个人的书写志趣,同时也是人类学、民俗学孜孜以求的研究目标。

晓霞姐对"地方性"知识的探求,不仅是在特定的地域意义上的,还涉及特定文化现象生成所形成的特定的情境,包括由特定的历史条件所形成的文化,还有群体亚文化的存在等。比如在《关于白马藏族村寨的行走和阅读》一文就涉及了群体亚文化的存在及与其走向的理性思索。这种思索源于她对正在面临变迁的民间文化的感知,既是对特定群体的关照,也是跨越地域的思索。"民俗的传承与保护是让我们现代人多么费心的事,离开?打开?变形?变质?贫富之间、存亡之间、洁污之间、物质与灵魂之间的来回磨搓让许多问题显得复杂而尖锐……"这是她的理性思索,也是对现代性同质化的质问。而作者思索的这一问题,又不仅仅是一个白马藏族村寨面临的问题,同时也是所有民族文化都面对的共通性问题,它们切切实实地凸显于我们生活之中。

顺着白姆措的目光,我们还看到了作者对甘、青典型多民族聚居区域文化风景的书写,如河湟流域、凉州、安多及华锐部落等。这些区域在历史上就是多个族群聚居、多元文化共生的地理单元。在漫长的历史变迁中,沉淀出了丰富厚重的文化底蕴。作者在田野调查的基础上,从自己的行走体验出发,围绕着作者生活中对文化交融的真实感受和切身体会,描绘出了文化融合的大气象。这体现了作者区域、整体的文化眼光和视野。这个作者称为"必须面对的文化生命"中聚居多个民族,共存着多元文化,那种民众发自内心的对不同文化的欣赏、包容和借鉴,不仅迸发出了这一区域文化的多样性,还沉淀出了民间社会不同文化和谐交融的内在智慧。在她文中描绘的正是这种民族交往、文化共荣共进的时代风貌。作者说:"正是这种文化交融的状态对我产生了深度的诱惑,使我感觉到了这片土地所勃发出的生命的能量,所形成的有张力的文化场域。"这不仅是作者文化视野的体现,也是对多民族聚居区域文化的精准认知。

《我所知道的渭源:渭源篇》中的散文都是有历史感和现场感的书写,会给人以身临其境之感。文化的渭源、历史的渭源、民间的渭源、生态的渭源以不同的姿态跃然纸上,瞬间让人有禁不住要去渭源走走的想法,也让我们看到了一路从历史走来的渭源在今天散发出的独特文化魅力。

除了对民族、地域文化的解读,作者对地理维度的定位、历史脉络的探求还切入在对家族、亲人的书写当中。英国保尔·汤普森说:"当我们理解别人时,首先把他的行为归位到他们的生活史中,进而再归位到它们所属的那个社会场景下的历史中。个人生活的叙述,是相互关联的一组叙述的一部分,它被镶嵌在个人从中获得身份的那些群体的故事中。"作者对个人生活史的书写正是将其与家族历史、民族历史、区域历史相结合的。

总体来看,基于对"地方性知识"的把握,作者对民族文化的书写关照了文化变迁的历史进程,着意在历史的发展演变脉络中加以定位,在具体的地理空间背景中加以解读。可以说,白姆措眼中的文化现象都是在历时的纵向和共时的横向交错中呈现的,这使得民族文化的"地方性"知识,也兼具了历史的厚重感。

三、性别视域的文化创造

作为女性学者,作者的散文书写也呈现出了社会性别的独特视域。在文中她特别关注了不同的女性群体,以她们鲜活的生活故事为基础,描摹出了普通女性的不同风采,书写出了女性群体独特的文化创造和生活世界。

正如大家所知,在民间文化的体系中女性群体往往都承载着重要的文化角色,承担着不同的文化使命。她们在民间艺术世界里用灵巧的双手、温柔的言语赋予生活以盈盈诗意;在日常衣食住行中认真地实践着群体的文化精神。也正是因为女性的豁达乐观、坚毅隐忍,她们将生存与家庭的双重压力幻化为对生活的热爱,传承着家庭和民族的文化血脉,用自己的行为影响着下一代人。我们在作者的书写中看到了那些坚毅美丽的各民族女性,她们就那样真实地生活在我们周围,追求着完全不同的自我实现。对这些既平凡又伟大的女性的书写,这是她的所长,亦是她的使命和注定。

作者对女性的书写中还特别关注了读书写作的女性群体,作者以师友为蓝本写尽了那些读书女人的人生。她说:"读书的女人是一种奇特的存在,坚硬与温柔同在的社会给予她们的挑战是男性世界无法完全想象的。不管怎样,思考是不能停止的宿命,坚定地走在向往豁达的路上,应该是一道风景。"在作者眼中读书女人的睿智、勤奋、风骨和"世界是自己的,与他人毫无关系"的自我意识,那种对生活的思考和执着的前行,对于学问的真实热爱让人感动,也让她们成为这世间最美丽的风景。那种读书女人的至境,稳健低调、独立睿智,外表典雅端庄、内心刚健硬朗,思维缜密理性,这是她对自己人生的期许,更是许多读书女人的追求,与我而言更是不能至,向往之。

特殊的身体体验使女性以有别于男性的方式感知这个世界,因此,女性也就能感受到不同的生活维度,看到人世间不同的风景。在散文集中那些细腻的情感体验被温润地加以表达,立体的生命感受被层层呈现。然而又不同于很多女性书写者,作者有着广阔的文化视域,基于多年的田野实践和深入的学术思考,她的书写不仅仅局限于个体的情感体验,而是以女性特有的视角关注着个体命运与时代洪流的交错、群体文化的变迁与整合。比如,作者对家乡天祝的书写体现出了"英雄化"的壮丽和宏伟。她将故乡的山水、风土放在宏大时代、广阔地域背景中呈现,描述了生活其中的群体文化特性。她以近乎"男性化"的表达,勉励自己及所处的群体以开放的英雄之心迎接春风四起的变革时代。通过天祝英雄文化的描写,我们看到了沉淀在作者血性中的文化自信与从容、包容豁达,这是女性文化学者难得的大气魄、大胸怀、大视野。还有那些对家庭、群体和地区的文化书写,呈现给我们的是民族融合和时代变迁的个案缩影。从中我们也看到了多元一体的文化格局中不同民族文化之间、群体之间和而不同、各美其美的大智慧。

家族发展历史上族群的融合，造就了文化成长土壤的多元，培育了散文集作者包容、多元的文化观察视角。不同的身份和经历造就了对文化与生活的多元体验感。作者认为这本散文集是对个人小小生活史的记录，不仅仅如此，在这些看似个体化的生命体验中，作者融入了时代洪流中的民族、国家和社会话题，关照了文化的传承与变迁、群体的发展与融合。可以说《白姆措的眼睛》这部散文集是集文学、人类学、民俗学为一体的书写与思考，是作者对特定地域文化的研究史的记录，同时也是一位女性学者心灵史的呈现。

诗 歌 论 坛

寻找适合自己的写作
——以李继宗和离离的诗歌写作为例谈甘肃诗歌未来的发展

□王元中

我们所处的时代是一个多元和多样的时代,一般而言,多元和多样所昭示的大都是生活的丰富和选择的自由,但是一般之下,或者说一般具体到每个个体,多元和多样实际上也未必总是好事。物质贫乏的时代,没有太多的选择,但我们吃什么什么都香,而生活富裕了,什么好吃的都有了,我们却没有了胃口,吃什么都不香了。

"生活是一袭华美的皮袍,里面充满了虱子",张爱玲的话启示我们,每一个时代和每一种生活一样,都有它自己所隐匿的问题。我们时代的问题很多,但是择其主要,因为多元或多样所导致的选择的困难,应该说是许多人都曾经遭遇或者正在遭遇的问题。

这种困难表现在当下甘肃诗人——当然也是当下所有诗人的诗歌写作上,我们可以清楚地看到,由于各种诗歌资源的空前开掘——主要是国外诗歌的大量引进和翻译,中国古典诗歌的不断再版和阐释,加之网络写作所带来的当下诗人们交流的空前方便,以前诗人感觉不是问题的一些问题,譬如诗人到底应该写什么和为谁而写等等,因为存在的太过多样和选择的太为丰富,对于时下大多数诗人而言,却已经成了一些必须面对和恼人不已的问题。

这是一个因为高度商业化而倍显文学功利性的时代,功利性活动要求以利益追求为人们行为选择的最根本准则,具体到诗歌的写作,就是诗人在进行写作的时候,必须有相当自觉的利益谋求,充分考虑到编辑的口味和读者的期待,努力制作出适合他们需求的诗歌作品,以此谋求个人写作利益的最大化实现。

利益永远是人类行为最根本的内驱力,由此,文学写作对利益的追求也便自古而然,无可厚非。时代发展到今天,将文学视作"经国之大业,不朽之盛事"的观念固然不足再蛊惑人心,但是,在强化写作的职业意识之时,诗人们追求作品的发表率,寻求各种奖励的资金支持和名誉享受,原本也没有什么不对,只是当这样的追求日益自觉和深化,当许多诗人——特别是我们甘肃这样的边远不发达地区的诗人们纷纷都迷信于这样的追求之时,甘肃诗歌的写作也便出现了许多制约其自身发展且让人担忧的问题。

一 时下甘肃诗歌写作中的突出问题表现

甘肃诗歌是一个很大的范畴,其中包含着极为丰富的个体构成,泛泛而论,说甘肃诗歌这样或者那样,自然有失公允和准确,但是,依据我自己近些年来的阅读经验,特别是参照身边的一些诗人朋友们日常写作的实际情况,论其大概或者就大多数诗人的写作而言,由于太过明显的功利性追求或商业时代商品属性无孔不入且日益严重的渗透,背离文学本然的无功利属性要求和写作者应然的主体内在要求为他人需求所驱动或裹挟,在我看来甘肃诗歌因而显现出了一些明显的问题。这些问题主要表现为:

第一,题材选择上缺乏明晰的自我意识。不是根据自己既有的生存经验或生活积淀,而是要么依从潮流,选择所谓的热点或大题材写作,根本不顾及这些热点或大题材是否已经内化为自己的经验性存在,自己是否真的对此有话要说、有感情要抒发,一切但看主流媒体的眼色,报纸上讲云南干旱自己就赶紧跟着写云南干旱,广播中说玉树地震自己就迅即转向写玉树地震;要么揣摩大众心理,迎合他人期待,别人需要什么就制作什么,根本不管自己的制作是不是有助于诗歌美学品格的建构,是不是自己所愿意也能够进行的。

这样的选择从表面上看似乎比较聪明,商品时代人们活动极为重要的一个特征就是不断制造新的产品,通过不断地寻求新的刺激满足人们日益钝化的消费需求,文学活动作为精神生产活动不乏它的特殊性,但是环境或者社会整体属性的影响,跟随时尚,寻求所谓万众关注的热点或大题材,避免为主流或时尚所抛弃,从而以较快的速度和较为便捷的方式发表作品,获得他人的认可,也便成为时下许多诗人的自然反映。在这一点上,因为我们甘肃长期在经济和话语权上所处的弱势或劣势地位所导致的民众(当然也包括我们的诗人)或轻或重的自卑心理的作用,所以诗人们——特别是近几年新起的、未获得同仁广泛认可的诗人们的表现便更为突出。我曾亲历过这样的事情,现在许多人看诗歌杂志或浏览博客专栏,目的根本不在于对他人诗歌写作方法或审美智慧的学习体悟,也懒得花费丝毫的精力去琢磨研究文本,寻求别人在题材内化、组织构思或语体设置上的经验,相反,其主要的兴趣却只在于了解潮流或时尚,搞清楚自己写什么才能尽快引起他人的注意,才能进入到人们话语热闹的中心。

第二,写作动机上的唯编辑眼光是从,说得严重一点,也就是程度不一的投机取巧。我们不能否认许多刊物编辑在来稿评审编发上的认真和负责,"质量是刊物生存的质量",相信这样的理念是许多文学编辑都内心认可的。但是认可归认可,同样不能否认的是,随着利益对于文学刊物编办的全方位的渗透,还有电脑网络时代写作的随意化所导致的选稿工作的难度的增加,在一首诗的发与不发上,编辑的重要性愈来愈突出和明显。为这种刊物编辑的变化所影响,我们便能够看到,时下许多诗人写作诗歌,考虑更多的问题不是自己想写什么,而是处心积虑地揣摩编辑到底喜欢什么。

这种现象在目前的诗坛普遍显现,可以说到处都有,但不得不提的是,因为受制于既有的文学生存环境限制,我们甘肃能够发表诗歌的刊物和进行诗歌交流的平台极为有限,所以我们甘肃的诗人在这个问题上也便表现得更为突出。许多文化大都市的编辑们看惯了现代城市缤纷而又不断变化的市井人生写作,太多的都市抒情让他们反感了,他们便希望我们的诗人能表现他们想象中的我们的历史,如甘肃西部的丝绸之路、敦煌,如甘肃东部的麦积山、大地湾,我们的诗人不管自己到底有没有经验的积存,也便纷纷去写丝绸之路、敦煌、麦积山和大地湾;编辑们腻味了城市的富足和斑驳陆离的复杂,他们心生了对于单纯、原始乡村和道德的向往,受其趣味并及有意识在刊物所营造的氛围的影响,不知不觉之中,我们甘肃的诗人也便争相炮制各种各样的乡土或伪乡土诗,不管自己对乡村现在还有多少了解,还有多少感情,却往往装作真诚和深情的样子,不遗余力地展示别人想象或虚拟的乡村的贫穷、原始、简单和诗意,看似形象逼真,但其实却像城市周边人们所刻意营造的"农家乐":土鸡不是土鸡,热炕不是热炕,大叔不是大叔,妹子也不是妹子——面貌相似,而真味却早已走失。

第三,写作方式上的跟风模仿,谁的写作被推崇了就群起跟随,根本不认真思考人们所推崇的写作是不是适合于自己，反正只要人家说好，杂志上老能看见他的作品，那么他写什么自己就写什么，他怎么写自己就怎么写，使自己的写作本质上等同于他人写作的仿真或再版。这种表现和音乐界的情况非常相似，谁成功了就模仿谁，模仿可以非常逼真，逼真到简直能够以假乱真，但是模仿毕竟是模仿，模仿得再像的周杰伦毕竟不是周杰伦，再像的凤凰传奇毕竟不是真的凤凰传奇，它虽然能造成局部或短时间之内的利益或名誉，但却本质上因为缺乏自己的个性和风格而难以在艺术的发展史上占据自己的一席之地。

甘肃诗歌给外界所给予的不好印象多半就是由这种跟风或模仿而形成的，老乡写作被推崇时许多人模仿老乡，娜夜获奖了许多人模仿娜夜，阿信的藏地诗篇出名了许多人就去模仿阿信，如今高凯的陇东乡土诗、周舟的渭南写作获得了认可，许多人便又纷纷模仿高凯、周舟。总之一句话，我们自己看似极为热闹喧嚣的甘肃诗歌写作，因为其中清晰可见的类型化写作模式，所以在外面许多人看来，却不过是为数不多的几个人写作的翻版或扩大。

上述种种问题表现，形式虽然不一，但究其根底，实质却是非常相似的：不管哪一种表现，我们的诗人的写作往往因此更多为他者的存在所影响甚至规范，或取巧于编辑的兴趣，或迎合虚拟想象的受众的需求，市场因素看不见的手，彰显出了它无处不在的威力，诗歌写作这种最为强调心性、性情、个体和创造意味的精神生产活动，因此也倍显它的"非主体"属性，表现出种种面貌不一的审美活动本质的异化、迷失和耗散。

二 李继宗和离离的诗歌写作

"非主体性"写作最为明显的特征，就是诗人听命于他人，以别人的口味、兴趣和期待为依据，使自己的写作和自己脱节，生命主体为外在的某种力量所规范，难以在清醒的自我目标设计和实施之中，让自己的诗歌独自成为，标示自己生命具体而独特的价值和意义。

虽然，这种听命有时明显，有时不明显，有时直接，有时不直接，但不管怎样，它们都像是文学的有害病毒，从肌体的内部腐蚀着写作的生命。

回到自我，即如鲁迅一样将外在于己身的各种口味、兴趣、期待和思想、理念等收归于个人，甚至进一步内化为一种个人的生命感觉，且以这样的生命感觉为基础，让写作者的写作立足于具体的现实语境，并由此将自己"从异己意识中振救出来"，"抓住了真正的个别性，是对自己的个性、自己的责任、自己的工作的发现"。对于鲁迅来说，这种发现，就是文学。"（见伊藤虎丸《鲁迅与日本人——亚洲的近代与"个"的思想》，李冬木译，

河北教育出版社 2002 年 5 月版）

  "条条道路通罗马"，但是每个人却只能选择自己真正所能走的路走向罗马，生命的个别性由此凸显出它的意义。这一点，对于视个体特征为价值之根本的文学写作而言显然更为典型。在将中国现代作家和当代作家进行比较研究之时，学者郜元宝在一篇文章中说："现代作家（'五四'至 1949）与当代作家（尤其是 1970 年代末登上文坛的）相比，显著的差别在于前者多写自己与时代的变故、征途与庶务，不啻'自为年谱'，而书中其人宛在，宛然有一个鲁迅、一个周作人、一个胡适之、一个陈独秀、一个郁达夫、一个徐志摩、一个朱自清——活在无数读者心中。当代作家则反是，'自为年谱'的很少，读其书想见其为人，也颇不容易。他们的作品或各具风格，所塑造的人物，所描写的世界，或许多有可观，然而由于种种难以备述的缘故，鲜能直写出自己的全人，鲜能将清楚的精神印记留在作品中。他们仿佛脱离了作品，只为家属留下了版权。……当代作家在某些方面或者赶上乃至超越了现代作家，但他们已越来越丧失将真实的自我写入作品的能力。"（郜元宝《一个偏见》，见 2008 年 5 月 2 日《文汇读书周报》）

  "真实的自我"含义自然比较广泛，但是立足于自我，写自己所能写，表达自己想表达的东西，不啻题中应有之意。在甘肃诗坛许多人都纷纷追逐潮流和时尚，特别敏感于编辑和大众的口味之时，"真实而具体的自我"，我正是在这个意义上发现了李继宗和离离的诗歌写作的。

  李继宗是甘肃天水张家川县的一位回族诗人，他平时的身份是中学教师，并且还兼一点行政职务，和诗歌不怎么搭界，但是教学行政之外，他却更醉心于诗歌的写作。在诗集《场院周围》出版之前，他曾尝试过各种各样的写诗路径，然而后来，在冷静地对自己所身处的生存环境并及所可能拥有的写作资源进行了分析之后，他遂将"场院"这一意象作为自己写作的原型意象，将大千世界的万般风云和复杂多样的人生集聚起来，借此呈现也建构自己的伤感、惆怅、悲哀、欣喜、欢乐、回忆、追求、向往等诸般精神意愿。为了说明问题，我先介绍一首他的"场院诗"：

      场院周围

    场院周围：烟叶干燥，蕨菜晒黑
    有人挑走篓筐还没有回来

    场院周围：七月里起了风，八月里落了雨
    九月川道上灰尘模糊不清

>　　场院周围:银叶杨合抱在一起
>　　推开月下大门,像是让它们各自分开
>
>　　场院周围:河水太低,天空太蓝
>　　这时想一个人和两只篓筐走在它们之间
>
>　　起初:他朝场院这边发一声喊
>　　接着他蹲下去在河边洗手
>
>　　后来,场院周围——一个人
>　　整天就这样想着过她的日子

　　看这样的诗,我不禁想,每一个人都有他自己生活的世界,他的世界在另外的一个人看来,也许是不值一提的,但是只要生活在其中的人自足于他的世界,那么,他的世界也便当然如南美许多原始部落的土著所言,他们的脚下就是世界的中心,他们生活的地方就是他们精神和灵魂的家园,储存他们了全部的生命意义和价值。

　　确立了写作的取材方向和言说对象之后,我们发现,在这个人们备显浮躁和焦虑的时代,诗人李继宗的心境由此变得格外宁静。这么多年来,不为外界的时尚变化所诱惑,庶务杂事之外,只管静心埋首于自己的场院,李继宗细细聆听四野而来的风,感受事物游走于自己心灵的轻微声响,给我们写出了一种一种的场院:春天吹风的场院,冬天下雪的场院;一棵树的场院,几只鸟的场院;落了一场雨的场院,走过一个人的场院;早晨的场院,黄昏的场院;妻子择菜的安静的场院,母亲不在的空旷的场院;孤独的场院,欢闹的场院,回忆的场院,等待的场院,幻想的场院,甚至会飞的场院……

　　置身于这样丰富并因这种丰富而写之不尽道之不完的场院世界,在精神的富有程度上,相比那些总是感觉自己因为走了许多路、知道许多事因而当然拥有更为丰富的生活的人,我想,李继宗自然有理由感觉自己并不怎么贫穷和匮乏:

>　　几生几世
>　　我住过的院落,晚风
>　　窗口,还有彩云,一群鸟
>　　两个人围坐的石桌,春夏秋冬,还有你
>　　这么丰富充实的周围

让我从生到死领有,因此
我不能原谅我与你们
曾有过的小争吵,小怄气,小出走
小残忍,在时光容易抹去
只留下伤痕
背影和回忆的地方
我醒转于几生几世,然后
才能再次看到你们的笑,嬉闹
和让我眼睛潮湿的沉静

满足,愧疚,感恩,几生几世的醒转加之希望,李继宗诗歌中的场院,由此而成为世界安静的一角,成为生活的一种意义构成,吸引读者喜欢并向往。

和李继宗一样,离离曾经也是一位中学老师,不过,和李继宗不一样,她是一位女性,曾在通渭一所中学教英语。我和离离曾有过一面之缘,但没有交谈,所以并不曾留下什么深刻的印象。后来知道她,只是因为阅读她的博客,具体点说,就是因为喜欢她的博客上所发的许多诗歌作品。

她的诗歌并没有给人们讲述什么大的或重要的事情,她写的基本都是一些个人生活中小小的诗性或意义时刻,譬如:

我画肖像,给远方的人
写信,信还没有寄出
我突然又后悔,把地址写在手心里
紧紧攥着,怕它们鹦鹉一样飞出去
这样的情景出现在无数个黄昏
也出现在梦里
我在脑海中勾勒出
多年不见的海,暗礁
和风浪中摇曳的小船
船上的人带头篱,穿蓑衣
给他画忧伤的眼神
忧伤的天空下
我轻轻挪动自己

诗歌论坛 107

岸边的石头
　　像等待中开白的花
　　我继续写信，在石头缝里藏针
　　我掩住头，轻轻抽泣

或者：

　　她在读一本书，她从
　　别人的口中发现自己的心
　　童年，纸飞机，旧磁带和伞
　　相继出现，雨点和更小的水珠
　　相遇，她在轻轻升起的薄雾中
　　识别一切苦难，疏离
　　她像一个痛恨自己的人
　　点燃自己，拼命吸了几口
　　她看见指尖的火光
　　仿佛是众多人
　　是另一个人

　　这样的诗空间不大，但是它们性情、随意，容易将读者带到生命的具体现场，让读者直视诗人的内心切面或人生的某种具体的经验。在这个因流行复制和移植而缺乏真诚和真切的年代，离离的诗为许多读者发自内心地喜欢，许多文学杂志一直以来也非常青睐她的这些抒情短作。而且在大家的喜欢之中，离离难能可贵的一点便是她始终不急不躁，依然我行我素地执着于她甚至都没有标题的一首一首的即景之作，给我们讲述她的小忧伤小感动小兴味小体会。
　　"弱水三千，我只取一瓢"，有些人可能不屑，但是这样的话在我看来，却分明存在某种清醒和智慧，因为，在生命或写作的本根处，只有具体的存在才是真实和意义的存在。

三　李继宗和离离的诗歌对于甘肃诗歌未来发展的启示

　　我给大家推介李继宗和离离的诗歌，自然不是要强调他们的诗歌写作有多成熟、多深刻或多优秀，相反，在向别人推介他们之时，其实我内心充满了许多警惕和质疑：一个场院母题在一次一次的抒写之中怎样才能避免可能的重复？个人边远的场院人生怎样表现才能不脱离我们生活的时代，承载更多更重的社会含量和始终保持某种先锋意味？即景式的人生小场景和小幽思、小感受怎样才能让读者由此而生发的阅读效果不仅仅止步于某种优美但清浅的小感动？短小的人生独白怎样才能因主体丰富的精神意愿和词语的复杂组织营造出某种必要的艺术张力，并因种种张力的存在而使作品更能让人回味？我想，这些问题是要求李继宗和离离们在今后的写作中必须认真思考的。

不过，警惕和质疑的同时，我之所以还推介李继宗，说离离，很重要的一点即在于在将他们的写作搁置于当下中国诗歌写作的大环境——特别是在将他们的写作和甘肃诗歌的写作并及未来的发展联系起来进行整体的解读之时，我觉得它们事实上给我们提供了一些有益的启示：

首先，从生命存在的本质意义上讲，任何生命的存在都是个别性因而总是他人无法重复的，缘此，任何关于生命经验和想象的描述，无论作家怎样强调和夸大其普遍或全人类属性，但事实上，它若要获得别人的接受和认可，也便只能是个别性的，是从出于作家个别的经验和体会的。我想，李继宗和离离诗歌写作的价值首先就表现在这一点上，他们的诗歌虽然建构出来的只是他们的小世界、小发现和小体会，但是借助于这些各自不同的小的表现，在时下诗坛种种的仿制和批发式写作之外，读者才能感受到一点实在、新鲜和独特，看到两位诗人与众不同的精神面貌和性格特征。

甘肃是一个经济欠发达的区域，在这个一切看钱的眼色行事的时代，经济的欠发达容易使甘肃的诗人将经济比较发达地区的诗人关于生命的描述看成是自己应有的生命描述，这种情况就像中国球迷看南非世界杯足球比赛，将人家的幸福看成是自己的幸福，将人家的追求当作是自己的追求。而在许多诗人自觉或不自觉地被影响、被粉丝化的过程中，李继宗和离离的诗歌写作却以他们对于自我经验和特征的强调，启示未来的甘肃诗歌，若要在全国取得一席之地甚至引领风潮，甘肃诗人就必须立足于诗人自我生命经验的个别和独特，始终坚持独立自主的个别性写作，突出自己的特色，形成和完善能够清晰凸显甘肃诗人精神面貌或自我年谱的个性和风格。

其次，回到诗歌的本根，中国古人讲"诗言志，歌抒情"，或者"劳者歌其苦，饥者歌其食"，由此推衍，评价诗歌好坏的一个基本标准即在于诗人写作是否能够积极主动地对于具体、真切的人生经验或存在真相进行表现。"如果艺术之宫里有这么麻烦的禁令，倒不如不进去；还是站在沙漠上，看看飞沙走石，乐则大笑，悲则大叫，愤则大骂，即使被沙砾打得遍身粗糙，头破血流，而时时抚摩自己的凝血，觉得若有花纹，也未必不及跟着中国的文士们去陪莎士比亚吃黄油面包有趣。"（《〈且介亭杂文〉序言》，见人民文学出版社1981年版《鲁迅全集》第6卷第3页）鲁迅的话清晰地告诉我们，在未来的发展中甘肃诗人若要真的有所作为，就必须不为各种权威和概念所规范，相反却应该直面自己的生存，在自我生命的具体抒写之中，一切以自己感受体验的表现为主，完全不必趋什么潮流，攀什么名流。正是在这一点上，我们同样能够看到李继宗和离离诗歌写作的某种启示，他们的写作不时髦、不先锋、不宏大，但是却具体、本真、率性，容易让读者感觉到他们真实的内心，并因此心生感动和敬重。

还有，那就是考察诗人诗歌写作的真实意图，我知道无论是李继宗的场院执着还是离离的即景偏爱，他们的选择都是他们认真思考的结果。离离曾给我的博客留言："大题材我没能力写，所以也就只能写各种'小'了。"李继宗在选择场院意象作为自己相当长的一个时期内努力建构的对象之时，更是反复向我表明，因为自己的生活环境和工作性质，加之年龄，他没有办法写都市生活或其他的世界。"走自己的路，让别人去说吧！"明白了自己的局限，所以他也就不再想赶什么时髦或潮流，只愿意井底之蛙一般安静地体味和固守自己的一方天地，在场院世界的建构之中，呈现也虚构自己对于生活的感受和想象。

他们的想法让我自然地联想起周作人当年所反复强调的一种主张："每个作家都应该寻找适合自己的写作。"甘肃是一个地貌多样、文化构成极为复杂的省份，从东到西绵延极长，在这样广大的区域，生活在不同地域中的诗人们的诗歌写作，自然不必也不可能强求一致，缘此，甘肃诗歌要发展，自然也就需要更多的诗人如李继宗和离离一般，清醒自己的处境和能力，挖掘可以挖掘的资源，建设自己所能建设的家园。"人立而后人国立"，上个世纪初鲁迅所说的这句话同样也适应于当下的甘肃诗歌的建设，只有个体诗人独自成长或者完成自我建构，也才能在真正的意义上落实"甘肃是一个诗歌大省"这样的描述。

寻找适宜于自己的写作或者努力经营好自己的园地，周作人所讲的这些话，我个人感觉实际上是比较贴近于人生或写作的本质的。

从经验到形式:90后诗人成志达、树贤、庄苓诗歌读后

□马永波

新世纪以来,90后诗人迅速成长并逐渐获得诗歌界的关注,已经是不争的事实,虽然尚难对作为一代人的诗歌写作做出有成效的抽象总结,尚难以厘清仅仅属于这一代人自己独有的审美特征,但并不妨碍我们对一些优秀的诗人和文本进行抽样考察与微观研究,以期从中透露出某种程度上具有普遍性的诗学思想与技艺上的变迁。

面对三个我基本陌生的新诗人,我颇感踌躇,对其文本进行玄学式的打量,恐怕会有历史与逻辑无法耦合的嫌疑,但是作为同处一个地域的诗人群,他们的写作初步看来又具有某种共性,地域文化带来的共性。比如,这是典型的北方诗歌,充满了西部天宽地阔的感觉和气脉。稍微概括点讲,他们对经验都极其重视,精于细节的描画,这是其一;其二,他们的诗歌精神都呈现出某种可贵的对存在荒谬的担承,不拘泥于一己的情调,而直接与当代生存的重大关怀相契合;其三,在语言风格上,他们多硬朗大气,语境单纯;其四,西北风物与历史必然成为他们的诗歌语料库,西北地区相对淳朴的民风和与自然较为密切的关联,必然赋予他们以有别于南方诗歌的一种更为宏大的想象空间。

当然,刻意做出同异的判断,意义似乎并不太大,也实在不是笔者短暂的阅读与理解所能承担的,我这么说,只是想强调这样一个诗学原理:当代写作的当代性在哪里。所以,我们迅速切入此文题目所示的方向,这也是我比较感兴趣的一个地方,亦即经验到形式之间的转换,到底经历了哪些神秘的环节,其中又有什么因素值得我们特别地关注,因为这一系列经验转化的过程将决定诗歌最后所能抵达的美学链环之所在。

在我粗浅的阅读中,三位诗人总有一个也许他们并非有意的内在动机,这引起了我的注意,那就是对自动化想象的警惕。在一个事物已经被彻底符码化的时代,我们也许见到的仅仅是事物的赝品,或者是影子,而非事物的本体。语言既揭示又遮蔽的双重属

性，决定了我们是带着眼光看待事物的，我们笔下所写的事物也许仅仅是对事物的主观涂抹。我相信，三位诗人恐怕对此是有所觉悟的。例如成志达的这首《走在雨天》："这一刻/我将一些破旧的词语丢弃/如同倒掉一些霉变的垃圾/那些侥幸残留的句子/……这一刻,我把它们都掷投出去/毫不客气,别再求情,连同爱情,以及谎言虚伪的呐喊/此刻,细密的雨足以淹死/一些被爱情挟持的词语/但愿救醒一个即将垂死的躯体。"我们完全可以把它解读成对词与物关系的某种反思和质疑，被爱情挟持的词语，也许就是被诗歌挟持的词语。尽管作者没有在诗中给出如何摆脱这些"挟持"的救赎之途，这种警醒也是弥足珍贵的，我们也不可能期望一首短诗就解决这个复杂的诗学问题。我更愿意把诗中体现出的对语言的警觉，看作一个非常珍贵的诗学品质和态度，那便是如何做到，在倾听事物本身言说的同时，也倾听语言天籁自成的启示，不去用过度主观的逻辑去介入和打乱这两者的内在秩序，而是以谦卑的心境聆听与转述，这将开启诗歌写作的又一个暂时荒芜却风光无限的边疆。成志达诉诸传统边塞主题的诗作，具有雄浑气势和阳刚气度，但由于这类题材自古至今有历代名家发掘，如何能够以更为个人化的角度和感受来重新演绎，恐怕还需要一个过程。我更看重他从日常经验的细节演绎出的感悟和玄思，它们更有个人的体温，同时又没有因为过于私己化而湮没通往他人心灵的小径。

同样，因为注重个人经验的提炼，又没有陷入过于私己化的陷阱，树贤的《一天》等作品感人至深，尤为让我欣喜的是，他能将个人的心灵成长与一些更为广阔的事物关联起来，他对经验的使用让我想起亨利·詹姆斯的说法，他认为经验是我们作为社会成员对于周围事物的理解与衡量，经验永无止境，永不完全，它是一种巨大的感知力，是悬挂在意识之仓中用最好的丝线编织的巨大蜘蛛网，将空中的每一颗粒都粘连在网上。想象力丰富的大脑会将生活中最微弱的暗示都记录下来，会将空气的每一次脉动都转换出来。在树贤的诗中，他自我进程的每一步，都伴随着对周遭事物及其丰富的感知与记忆，他经验的充分性正是所有真正艺术家的追求，在面对生活时保持自我认知，将全部感官向生活所提供的一切善恶开放。经验细节往往是他想象力的起跳板，这样，既保障了经验中蕴含的巨量生存信息的传达，又不拘泥于此，而是能够剖开空间，指向更深层的文化情境。比如这样的细节，"当我自私地嚼食蜡烛时我就发现/羞耻的人总是穿着衣服"，咀嚼蜡烛显然只能在诗性逻辑上去理解，看到这，我们会悚然一惊，随之更新的是我们自己的经验感知。此诗语速控制得当，从容有度，内里又纠缠着生命的某种说不清楚的痛感。

在树贤《流亡》《拒绝》《冬日的一天》等诗里，西北人的直率和坚韧再次表露无遗，诗人开始采用宣谕式的句式，句子短促有力，不容有回旋余地。在成志达的大多数作品中，也具有同样的决绝，我想，这依然和西北的地理环境有关，长空与荒原的无尽，让你一眼望去，事物无所遁形，只能从生存的幽暗处站出来，站入"澄明之境"。所以，他们的诗歌干脆有力、语境透明、态度明朗，对存在本身，对生命本身都具有比较清醒的认识。这是我深为赞叹的品质。因为在一个没有态度的时代，有态度有立场，敢于直面真实，在魔鬼的喧嚣中高歌，既是勇气，也是某种写作的道德。

《姥姥》一诗也同样感人，即便此诗结尾未能翻出新意，但是前两段中丰富而独特的细节，足以让诗情挽留住。树贤的细节捕捉十分到位，诗中的闪光点比比皆是，尽管在经验向形式生成中有时也会有过度公共化的倾向，但这些细节让人流连，也许，诗歌阅读，最后剩下的就是一些令人难忘的细节，而细节约略可以等同于我90年代所说的本真事物，本真的事物都是诗，只需要记录。我在阅读中感兴趣的不是这些经验升华所成的某种哲理，而是它们原初的迷人状态。比如，"趁歌声未停，双手捧住酒楼落下的旗子""酒坛子上的红纸沾湿"（《逃上一棵树》）等等。

我们最后来看看庄苓的诗，开篇便是《兰州笔记》，对于我这个在西安读大学的人来说，兰州是一个既近且远的所在，是一个近乎卡斯蒂利亚平原的想象空间。第一节诗人称，"最后一天，你写着王的预言/下一个世纪最美的诗"，语气中自有青春的自信，也回荡着海子的青春期写作的余音，但是，这仅仅是给你的最初的错觉，随着诗篇的展开，我们看到的是颇为不同的一种诗学理路。从第二节，诗人就开始变调，西域繁华后的荒凉深入骨髓，令人惊艳的诗思纷至沓来，如"灌满墨水，一个人死在了抽象里"，抽象来自于词语的暴政，词语对事物本性的遮蔽与涂抹，包括诗歌对事物的虚饰与歪曲，所以，这里，我们再一次欣喜地看到，新一代诗人共同具有的某种对词语本性的警惕，所以，第一节中的海子的回音，便被迅速解构，只成为一个遥远而并无实际意义的背景。"我们的父亲祖先/他们曾晒过自己的骨头，在盛宴的末端"，突兀奇崛，又是让你悚然一惊。何其清醒，何其痛楚。昔日的盛大早已不再，只有一些贵族还在咀嚼着那根骨头。历史也许仅仅是一些档案和词语，一些死人的故事，一些风烟，一些情愫。而现实，却如刀子明亮逼人。诗人没有像艾略特之类现代主义诗人的典型追求那样，将历史传统作为诗歌的深层结构，而是直接消解了传统，使之成为无法拼合为完整形象的碎片和偶尔闪念的追忆，而回到日常，回到一个人不可避免的具体处境之中。我觉得，庄苓也许像梅特林克一样，体会到了日常生活的悲剧性，也许更为可贵的是，他同样领悟到了日常生活的神秘性。这种能力，可以在诸般二元分立中保持平衡，我们需要这种能力。庄苓对细节的把捉同样见出功力，作为画家的诗人和作为诗人的画家，都决定了他对于细节观察的细腻准确，有别于常人，如，"我们坐在红色的候车室"，一个"红色"便避免了过度的抽象，也容易勾连起更多的文化联想。他更多的是将自己对经验的感知与对西域过去的辉煌意象混杂在一起，造成时间的恍惚之感，也许，走过这些现代化街道的庄苓，同时也走在大漠风沙和长河落日之中,也许,歌唱夜莺的济慈就是"平静地行走在高速公路上/却怎么也快不起来"(《看一首乡土诗》)的庄苓。走在故土上,心怀悲伤的总是那同一个诗人。

庄苓的《回乡一份调查书》,进一步显示了诗人从云端降落人间大地的能力。最好的情况是,诗人如同巨人,头露出云端,而脚踏大地,这个头就是想象力,这个脚就是经验。两者失衡,诗歌必站立不住,失去根据,想象力过于超拔,也必然成为凌空御虚,不着边际。要把握好两者的平衡,我以为,细节的扎实准确,是一个必要因素。这一点,庄苓做到了,而且做得不动声色。这是一首看似简单实则非常有难度的诗歌,把平淡写得不动声色又颇有回味,是相当见功力的。把看似没有诗意的东西写得有意味,何其艰难!我们太习惯于写蓝鸽子红月亮,写远方,写风花雪月,把自己想象成别人,我们恰恰不敢做自己,不敢踏实地写下自己的生活,写下那些没有被文化异化的事物。庄苓尝试了,这是勇气,也是见识。那些被文学化的所谓有诗意的东西,恰恰是最没有诗意的,那些浅薄的美,那些风花雪月,恰恰是最丑陋的,它们只是在已有的意识范围内打转,提供不了任何新的知识,既安慰不了人的心灵,更无法震惊人们既定的心理结构,从而使自我扩大和更新。庄苓这组诗中涉及父亲的篇什不少,这是个亘古常新又相当难处理的母题。当我们读到这样的句子,难免心有戚戚焉,"多少年了,我们俩依然一前一后/从村口到祖坟不断复制/多少年后,我将和我的儿子一前一后/从村口到祖坟　不断复制",命运终究是个轮回,再伟大的英雄也难以超脱。《挖土豆》颇有新意,全诗由一个意象支撑起来,但并不显得单薄,反而有直击心魂的作用。看来,简单有简单的好处。

庄苓的诗歌不乏西部诗人的豪迈,血脉贲张,快意恩仇,也许是他骨子里的情结,所以我们时常能看见他的诗中闪现出"刀子""王""将军"这样的词语,但我以为,他有可能并不是在原初意义上使用这些词语,而是巧妙地将它们镶嵌在日常化的语境里,从而无形中消解掉了这些庄严的大词所蕴含的文化暗示,而与整体语境呈现出某种迷人的反讽,这也是我极为看重的品质,如果这些词指向的依然是岑参和海子,其意义就会大打折扣了。微妙的自反意识,在三位诗人中,也以庄苓最为发达,也许,从这一点出发,他的诗歌会接通一个更为广阔的境界,传达出更为复杂的当代人的思想与感受,因为自反意识是文学真正成熟的一个重要标志。我这么说,并无意为他辩护,毋庸讳言,庄苓的有些诗歌,会不知不觉滑入文学的自动想象或者是升华的习套之中,但我相信,有了新的意识,文本迟早会跟得上。最怕的是固执于陈腐的文学惯规而不自省,甚至自以为得意。我相信三位年轻诗人,会有自己更为独特的诗学思想,别开生面,在西北乃至整个汉语诗歌版图上占有重要的一席之地。我上面的文字,也许不得要领,仅仅是阅读后的一些感受,那么,在此,谨将其作为一个年龄堪可作为他们父辈的一名老诗人的祝福吧!

电 影 评 论

影片《破碎之花》:破碎记忆中的意义追寻

□陈思和

著名独立电影导演贾木许迷恋于"漂泊"和"在路上"的感受和情绪,通常习惯于以无休止的横移镜头拍摄出漂泊在路上的影像风格,影片《破碎之花》(Broken Flowers, 2005)是导演这种一贯的情绪感受与影像风格的最佳表达。本片于2005年提名戛纳电影节金棕榈奖最佳影片,最终获得第58届戛纳电影节评审团大奖,而吉姆·贾木许凭借此片荣获戛纳电影节"导演双周"单元终身成就荣誉"金马车奖"。

永恒的"漂泊"主题

《破碎之花》中主人公唐·约翰斯顿（比尔·默瑞饰）生活优裕，人到中年虽然是"单身汉"却从不缺女朋友。一封粉红色封皮的匿名信件突然出现，写信人宣称自己20多年前在和唐分手之后发现怀孕，生下唐的孩子并独自抚养，如今这个差不多19岁的男孩离家出走，信中说男孩可能是去寻找自己的父亲，也就是唐，遂告知此事。此时，唐·约翰斯顿的现任女友雪莉正要离他而去，因为她厌倦了和这个"已近垂暮的唐璜"没有结果的"情妇"般的生活，唐·约翰斯顿并没有竭力挽留女友。随着雪莉的离开陷入更为孤寂落寞的生活，加上邻居温斯特详尽地为其计划安排，唐·约翰斯顿最终踏上了寻找有关"儿子"答案的路程。粉色神秘信件成了影片主人公行动的动机，唐·约翰斯顿寻找"儿子"的旅程，使他有机会见到了在不同城市的五位前任女友。唐·约翰斯顿被看作是和唐璜一样的男人，身边不缺女人却从不想和她们组建家庭，他从没为女友的离开怅然若失过，因为有人走也还会再有人来。然而这次以寻找为目的的旅程让唐·约翰斯顿再见了曾经与他一同度过某一段生命的五个女性，也因此"再见"了过去的那些自己，对自我过去的追寻成为影片真正的意义所在。镜头下是五位女性遭遇唐·约翰斯顿不请自来的造访后做出的种种不同的反应，而观众可以看到的，是每一位女性告诉我们的那个唐·约翰斯顿，不尽相同又似乎没多大区别。不愿意结婚的唐·约翰斯顿是一个永远在路上的灵魂，他没法为某一个女性驻足停留，他不能像雪莉眼中的好邻居温斯特那样生活——有5个孩子，为3份工作奔波，甚至还为私家侦探的工作兴致勃勃，以电脑为生意的他家里却不需要一台电脑。五个女人的叙事告诉观众过去、现在和将来永远在"漂泊感"中的唐·约翰斯顿，而这需要年逾不惑的唐·约翰斯顿"在路上"，以记忆的行走方式完成对自我生命的追寻。

唐·约翰斯顿去造访的第一位前女友是劳拉，不过他首先见到的是劳拉的女儿洛丽塔，这个正值青春期的女孩如她颇有寓意的名字一样，单纯热情、浑身散发着诱惑，她甚至肆无忌惮地裸身在唐·约翰斯顿面前走动。从照片来看劳拉去世的丈夫是赛车手，一个颇具激情和男子气质的职业。终于出现的劳拉，风韵犹存，洛丽塔俨然就是年轻的劳拉，美丽性感而单纯热情。从二人的对话可知，当年交往时，唐·约翰斯顿应该还没有特别发达，性感单纯的少女爱上冷酷的流浪少年是自然而然的青春故事。多年后他们依然和谐地交谈、拥吻并共度一晚。不过激情是时光中消逝最快的东西，清晨当相拥而睡的二人醒来时，劳拉问唐·约翰斯顿为什么会在自己家，唐·约翰斯顿回答只是来找打字机，劳拉才释然地松了口气。尽管如此，告别时还是不免眷恋，劳拉亲吻着唐·约翰斯顿的手,身着比基尼的洛丽塔挥手与唐·约翰斯顿告别。唐·约翰斯顿告别劳拉母女重新上路,告别时的温情和伤感令人陷入落寞。接下来,唐·约翰斯顿很快在高级别墅中见到了多拉,一位生活优裕却不无空虚的中产阶级女性,在五位女性中多拉见到唐·约翰斯顿时显得最为尴尬,惶恐不安的情绪在她的丈夫——让到来后达到极致。让在得知唐·约翰斯顿的身份后不停地炫耀自己的地产生意以及与多拉的恩爱幸福。然而多拉佩戴的却依然是唐·约翰斯顿赠送的珍珠项链,连让拿出来夸耀的多拉嬉皮女孩的照片也是唐·约翰斯顿为其拍摄的。项链、照片以及照片上女孩灿烂的笑容是多拉和唐·约翰斯顿共同的情感记忆,而且一定是美好的记忆。务实的女孩无法在漂泊中获得安全感,不过再放浪不羁的少年也或许有过片刻真情,多拉绝不希望与唐·约翰斯顿的过去破坏她如今的生活。接下来是动物医生卡门,因为失去了最亲密的伙伴温斯特(一条狗,与唐·约翰斯顿的好邻居同名)而获得"礼物"——听到动物与她说话的能力,从此从与人交流的成功转向专注与动物交流,某种失去或觉悟使她彻底转变了人生的方向。因此她彻底否定过去,无意与唐·约翰斯顿一起回忆,坚决拒绝了唐·约翰斯顿的任何邀请,唐·约翰斯顿只能离开。在经过迷途之后,唐·约翰斯顿在颠簸小路的尽头找到了彭妮的住所,犬吠、修理工人手中的工具等都暗示了唐·约翰斯顿不是一个受欢迎的造访者。在破旧的小屋门口,唐·约翰斯顿见到了彭妮,彭妮充满野性的面孔与乡间的野花一样美丽而不羁,片刻的惊异之后是对唐·约翰斯顿的怨恨。唐·约翰斯顿在咄咄逼人的质问中语塞,直截了当问彭妮是否有孩子,彭妮被惹爆,而唐·约翰斯顿则倒在彭妮丈夫的拳头下。不尽人意的物质生活、粗俗的丈夫、暴烈不羁的性格,似乎都能被看作她咒骂和怨恨的理由。最后一位米希尔已经因车祸去世,唐·约翰斯顿在细雨中的墓园看望了最后一位女友,激情、理想、爱与恨最终都是永恒的无言、无意义。

  劳拉和卡门都有女儿,但是与唐·约翰斯顿毫无关系,多拉与丈夫没有生育,怨恨的彭妮更不大可能默默为唐·约翰斯顿生养孩子,再看最终的结局,寻子线索只不过是唐·约翰斯顿追寻记忆和自我的说辞而已。娇艳的粉色鲜花,有人接受,有人拒绝,有人将它们插在花瓶远观,有人则把它们丢弃荒野,凋谢破碎的不仅是鲜花和时光,更是永远到达不了意义彼岸的破碎之心。影片在叙述唐·约翰斯顿与五位前任女友的故事时,还穿插了几位性感的年轻女孩充满诱惑的身体叙事,洛丽塔赤裸透明的身体,机场女子和卡门诊所护士赤条条的大腿以及花店女孩桑格林的暧昧温情,在梦幻和现实中反复出现,仿佛唐·约翰斯顿逝去的充满欲望和诱惑的人生的翻演,在追寻的路上精神漂泊成为永恒的生命状态。

"极简主义"艺术风格

"极简主义"(Times New Roman)是一种将视觉艺术语言削减至极少,简化画面形象,摒弃一切干扰,突出主体的艺术技巧和风格追求。导演吉姆·贾木许以"极简主义"的艺术风格著称。在《破碎之花》中单一的横移镜头、淡出淡入的剪辑方式、简约的构图以及比尔·默里的表演无不以"极简主义"为艺术创作的旨归。

影片正式开始,导演首先用一个平移长镜头追随邮递员,从温斯特家门前的喧闹杂乱直到唐·约翰斯顿家的安静整洁甚至死气沉沉,把一封神秘的粉色信件送到主人公唐·约翰斯顿的家里,同时将唐·约翰斯顿和温斯特的两种人生并置于观众眼前。更多镜头追随唐·约翰斯顿在路上的视角,带给观众强烈的行走中的感受,同时连缀起对五位女性的寻访。习惯了蒙太奇的观众,最初可能会对贾木许影片中淡出淡入的剪辑手法,尤其是三到五秒的黑屏感到不适。而导演恰恰要以此切断场景之间的连续性,在时空短暂断裂的缝隙中造成布莱希特式的"间离效果"。唐·约翰斯顿的现任女友离开后,他回到空荡的客厅,百无聊赖地倒头睡下,此时黑屏,唐·约翰斯顿与现任女友的故事和情感线索被隔断,黑屏之后的叙事的焦点转移至粉色神秘信件。同样,唐·约翰斯顿在劳拉家前天晚餐交谈与第二天清晨相拥而眠的两个场景之间,唐·约翰斯顿结束在多拉家的尴尬气氛驱车在夜晚的公路行驶与第二天清晨在酒店的房间的两个场景之间,卡文诊所护士将鲜花归还后,汽车里注视离去护士的唐·约翰斯顿与清晨汽车旅馆外嘈杂的街道的场景之间,被彭妮丈夫打昏后醒来开车离开田野到继续上路的场景之间都采用了淡出淡入和黑屏的剪辑手法。唐·约翰斯顿每次造访女主人,不仅找不到与神秘信件有关的线索,还常常遭遇各种尴尬,此时影片镜头则重新转向对车窗外移动变换的房子和风景的专注,或用淡出淡入和黑屏的剪辑手法阻止尴尬情绪发酵的可能,使唐·约翰斯顿一贯忧伤、克制的气质被表达地妥帖自然。此外,在多拉家晚餐的构图方式也体现出简约独特的风格,劳拉和丈夫对面而坐,唐·约翰斯顿面对二人,镜头从唐·约翰斯顿对面拍摄,唐·约翰斯顿多余的尴尬地位被凸现出来,而多拉则可以回避唐·约翰斯顿的目光,缓解她强烈的紧张不安。

唐·约翰斯顿的饰演者比尔·默里的表演可以说是本片成功的一大亮点,主演《破碎之花》之前,比尔·默里刚刚凭借在《迷失东京》中的精彩表演入围第76届奥斯卡金像奖最佳男主角提名。在《破碎之花》中,比尔·默里的表演和导演贾木许的极简主义完美结合,比尔·默里没有大幅度的肢体动作和面部表情,仅凭借眼神、面部极细微的变化将人物内心世界的微妙变化极其巧妙而到位地呈现出来。踏上寻找之旅前一晚,比尔·默里几乎没有任何"表演",他只是安静地坐在空荡房间的大沙发上,而唯一一个双手试图触碰茶几的动作已然是将男主人公内心的犹豫和纠结发挥到淋漓尽致了。更多的时候比尔·默里仅用眨眼、嘴角抽动等细微的表情表演最微妙的情绪,将极简主义表演发挥到极致。

　　有人将《破碎之花》定义为悬疑片、爱情片类型,貌似不无道理。整部影片是以唐·约翰斯顿寻找神秘的粉色信件中所说的儿子为线索的,而寻访过程则是对他年轻时爱情往事的追忆。然而寻访毫无结果,爱情记忆也完全破碎,结尾处唐·约翰斯顿荒谬地以为一个流浪的年轻人是自己的儿子,却把吓得年轻人仓皇逃跑,路口处失落的唐·约翰斯顿没有给类型片观众一个期待中的结果。掺杂悬疑和爱情元素的《破碎之花》依然是贾木许最擅长的公路片,以公路片的结构表达个人话语和意义追寻,作为美国独立电影代表人物的贾木许以"反类型"的方式坚持了独立的创作姿态。

当你成为被追逐的猎物
——电影《狩猎》中柔软的道德鞭挞

□ 张　可

一部由"谎言"贯穿的电影,展现出的却是社会一角的真实面目。影片由丹麦导演托马斯·温特伯格创作完成,像他倡导的"道格玛95中"所提出的一样,影片具有纯粹性并聚焦于真实的故事和演员的表演本身。

整个观影过程都略显压抑,被男主角一步步深陷的困境压得喘不过气。沉稳的叙事与激烈的挣扎形成强烈的对比,娓娓道来的"谎言"渲染了故事的张力。童言无忌变成了成年人发泄道德绑架的绳索,捆绑的无辜而善良的男主卢卡斯感到绝望和窒息。

卢卡斯工作于一家幼儿园,小女孩卡拉是卢卡斯最好的朋友的女儿,也生活在这所幼儿园。或许是父母的争吵制造出的家庭环境令卡拉变的早熟,也或许是缺少父爱而导致卡拉对"宠爱"自己的卢卡斯产生了过分的依赖,于是便出现了影片中卡拉亲吻卢卡斯的一幕,面对小女孩单纯而幼稚的爱慕,卢卡斯表现出本能的拒绝。敏感的卡拉幼小的心灵遭受了沉重的打击,做了一件或许她自己并不知道意味着什么的事情,她向幼儿园的管理人员暗示自己看到过卢卡斯的生殖器,几句儿童的幻想和呓语,逻辑不清的表达,却使得一场并未发生过的儿童性侵案拉开了序幕。

儿童在人们心目中是什么形象?天真无邪,善良而又纯洁,弱势群体,社会中重点保护的对象。所以,当卡拉说出这些话,不可能也变成了可能。卢卡斯变成了人人唾弃的对象,在他所生活的环境中开始遭受各种人格上的侮辱和不平等的待遇。然而情节的发展并不是由卡拉推动的,她只是整个事件的一颗小火苗,导致燃起熊熊烈火的是成年人的空穴来风。社会生活所造成的压力令人们丧失了很多思考的能力,更愿意单纯地发泄负面的情绪。就像越来越多的键盘侠一样,站在道德的制高点来批判他人的所作所为,不在乎真实,不论对错,不衡量代价,只觉得自己是维护正义的"英雄",意识不到道德绑架带来的伤害和无奈。当卡拉懵懂地意识到问题的严重性，开始试探性修复的时候，却发现早已无法控制，因为她曾说过什么并不重要，人们心里所认为的才是关键。谣言唤起了人们心中的丑恶，发酵了暴力。卢卡斯的遭遇从冷嘲热讽演变成拳脚相向。没有人愿意给他一个解释的机会，没有人在一场儿童与成年人的风波里选择相信后者，无止境的道德鞭挞像北欧的冬天一样凛冽彻骨。

影片中爆发式的矛盾冲突，并没有用强有力的节奏进行叙述，相反的，略显缓慢的剧情推进像绵软的刀子，在卢卡斯的身心划上一道道的伤口，他的处境如同深陷沼泽，越是挣扎越显无力。观影的时候永远不知道下一步是怎样的剧情，卢卡斯的遭遇是无止境的伤害。

影片大量采用客观镜头，冷眼旁观着卢卡斯的处境。导演不表明自己的立场，只是将荒诞的故事叙述给观众，目睹事情的经过，带着每个人不一样的看法。影片中有多处卢卡斯与镇上居民对峙的部分，导演都用这种方式进行处理，将冲突和矛盾尽量还原地展现出来。影片注重明暗色彩对比的运用，用色彩的变化烘托主角的情绪变化。卡拉"诬陷"卢卡斯是在色调黑暗的封闭空间内，好比她此刻的内心。卢卡斯在教堂时是温暖的色调，是因为此刻的教堂闪现出一丝人性的光辉。温暖的灯光下，卢卡斯三次回头望向卡拉的父亲，愤怒、伤心、绝望，一次次的情绪变化是因为周围温暖的环境而感到脆弱。无论是影片开头处阳光普照的室外环境还是昏黄的蜡烛和室内灯光，影片中对光的细节处理都运用得恰到好处。

像许多沉重的社会题材电影一样，影片带给了观众更多的思考。未发育成熟的儿童在心智上还未健全，缺乏社会经验导致儿童不具有完全分辨是非的能力。正所谓不知者无畏，才会引发儿童暴力甚至犯罪事件。然而导致这些悲剧发生的，是这个社会的偏见和纵容。社会拥有巨大的力量，可以将你众星捧月，也可一夜间将你贬为蝼蚁。卢卡斯以一己之力想要抗衡自己所处的社会环境，结果必然是自取其辱。超市开始拒绝卢卡斯购买商品，若是失去食物的来源，就等于丧失了生存的权利和为人的基本尊严。于是，身败名裂的卢卡斯走进了教堂，渴求在这个最平等和包容的地方得到救赎。圣诞节的教堂是影片中最虐心的一段，是卢卡斯以一敌百的对峙戏，也是情感宣泄的爆发点。教堂里，卡拉看上去依旧如天使般的美好，人们看待卢卡斯的目光依旧犀利，即便如此，卢卡斯的内心却并不记恨卡拉，他知道一个小女孩无法左右社会的言论，真正将他孤立的是社会的负能量演变的恶意。悠扬的赞美诗在教堂回旋，一面祈祷宽恕，一面惩罚本来无罪的人。卢卡斯从沉默、隐忍到爆发、歇斯底里地捍卫生存的权力，前后性格变化之大，凸显了整个事件对他造成的不可磨灭的创伤。

作为观众，在知道事情真相的情况下去看这场"闹剧"的发展，并不觉得可笑，只是一味地悲哀。也许我们也曾众口铄金，给挣扎之人压上了一根稻草。影片的矛盾在于成年人用自己的视角解读了儿童的幻想，而卢卡斯又用自己的"善"来抗衡卡拉的"恶"。一切都发生在一个不平等的标准上，彻底毁掉一个人，可以只是因为一个孩子的一句谎话。不同于《熔炉》《素媛》等韩国讲述儿童性侵的电影，这里想表达的更多是社会在"儿童"这一挡箭牌之下所存在的偏见。卡拉对于卢卡斯一系列的伤害，何尝不是心理上的践踏和侵略。影片中卢卡斯的眼神始终坚定，也是这种不妥协的信念支持他走过了这段难熬的日子，直到结尾重新换来和平。

西方电影多有表现儿童、少年人性之恶的作品，这也与西方国家对于儿童保护的苛刻法律有关。儿童作为弱势群体被法律保护本无可厚非，但凡事讲求"度"的把握，超出的部分便成了成年人的把戏。卢卡斯的儿子，作为一个即将经历成人礼的少年，是影片的分割线，前半部分他还只是个需要被照顾的孩子，当成人礼举起猎枪的一刻，便成了社会的主宰者，肩负起了更多的责任。一个简单的仪式，便可改变一个人的社会地位和处境。成年只是一个模糊的概念，但这个概念对每个人来说都意义非凡。成人礼前受到的许多法律保护，都将化为乌有。观影的时候一直紧绷着一根弦，害怕积怨的卢卡斯会采取报复，会以恶治恶，将是殊死一搏的毁灭。然而卢卡斯却没有这样做，用他始终保持的善意带给我更多的震撼。

影片结尾处一声枪响，呼应了影片名《狩猎》。看后反复思考这一枪是由谁放出？又不断地推翻了自己的推断，或许导演并不在乎观众如何理解这一枪是谁放出，而是感受到所要通过这一枪传达出的情感。前一刻，自己还是会被社会吞噬的猎物，此时，却在寻找自己要射杀的猎物，这么做的目的，不过是为了证明自己的成年礼。就像成年人处在社会中，需要发出一些声音，做一些事情，证明自己存在的意义。很多时候没有计较后果，没有考虑过是否伤害到了他人。

卢卡斯也曾向被瞄准的麋鹿一样无助，一样想逃离，一样渴望寻求生机。

人们在转述一件事情的时候，往往喜欢添油加醋，尽量描述得细致，好像自己亲身经历一般，这也正是我们的"无知"所在，以讹传讹，曲解了事物的本意。影片中的每个人都仿佛亲眼看见卢卡斯性侵了卡拉一般，言之凿凿，不给他一丝喘息的机会。麦斯·米科尔森将卢卡斯的每一个眼神都演绎得非常到位，作为丹麦电影发展新的黄金期造就的一颗巨星，他用自己精湛的演技引领观众深入剧情。卡拉的父亲原本是卢卡斯最好的朋友，但在女儿与朋友的抉择中失去了平衡点，人与人之间的信任，脆弱得不堪一击。即使在影片的结尾处，为卢卡斯的儿子办成人礼时，所有人欢聚一堂，欢声笑语掩盖的却是尴尬和不安。是否真的每个人都认为卢卡斯是无辜的？每个人都重新接纳了父子俩？或许只有他们自己才最清楚，小心翼翼的话语、试探性的热情和卢卡斯强装的乐观，一旦信任这层底线被捅破,便只能赤裸裸地相见,再也掩饰不住尴尬和丑恶。

狩猎带给猎手刺激,将射杀目标掌握在自己手中的快感。卢卡斯平庸得像个弱者,失败的婚姻,平淡的生活,都符合一个"猎物"的特征。以孩童之谎颠覆成年世界,毫不避讳地撕开人性的伪装,失去的信任和尊重,一去不复返。我们在孩子口中听到了什么,很多时候在于我们问了什么,懵懂的儿童容易被诱导,像片中的其他孩子一样,每个人都可以在引导下讲出一个与卢卡斯的"故事"。这不是真相,只是成年人想得到的回答。

人是群居的动物,不被宽容的孤立,是濒临崩溃的源头。影片美好的开头,欢乐的结尾,好像什么也不曾发生,好像卢卡斯所受的伤痛不曾存在。世界之大,我们沧海一粟,终将被淡忘。

你在我眼睛里看到了什么?什么也没看见。

中国电影政治话语表达的"新路子"
——以《归来》为例

□ 魏新越

20世纪《霸王别姬》《活着》《天浴》后,"文革"主题影片一度沉寂。除了题材敏感禁区太多难以把握以外,如何刻画已经远去的特殊时代背景下的故事,并且让观众理解其中的情感,都是极大的考验。在这样相对不利的电影市场中,张艺谋导演拍摄的《归来》却创造了票房口碑双丰收的突破,甚至被称作一次中国艺术电影的回归,这无疑是导演将文本内涵的和受众审美巧妙融合的一次范例。

一 精简后的文本内涵

张艺谋对《归来》的处理,切入点可以说非常巧妙,他结合当下社会语境,将原著《陆犯焉识》删繁就简,简化了其复杂的思想主题,撤掉主人公的留学生涯以及在牢中的生活情节,着眼于后"文革"时期,主要拍摄在特殊政治生态环境中陆焉识与妻子的爱情上。将宏大的历史叙事以及厚重的时代背景浓缩成为一个相对纯粹的爱情故事后,触动人内心深处柔软之地的力量并没有消退。比起《活着》中对生存与死亡的麻木以及对荒谬时代悲情的缅怀,用夫妻情深治愈残破精神世界的细腻真挚更加煽情。表面上是在歌颂主人公矢志不渝的爱情,实际上是用以小见大的艺术手段隐藏了晦涩的深层次的思想。在原著《陆犯焉识》中,严歌苓意图通过陆焉识来表现一个知识分子家庭的兴衰,然而电影并没有意图富含多深的哲理,而是着眼于普通人最本质的情感沟通,所以有人称它为是"用家庭情感消解历史",是对"敏感题材的纯情化处理"。

毕竟比起小说,电影受众面更广,作为一种更加商业化的媒介,影片必须兼顾不同受众的接受水平。所以经过这样的处理,《归来》更像是一个简化了文本中历史内涵的爱情故事,在陆焉识满身泥土、佝偻身躯逃回家中时,巩俐所饰演的冯婉喻颤抖的双手、压抑的啜泣和翕动的双唇清晰表达了一个妻子对十多年未见的丈夫的牵挂以及近在眼前却无法相见的焦灼。当陆焉识看到出现在天桥上那个日夜牵挂的身影,不顾妻子撕心裂肺"焉识快逃"的呐喊和"革命者"的追赶,拼命冲向手里提着馒头和行李的妻子,这时,政治背景似乎已经不再重要,我们只是为两人刻骨铭心的爱情感到悲痛。焉识平反归来后,已经失忆的妻子捧着公函泣不成声地说"焉识活着就好",虽然已经忘记眼前的丈夫,但依然举着牌子风雨无阻每月五号去车站接陆焉识回家,在她心中,每天的日子就是在等待丈夫归来中度过,她将一切期待、未来和爱全给予了自己的丈夫。而陆焉识比起书中原型也更加"英雄化",他坚韧不拔,历经磨难依然坚守信念,他会偷偷给妻子写信,修钢琴,陪伴她举着写着自己姓名的牌子,等待着那个永远不会出现的人。这个男人所表现的深情与隐忍也成就了影片中两人爱情的美好与纯粹。

影片虽弱化了对政治背景的刻画,但陆焉识和冯婉喻两人所有的故事和遭遇的点滴都与时代主题密不可分,在爱情故事中,我们看到的是改写成了一个抽象的、纯而又纯的爱情传奇。也许这使得影片不少情节变得漂浮和空洞,但将历史叙事变为情感叙事,正是在张艺谋在处理敏感题材时一种非常智慧的方法,它使得影片细腻而不较真,煽情而不过分压抑,既能保留文本内涵,也迎合了大众的心理。

二 "伤痕"中的受众审美

作为一部以文革为背景的影片,"伤痕"恐怕是无可避免的话题。在20世纪70年代末80年代初,包括《芙蓉镇》在内的政治题材影片都是与文学界的"伤痕文学""反思文学"遥相呼应的,《归来》也不例外。但比起小说直白的描写,影片仅用几个符号就血淋淋地撕开了隐藏在历史尘埃中的伤疤,比如样板戏《红色娘子军》的舞蹈表演,女儿丹丹因为父亲的出逃而丧失女一号吴清华的演出机会痛苦万分,又为了得到这个角色不惜大义灭亲出卖自己的父亲,后来当她阻止母亲去火车站时,冯婉喻说:"你就去安心跳你的吴清华吧。"对吴清华这个角色的痴迷,侧面描写了在"极左"政治环境中长大、被规训的一代人,从后来剪掉的相片这个细节中,也可以看出陆焉识被打为右派后家人所遭遇的牵连与折磨,幼小的女儿无法理解政治运动的残酷,只能将委屈化为对父亲的怒火。比起"红色娘子军"和吴清华,这个荒谬的时代在方师傅这个政治符号的引导之下才终于露出狰狞的面目,冯婉喻这个手无寸铁的弱女子所受的苦难终于漫溢出来。为了保住陆焉识的性命,可想而知冯婉喻经历了怎样的痛苦和屈辱,她委身在当权者的身下,用卑微的身体当作唯一的筹码,她内心对陆焉识的爱越深,背叛感就越重,最终的心因性失忆恐怕并不是车站相认那次遭受的外伤,而是长久以来在苟延残喘中支离破碎的精神世界和肉体带来的巨大精神折磨让她选择遗忘。

然而《归来》的精彩之处并不是如何揭露伤痕,而是通过失忆这个情节尖锐地提出了主人公在遭遇"文革"灾难后的精神创伤及其治疗、修复。在以往的政治题材电影中,这是最容易被忽视的一点,也是在看了众多伤痕文学以及改编影片后观众的新鲜诉求。回归影片,当权力部门企图让冯婉喻接受组织给予的权威答案时,曾经强有力的政治在已经受到残害的精神世界面前显得苍白无力,这无疑是对错位政治的讽刺。尽管陆焉识拼尽全力,想用各种办法帮妻子找回记忆,影片结尾依然保持着对伤痕的反思,即便陆焉识已经平反归来,可是冯婉喻心中等待的那个人却永远回不来了。这和以往的伤痕文学,比如《芙蓉镇》惯有的黑暗已经过去,未来充满希望的结局大不一样,《归来》这个并不圆满的结束,正体现导演在处理伤痕作品中的独特视角,也是更符合当下受众审美的角度设计。已经产生的创伤、已经失去的感情可能永远也无法修复,而大雪纷飞中两人久久矗立的姿态,不正是对这个时代性历史灾难的抗议吗?

三 文艺电影的"归来"

《归来》也许有一定的瑕疵,但它确实印证了中国电影市场还有广阔的发展空间。首先是影片平实细腻的电影内容,《归来》没有华丽的特效、宏大的布局,也没有明艳的色彩,全片基本以灰白为主,大部分场景都设置在冯婉喻和陆焉识不大的家中,故事情节设置并不复杂,可以说是男女主人公之间的对手戏。尽管简化了很多方面,但演员对角色的把握,以及影片对细节的处理都是精致并且丰满的,在拍摄中运用了不少长焦镜头,也是意在把握演员对角色细腻而丰满的刻画。从布景上来说,虽然场景不多也不大,但从火车站附近的宣传语,毛纺厂职工的穿着,到冯婉喻家里的水壶、钟表,包括放置茶叶的铁盒,无一不充满时代色彩。对细节的要求和把控不仅很容易使观众进入氛围,也是对艺术电影美学层次的追求。其次,《归来》表现了一种自信的姿态,长久以来文艺电影在市场上并不讨巧,就连导演张艺谋在近几年也趋向于拍摄商业化影片,包括之后的《长城》也是追逐热门"IP"的产物,可是《归来》却体现了一种自信,这种自信除了开始从中国人自己的情感层面进行思考制作影片,也有对观众审美水准提高的把握。《归来》中的亲情与背叛,是最符合本国时代特色的语境,电影中所体现的家庭伦理和人文情怀已经成为一个传统,成为许多文艺电影的制胜法宝。还有观众层面,曾经很多人不敢拍、不愿拍,怕的就是观众觉得枯燥乏味,不认可。可如今我们从《归来》身上看到了更好、更良性的风气。有很多影评人认为,《归来》的成功无非还是明星效应、宣传导向以及借助了题材的价值,这些与商业电影无异。但是从其获得的票房和评价来看,越来越多的观众开始静下心来欣赏影片的内核和价值所在。最后,在这个很多人信奉"唯票房论"的时代,清华大学尹鸿教授说:"艺术片从来不是黑马,而是主流电影市场的一个重要组成部分。"从这个角度来看,除了票房这剂强心针,通过《归来》展现出的更加宽容的文艺环境才是我们需要它的真正原因。

《战马》:童年阴影下人性的深入挖掘
——电影《战马》观后感

□李 阳

《战马》是一部以动物视角窥视战争的电影。该片以战马乔伊在一战中的命运走向为叙事主线,将观众带入到一个客观的角度去审视战争,产生与常规战争电影不同的理解与感触,斯皮尔伯格拍摄这部电影的用意也在于此。

从《辛德勒名单》到《拯救大兵瑞恩》,从《战马》到《间谍之桥》,其间斯皮尔伯格尝试拍摄过各种背景的战争电影,一战、二战、冷战甚至是未来的科幻战争,这位犹太裔导演都拍摄过的。童年的经历以及犹太裔身份是斯皮尔伯格企图通过电影手段提醒人们反思战争的主要原因,追求还原战争的真实与人文主义是斯皮尔伯格战争电影的最大特点。"斯式"战争电影给观众带来的不只是视觉震撼,讲述特殊的战争背后的人和事,使观众通过这把"瞭望镜"去理解战争、审视战争才是斯皮尔伯格式战争电影的核心。"人性"与"品德"始终是斯皮尔伯格通过电影手段最想要传达的主题。

同《辛德勒名单》和《拯救大兵瑞恩》一样,《战马》延续了斯皮尔伯格用动人故事来讲述战争的规律。出生时的战马乔伊,四条腿上都长着一撮白色的毛,犹如套在四只马脚上的白色长袜,乔伊的特殊经历由此铺垫。除了白色的马脚毛外,驯化、学习犁地、与第一任主人小艾相逢,都是导演为了塑造这匹"百战不败"的马做的铺垫。乔伊的第二任主人尼克尔斯上尉战死沙场后,战马的"战"得到了进一步的加深。"战"如果仅仅是为了达到"经历了战争的马"这个主题,明显无法满足观众的观影体验,更无法满足斯皮尔伯格的拍摄野心。斯皮尔伯格从宏观层面来叙述"经历了战争的马",又巧妙地将电影的另一条线从微观层面解读为"战争阴霾中为命运苦苦而战的马"。尼克尔斯上尉死后,乔伊不再被人呵护,乔伊的命运开始转变。乔伊是幸运的,幸运的是虽然为战争左右命运,但在不同的叙事段落中始终有善良的人帮助乔伊勇敢前行,这种戏剧化的安排并不显刻意与突兀，相反加强了观众的思考和人性的挖掘。

乔伊也是不幸的，他本应在最好的光景陪伴主人过着田园生活，却毫无选择地陷入了战争的沼泽，替人类做着无意义的体力劳动。乔伊为了生存为德军拉大炮、在同伴倒下后疯狂地在英德两军的战壕间狂奔、在行将被英军处决时被第一任主人救下，一切都加深了片名中'战'字的印记。乔伊先后经历了多位主人，乔伊的出现使他们的命运轨迹发生改变，但在他们身上却始终能看到勇敢的品质。小艾因乔伊决定参军参加战争，中尉因乔伊战死沙场，逃兵兄弟因乔伊退出战场最终因逃兵罪被处决，德军驯马员即使违背上级命令也要保护乔伊……这都从侧面说明乔伊为命运而战的坎坷。电影传达的不是绝望，是希望！乔伊为人类因利益产生的杀戮做出巨大贡献，这是乔伊无法选择的，大背景不变，但小人物的存在有效地传达着仅存的人性力量。

平凡小人物往往与野心巨大的政治家不同，在这些人身上仍然能看见人类原始、本能的善良。他们极力地述说超越物种的精神与情感。在乔伊被德军俘虏后，德军用这些俘虏的马拉大炮，善良的德军马夫劝说自己的长官换下一匹受伤的马时，长官却对这名马夫的行为嗤之以鼻，乔伊与马夫一样，发现顶替自己的马是昔日受伤的战友时，乔伊主动顶替这匹受伤的马，导演特意在这里安排一个对乔伊的特写镜头，镜头平行推进、平拍变为仰拍，乔伊的伟岸在技术的支持下得到凸显。当乔伊的战友黑色战马因劳累倒下时，乔伊来到黑马面前与它对视企图唤醒同伴，经历如此反复的系列拟人化细节表现后，导演安排一束阳光从乔伊身下打过，镜头的安排诠释生命的伟大。这一刻，乔伊的形象如此高大，它不再是一匹马，是一种品德、一种超越常规语言的精神象征。

理智往往无法战胜情感，英军的反击如期而至，德军狼狈地撤退，乔伊的黑马同伴因劳累倒下后，德军马夫声嘶力竭地对乔伊喊着："跑！"乔伊积聚已久的愤懑和委屈在这一刻爆发，内心的情感产生了无法逾越的断裂带。乔伊在两国的战壕间狂奔，狂奔过程中乔伊并非一往无前，乔伊会遇到死角，会被壕沟间的铁丝缠绕，这种设置为这段奔跑增添了一份真实。奔跑之后乔伊被铁丝紧紧缠绕，捆绑在一起，动弹不得。英德士兵看见此景后产生的反应是人性与亲情本能的写照，在不确定被困物为何物的情况下，一名勇敢的英国士兵举起白旗走向乔伊，来到了乔伊的身前，发现是一匹被铁丝缠绕的马，此时在他身后突然出现了一名德国士兵，观众以为两名士兵的厮杀在所难免时，德军士兵出人意料地说"我想你也许需要这个"，拿出了一把钳子，两名勇敢的士兵决定共同解救这匹被困的马，虽然是敌对国的士兵，但是人文关怀的力量已经让他们将一切都抛在一边，利益与环境的限制都不是问题，他们共同放下手中的武器，因眼前这匹伤痕累累的战马而达成一种精神上的协议。当他们发现钳子不够用时，战壕中同时扔出了许多把钳子，斯皮尔伯格在这一小细节的处理上精妙而独到，这个细节的处理既表现出战壕内关注乔伊命运走向的不止眼下的这两名士兵,而是有很多人,强调了乔伊的特殊;同时也为之前营造的充满人文关怀的影片基调又增添了一笔。乔伊被成功解救之后,乔伊的归属自然也成了问题,两名不同国家的士兵都饱含私心的想将这匹马牵回自己的战壕。正当观众以为要起冲突的时候,两人却选择用"抛硬币"这个最简单的方式来决定乔伊的归属,英军士兵猜对了硬币,牵走了乔伊,而德军士兵也信守承诺,看着乔伊被牵走,默默地离开。这一安排无疑非常讽刺,两名普通的士兵站在利益的面前采用原始的方法解决利益的归属,并且可以信守承诺,不被利益驱使做出极端行为,和平解决问题。他们身后的战场不正是国与国之间受利益驱使而展开的么?心怀野心的政治家站在道德的制高点发动战争,却无法拥有两名士兵的胸怀与品德,不得不说是莫大的讽刺,斯皮尔伯格在这一情节的精心安排旨在引导观众客观的看待利益冲突、反思战争。这一情节中,同时还伴有另一种隐喻,处于战争阴影笼罩下的欧洲如同在战场中奔跑的乔伊,饱受战争带来的影响,历经了两次工业革命的欧洲本应是生命力旺盛、飞速发展的时候,如同乔伊一样虽然在飞速奔跑,却在战争的影响下越陷越深,最终被困得动弹不得,两名普通的士兵象征着国与国之间的关系,排除战争、精神统一才能让欧洲大地重新站立,飞速地奔跑起来。

乔伊被牵回英军战壕后,英军长官认为乔伊有伤对军队是累赘,准备要将乔伊枪毙时,乔伊的第一任主人小艾出现,他已经双目受伤,无法看见小艾,但小艾却凭借最初驯养乔伊时使用的口哨声辨别出了乔伊,跨越物种的灵感与默契又一次感动了观众,而小艾也通过乔伊四条长着白毛的马腿成功地说服了长官,长官为之感动,最终救下了枪口下的乔伊。戏剧化的情节安排为乔伊增添了坎坷的历程,对细节强有力的描写为《战马》加深了一种戏剧冲突性,使影片的内容更富吸引力、更加丰满。导演想要表达的主题与品德也再次被升华。

人文主义是斯皮尔伯格战争电影的一大特点,通过故事展开对人文的探讨是斯皮尔伯格始终坚持的。与《辛德勒名单》和《拯救大兵瑞恩》中通过人与人之间的情感手段来反思战争不同的是,斯皮尔伯格不再只满足于自己早期战争电影中单一的情感表达。《战马》中表达的情感上升到更多维的维度,其中不仅包含人与人的情感,动物与人、动物与动物的情感也是导演在《战马》中新加入的情感构造。因此《战马》更像是斯皮尔伯格对之前拍摄的战争电影的整合,加深电影感染力的同时,电影的观赏性也在提高。

电影不乏煽情的镜头与音乐,但斯皮尔伯格还是最大程度地还原了一战的真实。人们可能只知道一战中伤亡150万的凡尔登战役,却忽视了伤亡更为惨重的索姆河战役。和《拯救大兵瑞恩》中真实还原"诺曼底登陆"一样,《战马》中对索姆河战役的还原、坦克在人类战争中的第一次使用以及一战中德军惨无人道的使用毒气弹都是导演对战争的真实还原。编剧和历史老师的作用也是斯式战争电影的出彩点之一,在讲述动人故事的同时还能起到历史教科书的作用。

　　《战马》由儿童小说改为舞台剧搬上舞台,斯皮尔伯格在观看小说原著和舞台剧后,认为《战马》故事内核具有跨越国界的感染力,决定把它拍成电影,电影诞生过程虽然坎坷,但斯皮尔伯格依然执着,为的就是感染观众,传达人性主题。《战马》的结尾小艾身着整齐的军装牵着乔伊回到自己的家,在天边红霞的映衬下和电影最初一样,一如既往的美好。导演多么希望人类选择的最终归宿和乔伊一样。战争有胜负之分、利益有分配之别,美好与圆满被战争从人们手中剥夺,但世界依然有平凡人的出现,他们和乔伊一样,相互扶持、点亮彼此。乔伊从始至终都在为战而活、为忠而活,毫无选择,被动地承受人类选择带来的结果。但战马却依然怀揣自由与承诺,在最美的场景下,动容而鼓舞。这种品德何尝珍贵,导演通篇的安排与构思,对拍摄战争电影无休止的坚持,通过每一部战争电影真诚地讲一个动人的故事,只为这种品德早些在人群中再度觉醒。

流年暗中偷换
——观《飞屋环游记》有感

□ 巩周明

安德鲁·斯坦顿在 2008 年带来的《机器人总动员》让观众沉浸在机器人的爱情当中时,时隔一年的皮特·道格特带着《飞屋环游记》让我感受到了人间的冷暖和温情。皮克斯的动画片中,无论是《海底总动员》的奇幻还是《怪兽电力公司》的创意,都抵不过《飞屋环游记》中带给我的从小到大到老年的完整体验。年少的无知、年老的憨厚,仿佛看到了自己年少和年老时候的样子。在 96 分钟的旅程中,电影带给我的不仅是欢乐、搞笑和感动,更多的是对生活的向往和美好的夙愿。

影片讲述了卡尔·弗雷德里克森不满政府要求他搬进养老院并且要把他满是回忆的房子重修的现状,身为气球销售员的他在儿时结识了女孩艾丽,他们一起探险、一起成长并结婚直到两人老去。卡尔和艾丽最大的愿望便是去南美洲神秘的"天堂瀑布"探险。但老伴艾丽的死使得原来不善言表的卡尔变得孤独。国土局的出现打破了原本沉默寡言的卡尔的生活,按照国土局的规划,卡尔所居住老房子需要重新建造,但是老年的卡尔并不愿意让拥有他和妻子美好回忆的老房子夷为平地。当工作人员要将老卡尔强制送到养老院的时候,卡尔毅然决定带着他满是回忆的屋子去"天堂瀑布"完成妻子生前的愿望。卡尔在房子上绑上成千上万个五彩缤纷的气球。当气球被释放的那一刹那,五颜六色的气球飞向了天空,将老卡尔的房子带着飞向了空中。当他就要完成计划的第一步时,一个 8 岁小男孩罗素闯进了他的世界,小男孩同样喜欢探险,并要给予他所谓的"帮忙"。这时,屋子已经快要离开地面,老卡尔不得已带上小男孩开始去往"天堂瀑布"的旅程。

一生有多长，思君令人老

对比其他皮克斯的动画片(《机器人总动员》《玩具总动员》《怪兽电力公司》等)，《飞屋环游记》的创意并不是很吸引眼球，一个卖气球的老头为了保住自己的房子和完成与爱人生前的愿望，让自己的房子飞向天空，在途中碰到了小男孩，然后一起旅行过后感人的忘年交的故事再普通不过。但是影片开始的10分钟里，用了旧录像机的感觉，没有任何对白，只是闪过了一幅幅模糊的昏黄的画面，展现着卡尔与自己的妻子艾丽甜蜜幸福的生活，画面一幅幅地闪过，仿佛时间飞快地流逝。直到老卡尔拿着气球一个人坐在艾利的葬礼上的时候，失去挚爱的悲伤和难过缠绕着我，这种感觉和看煽情电影不同，这种感觉是从心底里发出的，让人极其难受，这种感觉并不是让人号啕大哭的动人情节，而是鼻腔深处带来的酸楚感。这不仅让人心生怜悯，同情老卡尔，同时影片用这样的开头赚足了观众的眼球，让观众期待之后会发生什么。老卡尔不满政府让他搬迁的现实，心中藏着对自己妻子的承诺，带着他的房子要去环游世界，要去他们梦寐以求的"天堂瀑布"，这恰好抓住了观众们的感受：生活学习中总是有不如意的事情发生，当卡尔撤掉遮盖气球的布时，色彩缤纷的气球让我心中一亮，无论是配色还是背景音乐，让我心里很放松、很开心、很广阔，迫不及待要去看下面的内容。

固执的房间

整部影片环绕着老卡尔的老房子开始，当卡尔的老房子要离开地面的时候，罗素成了老卡尔旅程的伙伴，房子飞起来的时候，惊吓到了要强制接他去养老院的工作人员，撞碎了邻居家的屋檐，破坏了草坪等等，我觉得这是一种暴力的宣泄，是一种让神经紧绷的意图。这栋老房子留着老卡尔和他妻子的梦想，还有他一直眷恋的东西，尽管这梦想摇摇欲坠，同时老卡尔一定要坚持的原因。当8岁男孩罗素出现时，我不禁眼前一亮，这不就是个中国小孩吗？有着蒙古脸型、说话大声大气的小孩罗素非要帮助老卡尔。让我想起了我上小学时学雷锋做好事，把不认识的奶奶家弄得鸡飞狗跳，最后好不容易把我们送走我们还要找着人家签字的画面。看到这，仿佛所有的角色在我的身上都能找到影子。这种一开场的鸡汤让很多观众开始回想起自己的童年经历，而老卡尔的房子则让我回想起没搬家前的旧房子、手推车和自制的筷子枪。所以，这间房不仅是串起整个故事的关键点，而且是带给我美好回忆的老照片。

老卡尔和小罗素本来就是一组奇怪的组合，一位70多岁的老年人和一个不知世事的8岁小男孩去未知的深山密林中探险,本来让人觉得就是不可能的事,何况老头固执顽强,小孩调皮捣蛋、爱找麻烦。但是这一对看似不可能的组合恰恰是整部电影不可缺少的亮点,老头和小孩之所以让观众引起共鸣,是两者年龄的差距所带来理解事物的"代沟":老卡尔本身作为一位老年人,步履蹒跚地坚持自己的旅行,这是一个悬念,但是看多也会觉得无味;罗素充满了年少的童真,"人来疯"的他处处捣乱,充满笑点的他虽然好笑但看多了也会心烦意乱。但一位老人与一个小孩的相遇,不难从中找出有趣的故事。这两个人阴差阳错地碰到一起影响着彼此,使故事更加戏剧化:8岁的小罗素并不能帮上老卡尔的忙,总是给老卡尔带来困扰,而70多岁的老卡尔也难以理解小罗素满脑袋天马行空的主意。但老卡尔和小罗素之间生活、意见的矛盾是这部影片的情感催化剂,罗素天真的话语、卡尔憨厚慈祥的对白淋漓尽致地表现了一老一少的情感变化,给予了这部影片最真实的情感。卡尔和罗素一路上碰到的动物也是给整部影片加分的搞笑点,一个当闹钟的青蛙,还有就是大鸟和狗,相比之前皮克斯的动画,这几个配角实在是捉襟见肘。但《飞屋环游记》还是极大程度上还原了影片的现实感,毕竟动物张口说话本来就是天方夜谭。影片中只是给小狗豆豆加了一个狗语翻译器,不仅让人觉得它越发可爱而且突出卡尔憨厚老实、小孩调皮捣蛋,也给整个旅程带来了欢乐。在影片最后,怯弱的罗素为了救大鸟凯文而挺身而出,而老卡尔为了救小罗素最终放弃了自己和妻子的充满梦想的房子,战胜了大反派。整部电影在搞笑和奇幻中宣扬了环境问题与人文关怀。

造梦的皮克斯工厂

片中虽然有狗说人话、房子飞上天、鸟通人性等等在现实中不可能的事情,但就是这些把整部影片展现得有血有肉,让观众在欢声笑语中体会影片的主旨,在奇幻的剧情中感受人间的冷暖。小罗素在旅途中和豆豆、凯文的感情成了他击破怯懦的勇气来源,无恶不作的探险家也为他的所作所为付出了惨痛的代价——失去了他得到的一切,并从高空坠落不知生死。这时的老卡尔不再柔弱、不再步履蹒跚,是爱的力量让老卡尔一个人救了身处危机的朋友们。当共同探寻到人生梦想与情感感悟的两个人相互帮助、相互鼓励的时候,我也看到了梦想实现的过程。《飞屋环游记》告诉我们,在寻找和实现梦想的过程中,信念是唯一不变的东西,在这个经历和享受过程中同样少不了还有坚持与改变。最终,装着满满回忆的老房子自己在天空中飘来飘去,却又巧合地飞到了卡尔和艾利梦寐以求的"天堂瀑布",这也和影片开始互相照应,所有的故事有了一个美好的结局。

但《飞屋环游记》并非尽善尽美,看完影片后,总感觉卡尔和小孩决战大反派使得整部影片有点虎头蛇尾、头重脚轻的感觉。影片为了情感投入做了太多的铺垫在其中,影片最后虽然每个人都如愿以偿,邪恶被正义和爱击退。但故事的大部分精力投入在了旅行途中发生的经历,而对于结局的设定并不是很投入。这就导致了影片虽然让人很感动,但回忆起来思路清晰的只有老人与小孩的冒险经历,而不是令人有所感触、有所思考的结局(本人心中结局:房子自己飘到了卡尔和艾丽梦寐以求的"天堂瀑布"之后,画面转到现实,去世的老卡尔被发现在养老院的轮椅上安详地死去,手中握着一个漏了一半气的气球;小罗素在现实中出现,碰到了一个一样爱探险的女孩。影片结束)。

　　自电脑动画诞生以来,技术不断更新,动画电影一直以来都将喜剧元素视为珍宝和模板,而喜剧也顺理成章地成了动画电影必不可少的重要元素。皮克斯公司在后期技术上所下的功夫,确实远远超出了其他动画公司。同时在剧本设计和感情投入上也略胜一筹。相比蓝天工作室的《冰川时代》系列,虽然笑点的设置远比《飞屋环游记》简单和密集,但远远不如《飞屋环游记》让人回味、让人深思。但皮克斯公司似乎正努力跳出这个局限,力图给故事加入更多的人生感悟和更多的情感,使动画电影从单一的搞笑转变到有血有肉、富有内涵的视觉盛宴。

"阿孝"成年后成了侯孝贤

□徐艺嘉

　　看完侯孝贤的《童年往事》，我联想到我的童年。就像毛尖在她的文章《谁的童年不伤心》中写道："谁的童年不匮乏，谁的青春不慌张？藉着岁月霓虹，悲惨往事全部可以是诗，连婶婶的死，也被昔日光晕照亮。"可不是嘛，小时候打人骂架时狂妄的痞性，被霸道专制欺负时的阴影，暗恋不成反倒失恋的滋味以及在少不更事的时候第一次经历亲人生离死别的痛楚。这些都是无法言说的，就是这样的阴影或是隐痛逐渐融化到我们的血液中，有的得以沉淀，有的随着人生经验被排除在体外。侯孝贤在20世纪80年代迎着台湾新电影浪潮，开启自我反观，拍起了自传题材电影。对他的影迷来说可谓是打开了一道窥视他内心的大门啊，我可也是其中一位美滋滋的"窥探者"。记不起何时开始喜欢上侯孝贤的电影，可能正是因为他对生命的坦诚，如同明镜般反照自我，他的电影就像一扇门，他站在门外用镜头静静地拍摄门里人物的点滴生活。

　　有人说每一部作品都是作者心灵史的一个章节。一个作者的身世与其作品的关系，又微妙又复杂。尤其是正值19世纪与20世纪之交的台湾导演，以侯孝贤、杨德昌为主的电影新美学倡导者，他们大都生于19世纪五六十年代，成长于战争刚熄火的时代，社会动荡不安，人心无安全感，萌生人躁动叛逆的性格与游荡着的灵魂。这一批导演在台湾社会的动荡和家庭的变故、民族的衰败，以及父母印象、故乡身份的模糊等种种特殊的环境下成长起来，所以侯孝贤的童年和青少年时期那些难以磨灭的记忆，在他的不同时期的创作中都有所体现。侯孝贤将童年中所经历的帮派斗争、赌博打架情景屡次搬上了荧屏。不仅在电影《童年往事》里大段出现，也大量地应用于《南国，再见南国》《千禧曼波》等其他作品之中，后来逐渐形成了他个人电影的一个符号。台湾同时代导演杨德昌对电影《牯岭街少年杀人案件》做专访时说道，正是因为1949年前后，台湾方面社会政治动荡不安。大家都是在这种沉重且艰苦的氛围中长大,年少的反叛精神异常强烈,拉帮结伙都是很日常的生活状态。这就不难解释为什么侯孝贤出身文人教育世家,行事风格也颇为儒雅,从小在儒家文化氛围下长大,可电影里却总有暴力、非主流元素,这就跟他从小接触的事物有关。

电影《童年往事》中的阿孝其实就是童年版的侯孝贤。在白睿文《煮海时光——侯孝贤的光影世界》一书中,侯孝贤在专访中多次提及童年趣事和个人成长历程。电影中的阿孝是个个性狂野,无拘无束长大的孩子。尽管家庭氛围沉重,可他用逃避的"生存哲学"让自己快乐在外。玩弹珠、陀螺、台球等时兴的小游戏,通过打泥巴来赌博,过年就是摇骰子赌钱。偷母亲藏在房子底下的五块钱买糖果,被母亲发现后毒打了一顿。考试作弊,把用过的邮票剪下来收集起来,疯狂迷恋课外书,打架,暗恋女生,甚至是捅破教导老师自行车的轮胎。再到大一些,应该是青春期,男孩都有了反叛精神,因而聚在一起组建帮派,各个帮派之间因为各种不同原因发生冲突,于是打架斗殴,颇有点流氓气质,但不算流氓,毕竟为了帮派正义而战。这不仅是侯孝贤的童年,这也是我们成长过程中的点点滴滴,哪一件事情里找不到甲乙丙丁你我他?只不过与侯导相比,我们可能活得更拘谨些。

电影,何为电影?侯孝贤就用当时昂贵的胶卷记录这些人人都或多或少经历过的童年琐事?如果这么想,侯孝贤就不该叫侯孝贤,如果不这么想,说明你可能还没有思考到这一层面。在平白写实的《童年往事》里,包含着那个年代特有的乡愁记忆,虽然是懵懂地、轻描淡写地散落在影片的各个边边角角,依旧极富冲击力。在此影像中,包含着两点哲学层面探讨。一是《童年往事》中对异乡人、身份认同、归属感的探寻,这是触碰到人灵魂的思考。影片的一开始,导演侯孝贤就用旁白的形式引出整个故事:"这部电影是我童年的一些记忆,尤其是对父亲的印象。"电影用旁白勾勒出这样一位父亲的形象:父亲大多坐在家里的竹椅上,因为有肺病的缘故很少与家人亲近,严谨深沉,带着行将就木的萎靡。侯孝贤的父亲曾是广东梅县教育局长,战争结束后碰到在台中当市长的老同学,就应邀去当他的主任秘书,于是一家人迁到台湾。父亲从最初盼着回大陆的日子到后来撤退到台湾再也回不去的时候,性情愈加深沉。母亲初到台湾没有娘家人没有朋友,负担重压力大,在这种状态下也是变得愈加神经质和愁苦。在台湾,祖母经常跟阿孝说,要和她一起回大陆拜祠堂,可是他们都知道回不去了。在影片中祖母经常拉着阿孝走在寻找回乡的路上,祖母口中的"回老家了"要重复好多次。

侯孝贤像是一位守望者,他就静静地站在那,观察着,不动声色,等待着缓缓降临的光和影,人与事,理智与情感,然后依次摊开,展现在世人面前。全景的铺陈,缓慢的节奏,长镜头的大量使用,淡然的画外之音,穿透力极强的音乐,平民化的题材都是侯孝贤标志性的表达方式。影片中出现全家人坐在一起吃甘蔗时,广播里播放着空战的战报场景;骑马跑过的军人情景;还有清晨马路上压过的坦克痕迹;学校里的学生相互调侃着要"反攻大陆";陈诚副总统大殓时,台湾老兵的煞有介事,降半旗。对于老一辈而言,大陆是故乡,是他们日夜想念的故土。然而对于侯孝贤和他的哥哥姐姐而言,台湾就是他们生长的地方,就是根上的"家",这两代人对家乡概念上的对立和不同,形成影片情感上的张力,引人深思。而且孩子们成长在这种深沉略带悲苦的家中,对侯孝贤来说算是一直渴望逃避的地方。他曾说:"从小对人的世界已经有一种主观了,悲伤的,所以我的片子后面都有一种苍凉,或者悲情。"

在《童年往事》中第二个的深层次表达的主题就是人的生离死别,离情别绪对人生的影响。电影里死亡这种巨大的力量转折不仅对导演,而且对观影者都会产生巨大的力量,尽管是平淡描绘生死之别、亲人离世的场景,观影者也能从中产生隐隐之痛,这个隐痛是普世大众都有的一份悲悯和被迫脱离血缘纽带的孤立感。第一次让阿孝经历别离的是父亲的死。童年里的阿孝是顽劣无羁抑或是简单纯粹的。父亲死后,长姐让每个弟弟和父亲握手告别。那时他的眼泪是懵懂不舍,不知所措,甚至有些茫然。带着对父亲模糊的亲情以及对亲人死亡的无知与对未来的迷茫,阿孝就这样安静地看着母亲扑在父亲身上大哭。第二次,是母亲的死。这个劳苦一生的女人终于得到了解脱,投入到主的怀抱。母亲生前是十分虔诚的基督教徒。在母亲的灵前,他意识到家庭的责任与自我的成长。处在青春叛逆期的他,藉由母亲的死唤起了内心深处自己对家庭的担当。这部带有自传性质的电影在刻画主人公青春叛逆期时的放荡不羁略有修饰。第三次,是祖母的死。祖母小时候很疼他,因为有算命的说他会当大官。祖母每天都在剪纸钱,说留到阎王殿那用,也会心心念念要带着阿孝回大陆拜祖宗。祖母的离去,象征着一个陈旧年代的离去,也意味着一个不可避免的责任和压迫,让阿孝告别了过去的自己,告别了自己的童年。

随着祖母的离世,经历了三次生死别离的阿孝已经蜕变成熟,当他最后一次意气地放弃了军校,为自己喜欢的女生考大学时,迎来的是现实的失败,这也为阿孝的青春叛逆画上了句号。影片以阿孝入伍的结局作为收尾,在画外那充满深深愧疚的旁白之中,我们见证了一个懵懂的童年经历,与叛逆的少年时光,如烟雨浮云般地匆匆地在眼前伤感地划过。童年经验作为一种审美体验对文学家、艺术家产生深刻的影响。对被迫迁移异土他乡又经历战争交替动荡年代的侯孝贤来说,社会的动荡和家庭的变故、民族的衰败,以及父母印象、故乡身份的认同感都作为作家童年生活中一种潜意识存在,渗透在他的骨骼血脉之中。所以探究侯孝贤的童年经历与经验能揭露其作品深层意蕴和看待世界的视角。我们观其作品,往往在不动声色之间,就已换了世界。内敛如侯孝贤,也如他的电影,东方式的美学思考或许是吸引海外观众的方式,从最初叛逆内敛略带痞性的侯孝贤,趟过人生这条河流中的种种经历,使他越发成为一个智者。他的电影中传达的东方美学思考下的隐忍、博爱、和谐则是旁人无法直接感受顿悟的。

  其实在他所有的电影中都有着这样共同的影像表达:这些轻盈而又沉重的生命,没有大起大落、大悲大喜,直教时光慢慢淌去。在他平静而写实的长镜头下,各个人物星星点点的或张扬,或悲悯、抑或是欢喜的别绪和悲欢离合的命运走向都生动地平铺开来。侯孝贤的电影中十分讲求个人感觉,他认为电影之美很重要。他用长镜头、固定镜头和景深镜头,只为保留电影的真实性和生活气息,是一种属于他个人想要的电影影调。在电影中要么使用文字做叙事铺垫,要么就简化对话,只用镜头传递语意,很多人说越发看不懂他的电影,认为太过于文艺小众化。其实是侯孝贤不想说,也许说出来就破了。正像是贾樟柯说的那句话:往事如火惨烈,时光却诗意如烟。

王家卫，以暧昧之名

□赵玉笛

很少有导演的作品能像王家卫那样深深地打动我。在他的电影里，没有太多刻意营造氛围的台词，也没有跌宕起伏的让观众随之摇摆的情节设计。似乎更多的是一种后知后觉的感动。这种后知后觉，或许是他的电影带给我的、我从未体会过的60年代香港的怀旧感，或许是他如何探讨孤立、抽象的情绪和一种无法言喻的缺失作为电影反复出现的主题，又或许是，王家卫电影中的看似纷纷的碎片，以及他带来的解构之美反而是一种遗憾的圆满。这一切都可以回到我第一次看他的电影的时候，我记得是《2046》，因为我对他的不了解，以至于看完后让我只有措手不及之感。

到目前为止，我最钟爱的电影是《花样年华》，爱上它是因为它的配乐，梅林茂的作曲恰如其分地表现了影片里刚刚好的暧昧，让人意犹未尽。很多人都有同感，第一次看王家卫的电影感觉就像看一幅流动的画作，充斥着个人化幻梦的片段，某人变了形的失落记忆，穿插在电影的每一帧里。让人充满遐想的建筑外观、装饰、用光，都是导演让人着迷的小细节。

的确，他大胆的视觉风格能立马感染你的每一个方面，但是，如果你仔细看，你应该会注意到王家卫并没有忽视观众在电影叙事上体会到的乐趣。无论你是否感觉到，王家卫一直在改变和挑战常规的电影和故事情节。王家卫用了太多非同寻常的摄影角度、快节奏而分散的剪辑、充满诱惑的高饱和色调。他的风格不仅仅是后现代的混合物，还带有那种90年代音乐电视中的美感。虽然支离破碎，但他的影片开拓出了电影作为艺术的发展方向，也改变着我们对自身情绪的知觉。

影片《花样年华》讲的是两个已婚的人发现各自的爱人出轨后，他们通过沟通也爱上了彼此的故事。故事很简单，就是婚外情。当张曼玉扭着腰肢，穿着旗袍，优雅地走在饶有风味的狭窄阁楼里,在昏黄暧昧光影里的风情万种,展现得淋漓尽致时;当梁朝伟在氤氲中,漫不经心挑起眼神,缓缓地吐出一缕烟,让观众恍恍惚惚时。观众也许会有同样一个感受:偷情为何如此美丽?

是他们的小心翼翼,是他们对彼此的触碰又收手,是王家卫所呈现的解构之美。人物的对话简短却耐人寻味,极简的镜头组接更是需要观众来仔细思考。

暧昧是什么?它为何有着如此大的力量?

从来没有察觉到暧昧有如此大的力量,也从来没有谁能大胆地指出暧昧在某些领域所带来的魔力,比如在文学中,在电影中。只有在消费社会的今天,大众文化成了某种表演的时候,人们才从空前的媒介宣传中意识到了这一点。在王家卫这个名字成为中国当前文化一个符号的时候,王家卫使我们领略了暧昧,他给世人展现了暧昧的无限可能性。作为导演的他,总是戴着一副墨镜出现于公众面前,或者这就是他与这个世界保持暧昧的标志,耐人寻味而又无法拆穿。

在《花样年华》中,张曼玉与梁朝伟两人便把暧昧行进到无以复加的地步。人物感情的分解与不完整是让观众进行反复思索的一个要素,不断地拆分、拼接,故事的碎片化导致片中人物情感的肢解,这样使得原有的叙事被放大,反而提高了影片的叙事性。《花样年华》的情节是非常简单的,从开始到结尾,没有动人心魄的大起大落。影片中情节的高度简化使得整部电影从头到尾都显得非常的整洁、干净,没有赘余。如从苏丽珍、周慕云租房到他们搬家的情节过渡。租房的画面之后紧接着就出现了搬家的画面,这中间没有任何其他情节。场景与场景之间的过渡极度简洁,可能会让观众有措手不及之感,也可能会给观众对剧情的理解带来一定的难度,令人感到突然和莫名其妙。但是仔细体味,就会发现这种过渡对影片主题的表现效果是非常显著的,能够有力地强化、突出主题。

王家卫可以被人认为是一个在认识和思考上倾注了许多精力的作者。已失之爱的观念,已逝时光的追忆和所有那些只留在心底的秘而不宣的欲望。与我们通常所见的大片不同,王家卫为他电影角色的个性照射了一束光,通过这样做,指出我们每个人的主体性。

关于王家卫的感触,其实也是关于自我的感触。更重要的是,这个自我是与他者遭遇的自我。在某种程度上,角色相遇以及带来的内在情感的矛盾让观众发现王家卫电影中的美。似乎他的电影非通过这种模棱两可,才能达到某种一致性。王家卫的影片角色之间似乎并不存在什么真切的联系。但是随着故事的发展,他们终将意识到,每个人以捣乱自己生活的方式不断相逢,遍及生命,无处不在。也许,王家卫试图说明的就是人只有在分享出去的时候,才是真正真实的。

随着镜头在主体对象上的切换,一帧帧奇异的画面,好似电影里的角色一直在被某个人窥视、观察。王家卫设法将我们完全带入电影中,让观众意识到他们处于一个"窥探"的状态。通过摄像机,他为我们提供了一种影像,将客观所见与我们背后的情感联结起来,片子中的角色所见即我们所见,但同时我们也能意识到摄影机所见。这种强烈的对立改变了我们的体验,那种不同主体的相遇,我们既非完全处于角色内部,也非妥帖地置身于角色之外:"我们和他们在一起。"王家卫并不避免表述这些感觉,而是积极去靠近。通过明确手法,展示他对人物角色的操控力:明亮或者褪色的色彩。长镜头里的沉思,或者急速切换镜头。王家卫不仅审视了影像的表现力,还把影像推到了进一步表现人物主观性的位置。

　　通过影像最大化的抽象,王家卫给了角色一种双重性。我们目睹他们的记忆和行为,这不仅是通过对白和零碎的故事来获知的,也通过大量的视觉表达,将我们更紧密地与影片叙事相联结。同样,具有强烈怀旧的视觉表达,也连接了我们与角色的记忆,观众也能随之而想到关于自己的记忆与经历。这便是王家卫的场面调度要达到的最大用意。配色、空空如也的街道、与建筑风格叠合的人物服装、精细地对过去、现在、未来的描绘,向观众展示出角色对他们所生活的那一片土地的幻想与回望。

　　他的另一种方法,就是用镜子把主体的样子(《花样年年》《2046》《重庆森林》)映射出来。在他的电影里,角色总是处于不稳定的探索转变中,来试图探明他们的身份认同,在他们的世界中,甚至回想中,这些角色是流动的,但是通过镜子某种程度上,他们也在尝试塑造出他们本身的身份认同,更进一步他们与自我和解得到某种自我安慰。

　　王家卫似乎在一次次证明,我们总是会改变,我们终究会感受到时间对我们的影响,他者和周遭又如何在我们身上发生作用。当我们历经生活,遇见他人,在新的生活里烙印上旧记忆的模样。如此说来,看王家卫电影,你总会在某个时候改变。

爱是一场青春期的驻足凝望
——观电影《西西里的美丽传说》

□ 何 蓉

海德格尔说过:"诗人的天职是还乡。"出生于意大利的导演朱塞佩·托纳托雷正是这样一个具有诗人气质的导演。在他的电影中,故乡西西里不仅有意大利式的建筑、浪漫的海边风情、纵横交错的小巷和闲适恬淡的生活,那片伟大富饶的土地还蕴藏着丰富的故事和耐人寻味的回忆。这位诗人导演的镜头语言总像一位历世颇深的老者娓娓道来,带观众回望和感受记忆中朴实自然的年代厚度和那段年代中的人特有的情感温度,所以影片总夹杂着一种淡淡的怀旧感伤。这是我喜欢导演托纳托雷的原因,也是我最钟情《西西里的美丽传说》这部影片的理由。

每个人都有童年的印记。影片在淡淡的怀旧气息中讲述了青春期男孩雷纳多的成长和他爱慕的女神马莲娜的悲苦故事。"当我还只是十三岁时,1941年春末的那一天,我初次见到了她。那一天,墨索里尼向英法宣战,而我,得到了生命里的第一辆脚踏车。"影片以雷纳多的内心独白为开场,他生命中的第一个自行车开启了他一辈子难以忘怀的追逐体验。这个关于青春期小男孩对爱的渴望和性的萌动的故事还伴随着一个大的政治背景,就是二战中墨索里尼政权的兴衰。在这个隐形的政治背景下,另一个并行的线索是马莲娜的生活变故以及由"神女"至"妓女"的沉沦。雷纳多以偷窥的方式亲历了马莲娜的所有遭遇,其中男性青春期的复杂心理丰富了主人公雷纳多的人物刻画,虽然从生理成熟到心理成熟的成长过程中不可避免地伴随着阵痛,但是男孩终究完成了到男人的成长洗礼。

爱是一场青春期的驻足凝望。影片开始,这个多国零件配置的自行车似乎赋予了这个穿着小短裤的男孩一种特权和力量。在阳光下,他自由快乐地穿梭于西西里浪漫的小镇,体验着飞一般的快感。与之交叉出现的是马莲娜妩媚性感的穿衣特写,隐约的胴体,性感的丝袜和高跟鞋以及女性独有的身体曲线美都在不经意间勾勒了出来。她是西西里的一道风景,她的行走引来众人的侧目,她的行走引发男人的狂欢,她的美激发了青春期男孩们的心潮萌动,为了享受观看的快感,雷纳多和自己的自行车一起踏上了逐爱的征程。影视作品中的长镜头兼有时空连续性和内部组织的灵活性,对意蕴呈现和情感表达独具优势。导演用长镜头表现马莲娜的美,每一次她的出场都像是一场仪式,在众人目光的迎接中,马莲娜以优雅的步态,平静地穿过。街上的所有人都是马莲娜的忠实观众,和别人不同的是,雷纳多对自己的女神、梦中情人,没有言语的评判,只是伴随在现场的视觉观照。

爱是跟踪和小心翼翼的偷窥。女性在男性的审美文化中,更多的是作为男性"惊鸿一瞥"的关照对象,或是男性"目不转睛"的凝视对象,或是男性百看不厌"秀色可餐"的欲望对象。影片中的马莲娜撩起了雷纳多对美、对性的幻想,他开始心不在焉,开始彻夜难眠,开始翘课逃学。大提琴响起,影片的叙事进入了主题,一个13岁男孩的纯真爱恋由此开始。然而低沉忧郁的旋律似乎暗示了他单恋的最终结局并不美好。黑暗中他独自爬到树梢,悄悄窥视马莲娜房间中的一切。借着望远镜,马莲娜的美被放大,女性独有的曲线美暴露无遗。徘徊于发梢间的水珠,精致的脚踝以及修长的美腿,尤其是马莲娜随着音乐在房间中独自起舞,妙曼的身姿让人魂不守舍。偷窥和跟踪满足了雷纳多对马莲娜的占有欲望,因为只有在偷窥和跟踪时,马莲娜对于雷纳多来说,是专属的私人订制。正如雷纳多在信中所写:"我的心像火一般炽热,但是却没有勇气寄给你,只因我不想带给你伤害,除你丈夫之外,你心中的唯一男人就是我。"这是小孩的认知中对美最真情最原始的告白,这也是人性中对美最单纯的冲动和占有。

爱是幻想、嫉妒和意淫的自我满足。他嫉妒任何一个与马莲娜有正常肌肤接触的人,他精心谋划着一厢情愿式的种种偶遇,而当女神从身边经过,雷纳多深情地回望也说明他们之间的距离,一种难以企及女神的高度不自信。所以他无数次渴望自己长大变成英雄似的人物,能够救自己心爱的女人于危难之中,然而这种英雄救美的幻想随着一个不幸的消息改变了。马莲娜的丈夫牺牲了。雷纳多亲吻了马莲娜,"从现在起我会常伴你左右,直到永远,我发誓,给我一些时间让我长大吧"。他用孩子处理问题的方式惩罚那些诋毁马莲娜的男男女女,用他的一己之力偷偷地为他的女神报仇。他寻求神的帮助,要求神保护马莲娜。纠缠马莲娜的男人越来越多,他的假想敌人也越来越多,最终不幸的马莲娜被诬陷告上法庭,街上众人唾弃,父亲也与其断绝关系。无奈,在西西里,美丽就是一种罪恶。雷纳多站在一旁见证了众人对马莲娜的侮辱、审判和咒骂,面对马莲娜被一脸色相的律师、可恨的牙医侮辱,他却无能为力,只能把气愤出到不守信的神身上。这就是小男孩对于爱的表达,"真爱是不求回报的"。自此,前半部分轻快的主题被沉重的主题替代。

　　雷纳多长大了，小短裤变成了西装长裤，剪头发时也可以坐在成人椅子，这些细节隐晦地表明，他有能力保护自己喜欢的女人了。可此时的马莲娜看不到生活的希望。马莲娜剪掉了长发，画上了红唇，雷纳多看着自己心爱的女人被男人凌辱，眼泪溢出眼眶。我想，对一个爱意萌动的青春期男孩最大的创伤就在于眼睁睁看着自己的梦中情人被欺辱毁灭，而自己却无能为力吧。她一袭黑裙，红色的秀发和鲜艳的嘴唇，眼神不再低沉而故意张扬，马莲娜沉沦了，雷纳多的精神支柱也随之倒塌了。当他进入妓坊，面对着他日思夜想的女神时，却没有了单相思时的冲动，他两眼发愣，小心翼翼，梦想化为现实的速度如此之快，他无法承受。

　　1943年战争结束，同盟国胜利，整个西西里沸腾了。可是女人们似乎为自己的嫉妒找了一个再合适不过的泄愤理由，她们揪出马莲娜恶意地毒打、撕扯、羞辱，在场的男人静默一旁，雷纳多同样在人群中见证着这幕惨剧，快速切换的镜头和乐器声让雷纳多恐惧、不敢直视。终于，声音戛然而止，一只握着剪刀的手从天而降，剪掉了马莲娜的头发，对人性尊严的践踏和侮辱已至顶峰。在这里，侮辱变成了一场革命，一场消灭身体的集体运动。满身血迹的马莲娜捂着身体，疼痛的呻吟和撕心的嚎叫响彻上空，就像是她发出的控诉，她在所有人的目光和身体的暴力驱赶中逃离了这个带给她伤害的地方。

　　只有重返旧地，才能重拾尊严。马莲娜的丈夫尼诺的意外归来为影片的结尾奠定了温暖回归的基调，雷纳多鼓起勇气以写信的方式告诉了他妻子的下落："这里的人只会造谣中伤她，请相信我，你的妻子马莲娜对你忠贞不渝，你是她唯一深爱的人。"小镇上的人们纷纷停下脚步，曾经对马莲娜心怀不轨的男人和女人们惊讶地注视着这对夫妻的归来，马莲娜穿着臃肿暗淡的外衣，挽着丈夫的残臂，两眼低沉，小心翼翼地在众人的注视下回到了西西里，"她有鱼尾纹了，她变胖了"集市上的女人们依旧以此为笑谈，似乎人们只有打击、报复比自己优秀的人使其与自己同样平凡才能罢休，也似乎当美丽在生活中化为平庸，马莲娜才能被世人接受。庆幸的，也是值得上帝宽恕的是，人们说出了他们心底最真实的看法——她依旧美丽，并且主动和她打招呼。马莲娜平静的眼神宽恕了所有人。刹那间，现场凝固的气氛一下被激活，她受到了前所未有的尊重。雷纳多依旧骑着自行车远远注视她，而这次，他主动上前帮马莲娜捡起来掉在地上的土豆，望着自己的女神背影慢慢走远，雷纳多轻轻地道出了一句："马莲娜夫人，祝你好运。"马莲娜回头凝望，并微微点头。虽然她不知道正是这个男孩子促成了她和丈夫的重逢，但是长大了的雷纳多实现了自己的愿望，他不再无能为力，他可以为她挺身而出，哪怕只是捡起掉在地上的土豆。

　　"我拼了命往前骑，好像要逃避似的，逃离渴望、逃离纯真、逃离她。岁月匆匆，我后来爱上过很多女人。她们在我的臂膀中问我爱不爱她们,我都会说:"爱"。但是我最爱的女人,却从未问过我这个问题。"这是爱的自白书,是雷纳多关于自己初恋的真挚回答,也是导演给自己回忆的真挚回答,更是电影对人类的情感的一份真挚回答。艺术是人类情感的产物,真正健全的人怎么会没有情感和情欲,真正的电影艺术又怎会不表现人的情感和情欲呢?

  孩子的世界是单纯的,孩子的眼睛是客观的。影片中小男孩的成长是导演对寡淡的人情社会一种温暖的拯救。导演以这种巧妙的方式,更加对比体现出成人世界的丑恶。因为这一切并不是这个女人的过错,她只是单纯地想活下来,可是却要忍受惨痛的代价,但是同时也衬托出,女主角马莲娜对于生命的尊重。因为一切的遭遇没有让她倒下去。最终,她的宽恕拯救了人性,拯救了美,从这一点来看,这又是一部温暖的、充满大爱的影片。

  西西里孕育了无数动人的故事,作为从西西里走出来的电影大师托纳托雷,他的电影以儿童视角为我们展现了生命最初的萌动,无望的幻想,虔敬的珍惜和无能为力的一声叹息,他的镜头触摸到了电影的灵魂——人最本真的"爱"和深层的"美",就像片中的雷纳多,每个人的回忆中都有一段不可碰触、不能玷污的净土,那里盛放着回忆中璀璨的人和事,每当夜深人静,总会和着忧伤的调子,低声浅唱。

阴郁黑暗中的一缕阳光
——剖析影片《偷自行车的人》

□林聪聪

　　作为一个喜欢猎奇的新世纪人,黑白片是我极少去碰触的,因为总感觉到黑白电影给人一种压抑、晦暗的感觉。或许是看惯了太多酷炫、魔幻、重音响交织充斥眼睛与耳朵的彩色电影,偶尔拿几部黑白片去观看,反倒平添了许多乐趣,留给了我许多的思考,《偷自行车的人》便是其中的一部。

　　《偷自行车的人》是意大利新现实主义电影经典之作,世界电影史上十大不朽影片之一。它以洗尽铅华的简练情节,深刻的社会批判笔触反映了战后意大利的社会现实。影片反映了第二次世界大战后意大利首都罗马萧条的经济以及人民困顿的生活面貌。男主人公瑞奇好不容易得到一份贴广告的工作,但要求必须有自行车。妻子卖掉了陪嫁的床单买回了自行车。但在瑞奇第一天上班的时候,自行车就被偷走了,他带着儿子布鲁诺千方百计地寻找,但最终都因无证据而失败。绝望的瑞奇打算偷走一辆路边停靠的自行车,却被车主当场抓住,并在儿子布鲁诺面前被打。等车的儿子目睹这一场景哭喊着请求车主放过父亲,车主看在儿子的面子上放了瑞奇。瑞奇被儿子牵着手走在回家的路上,落日的余晖照在他的脸上,不禁潸然泪下。

　　影片中大量使用中景、远景去刻画人物,描绘现实,展现生活本真,把社会的残酷与人们对于生活的无奈展现得淋漓尽致。影片一开始的一个中景,鸣笛的公车、吵闹的叫卖、晦暗的阳光、破旧的房屋等便把当时社会的萧条与没落展现在了观众的面前。为了能有一份养家糊口的工作,几十人围挤在一起,听从一个人的工作安排。这时候导演用了仰拍镜头跟俯拍镜头两种镜头来展现当时上层人士(权贵)对于底层百姓的蔑视。居高临下形成了一种压迫感,给人一种极为压抑的感觉。即便是后来的瑞奇盼来了工作,走到了人群的前面,他也不敢同分配工作的人站在同一台阶上,而是选择站在台阶的下面,表现了人们对于上层人的畏惧。像瑞奇一样有工作经验并且拥有自行车的人很多,但他们并没有得到工作,这表明当时社会竞争激烈。

　　处于社会底层的人们,渴望通过劳动来改变自己的生活。为了能得到这份贴海报的工作,男主瑞奇说服妻子卖掉自己的嫁妆来换取一辆自行车。在买自行车的时候,其中的一个细节让我印象深刻。当他在等候推自行车的时候,看到隔壁一个职员拿着妻子刚刚当掉的床单往货架上放。瑞奇的眼睛就紧盯着看,直到职员爬到上层的第二格把它放下,他才收回了目光,推着自行车与妻子离开。我想那个时候的他是想等赚了钱就把它赎回去。一个普通人、老实百姓或许都是这样的看法吧。

　　对于未来,贫穷的他们仍然是充满希望的。贴海报的第一天,儿子早早起床把爸爸的自行车擦得干干净净。儿子布鲁诺因为屋内光线太暗而把窗户打开,一家人都为买了自行车而获得一份工作而高兴,妻子还特意为两人准备了蛤仔煎的早餐。儿子在走之前看了一眼躺在床上几个月大的妹妹,因为怕风吹到妹妹而又返回屋中把窗户关闭。这一举动直击我的内心,这是一个善良、可爱、有爱心的小男孩,在孩子的世界里,仍然是充满阳光和温暖的。整个家里几天来阴郁黑暗带来的寒冷和绝望都被这一缕阳光温暖起来。

　　一缕阳光过后,随之而来的便是倾盆大雨。在瑞奇兴致冲冲地开始工作的时候,自行车就被偷了。他不停地追赶、奔跑、寻找,却早已不见了偷车贼的踪影。当这个老实人抱着希望去警察局求助时,警察给他的回应是自己找,根本不去理会他的无助,因为他不能够了解一辆自行对于这个家庭来说意味着什么。警察的冷漠让他看不到希望而选择自己去寻找。当阴差阳错好不容易追到认识偷车贼的老人时,瑞奇这个老实人并没有立刻将这个老人打一顿或者送他去监狱,而是恳求他能告诉自己偷车贼的下落,然而老人拒绝并逃跑。这个老实人再一次失望了。在他好不容易碰见偷车贼并抓住他的时候,这个偷车贼上演了一幕假装病倒的戏码,招来了当地的警察。虽然抓住了偷车贼,但苦于在偷车贼的地盘,而且警察迫于众人的压力,并未对偷车贼做任何的行动,而是劝瑞奇不要再来了。这个老实人抓到小偷却无法要回自己的自行车而使他彻底的崩溃绝望了。

　　他与儿子并肩往回走,一大一小的背影与瑞奇刚丢失车子时与妻子从会场往回走的背影相呼应。丢失车子的时候他是失望的,经过一天的寻找他绝望了。两个一大一小、一瘦一小的背影给人的视觉上带来了一定的冲击。他们显得是那样的落寞与无助,他们是普通的公民、是老实人,却得不到关爱、感受不到希望。

　　瑞奇和儿子在寻找自行车的过程中来到一家饭馆吃饭,这是布鲁诺第一次进这么豪华的餐厅。在这里,当布鲁诺看向富家的小姑娘时,小姑娘以同样的眼神回敬。然而当布鲁诺因为不会使用刀叉而直接用手抓起来吃的时候，富家姑娘眼中露出了鄙夷与不屑。这就是电影对于阶级冲突进行的深入刻画。当崩溃的父亲因偷车被抓，小男孩惊恐地冲入人群拉他的父亲，看着他父亲被打，他请求别人放过他的父亲，在他世界中仅存的那点美好瞬间也化为乌有。他不停地擦眼泪，不停乞求别人。即便是在几个小时之前这个老实的孩子还因为莫名的话语被父亲打了一巴掌，但在这个时候却护在父亲身前，拉着父亲的手。这个老实的孩子，那么小就出来工作，社会中的阶级冲突与残酷的社会现实，让这个孩子过早面对所要承受的苦难与艰辛。

　　不管是瑞奇还是偷自行车的人，他们都是可怜人，可怜之人必有可恨之处。生活和现实逼迫他们走上了犯罪的道路。社会不公平、不平等的待遇是让生活在社会底层的人们走上犯罪道路的根源。社会的两极分化异常严重，使得穷人更穷，富人更富。它使得社会弱势群体处于社会的最底层，不断地受到压迫和剥削。在电影中，我们可以看到不同的社会阶层：男主瑞奇一般的失业者，偷自行车小伙子一般的犯罪者，老乞丐一般的无业者，警察一般的社会管理阶层等等。各个阶层形成了一个金字塔式的社会分层结构，即在小小的规模内形成的在财富、权力垄断的社会上层与极大规模内的贫穷、无权的社会最底层。在这样的一个社会模式下，老实的普通民众也受到极为不公的待遇，犯罪也就显而易见了。

　　这是新现实主义电影，是对生活的再现，没有激烈的冲突和特别精彩的镜头，没有奇迹、没有灾难。生活就是这样的，唯有这样的生活却给影片平添了几分悲剧的色彩。生活，不消灾，不解难，却给人彻骨的寒冷。它集中代表了新现实主义的美学特征。影片触及意大利下层社会的生活，深刻反映了意大利的社会现状。其结构巧妙，演员的表演自然，使得影片看上去真实且富有亲切感，如同真的发生在自己身边一样。影片中没有眼泪，却比后世大卖苦情的作品更加令人痛彻心扉。现实主义的电影总是包含导演对于现实生活背后的深层次的思考。面对如此残酷的社会现实，人们该依靠谁？是政府？还是上帝？也许除了自己，其他任何人都无法依靠，自己的路终究要自己走完。幸运的是还有那么一点点来自亲人的温暖支撑，让那些"老实人"还能有所依靠。

对 话

全球化语境中的中国电影
——西北师范大学传媒学院"六艺论坛"之一

□徐兆寿 杨 青 孟子为 陈积银 李燕临 石培龙 尔 雅 杨光祖 赵丽瑾 任志明 黄淑敏等

主办单位:《当代文坛》编辑部 西北师范大学传媒学院 甘肃省当代文学研究会
地点:西北师范大学传媒学院
时间:2017年5月4日

全球化时代中国电影的突围之路

徐兆寿

(西北师范大学传媒学院院长、教授、博导,甘肃省当代文学研究会会长)

这个研讨的题目是我临时定的,因为目前中国电影最大的问题就是这个问题。我在准备个人发言的题目时,想到了很多问题。

一、何为全球化?谁的全球化?

是以欧美为中心的全球化,还是多元共存的全球化,还是以本地域主体文化为中心而自足的全球化?目前显然是以欧美文化为中心的全球化。后殖民主义文化就是全球化语境下的产物。反抗强权、反搞同质化、反抗中心主义,这是后殖民主义的特点。美国的萨义德是一个代表,他提出的知识分子概念以及东方主义概念都是出于对强势文化的一种反抗。中国的张承志也是一个代表。他们俩都出身于伊斯兰文化,这是很有意思的。目前中国有一批学者也提出重述亚洲等概念,也是一种反抗。中国政府提出的"一带一路"更是在这种语境下产生的新的全球化思想。

二、影响的焦虑

中国文坛曾经为中国作家不能获得诺贝尔文学奖而产生过很深的焦虑,自从高行健(法国公民,但是中国语境)和莫言,尤其是莫言获奖后这种焦虑才得到稍稍释放,但仍然存在。主要是意识形态的焦虑。电影界这种焦虑很大很强。中国电影何时才能获得奥斯卡电影奖?中国的大片何时才能赶上并超越好莱坞大片?新闻舆论的助推进一步扩大了这种焦虑。它形成中国电影发展的一个心坎。如何释放焦虑、脱敏并克服焦虑,是当下中国电影界的大问题。

三、立足本土,守真全身,对抗全球化,寻找新路径

这也许是目前唯一的出路。世界洪流,浩浩荡荡,多数人都是跟着大势走,所以便形成中心,形成文化圈。世界在公元1500之前是一个多中心的全球化,但这是从今天已知的世界看的,从当时的世界看,还是在往一元化方向走,天下只有一个中心,多个副中心。所以,那时的中国是东方的中心,而希腊和罗马是西欧的中心,印度一度是中亚的中心,后来便成为世界的副中心。海洋大发现以来,世界的中心在欧洲,后来美国居上。很

多文明在这种文明的殖民化中消失了。如玛雅文明、阿兹特克文明、印加文明等。中华文明会不会这样消失呢?这是一个巨大的问号。有些人说消失也没关系,是大势所趋。但我们是否考察过那些文明消失后的土著民是怎样的遭遇吗?

迟子建的《额尔古纳河的右岸》就写的是鄂温克族人在丧失自身的文化后的漂泊情境。他们成为人类文明的流浪者,像乞丐一样漂泊在世界各地的大街上。

故而,唯有自觉、自省,在重振自身传统文化的基础上,有效地吸取全球优秀文化,有机地生成新的文化。作为全球大国,中国有着古老的文明,应当及早自省。亡羊补牢,为时未晚。

四、电影的突围之路

电影要在传播中国传统文化、呈现中国人的生存现状和精神焦虑,以及体现中国美学等方面进行探索,呈现给世界不一样的优秀文化,才能赢得世界的尊重和认可。那么,我们就要回顾过去的电影路径是否存在问题。近年获得奥斯卡奖的伊朗电影《一次别离》是一个很好的启示。近年来韩国电影的路径虽然是脱亚入欧,但也是可以借鉴的。

张艺谋式的寻根,呈现中国人丑陋的生存现状要从两个方面去看。一方面传播了中国文化中丑陋的一面,使中国形象大大受损,但另一方面要从艺术的角度来看,他在那个时代是勇敢的,是坚守了先锋精神的。从长远来看,他要革新自己,重新去拍既有中国风格又具全球化思维的作品。

贾樟柯也有共同的特点。

这是艺术家的良心。

但从另一方面,我们也呼吁像《战争与和平》《约翰·克利斯朵夫》书写民族精神的伟大之作。电影也一样,应当有正当的精神建树。

中国电影该表达什么

杨 青

(《当代文坛》副主编)

刚才我的收获非常大。我算是一个电影的爱好者,但对电影了解不多,我们杂志有个影视话的栏目,这个栏目开展起来之后很难收到高质量的稿件,所以导致我们只做编辑,但是最终的结果,我被教育的不够,还不如今天参加这个研讨会的收获那么大,我过去是学现代文学,学诗歌评论的。2008年四川地震,因为个人原因参加志愿者,慢慢接触心理学习,我 10 多年学精神分析,看中国电影,我觉得从精神分析层面看到中国电影,中国电影以什么为景象?他的景象的来源在哪里?我提出一个疑问。他的内容是在表达中国人吗?表达中国的文化吗?比如电影的成长他的父亲母亲来源是在哪里?我刚才听任老师讲,在 1949 年以前,中国的电影在这个方面非常清晰,他表达的三毛流浪记他的精神来源很清晰,导致刚才徐老师说话的有边界我们看得很清楚,我们知道这个故事讲什么,说什么,表达什么人的命运,他的技术来源他的结构他的对白,这些技术是来自西方。很快跟中国的文化之间做了一个非常好的融合。

我觉得刚才光祖说了一个重要的词语,即当下的电影处于一个精神分裂的情况下,他们不知道他们要说什么,他们的景象是分裂的。和大家商榷我们整个中国的面貌是不是一个精神分裂的面貌,我们自己说话我们自己信吗?这个来源于一个大的"他",来自社会最有权势的力量,他不一定来自政府来自那里,也可能是文化,也可能是其他的原因,但是总体来说,现在是不是处于这样的分裂的状态。

我们讲全球语境下的中国电影,中国电影是什么?要提供什么?首先是娱乐,然后是价值观,但是我们去研究这个,如果看这个美国电影的话,实际上我觉得他的所有的大片里面隐藏了没有的价值观点,我们说大片实际上才叫主旋律意识形态,为什么,他的这个意识形态,就像石培龙老师说的儿子的状况,他儿子一张白纸进入社会他没有被意识形态化,为什么选择看这个,从另外一个反面提醒我们,我们电影提供的价值观有没有全球化的背景?为什么在价值观上有影响世界的价值观,为什么走到今天我们不被我们自己的小孩认可,这是第二个疑问,还有是观众接受美学这一块。我参与过编剧的工作,我觉得批评编剧有点委屈,在编剧的过程中有很多东西不能碰,在内容的选择上,案件、现在连小三都不能写,如果你要写小三一个悲惨的命运。我们就说这个叫角料,你上面有一些导演,对于编剧他比你强,他可以改你的本子,制片人可以改你的本子,原来制片人是做后勤的,现在制片人"你这个不行,不接地气"。我们想从接受者的角度来说话,底气在哪里?我们现在有什么样子的底气?这是三个疑问。

电影是讲故事的

孟子为

(西北师范大学传媒学院教授)

我看的中国电影很少,屈指可数。以前上大学的时候学校老放一个电影,叫《原野》,这个电影到现在都不再演了。现在的一些看得少,这几年看的片子是李杨的《盲井》,在国际上得奖的时候看过。还有看过一些民间拍摄的电影，如吉林大学的研究生拍摄的《田园荒芜》。其中《盲井》是根据真实的新闻故事改编的。这种电影把基层故事表现得淋漓尽致，比如最现实的就是在电影当中的一些青年，没钱就偷，这些都真实反映了当下基层一些青年好逸恶劳的生存状况，我还跟一些演员说过这事，认为这个片子说得比较真实。而《田园将芜》这个片子就是在全球语境下的真实的中国电影。我们国家很多农村都只剩孤寡老人，农村的状况不是很理想。4月29日我刚从会宁乡下上来，就我所看到的农村的状况比资料里面还要悲惨。我去的村庄里面只有一个女人，而我就以这个女人为主人公拍摄了纪录片，叫《只一个女人》。在这个只有一个女人村庄的邻村里只有十个人，这十个人里年龄最小的都已经58岁了。

在没有看到真实的情况之前，"空巢老人"对我们来说是一个笼统的概念，而《田园荒芜》将这个概念具体化和可视化。在片子中，主人公将他的女朋友带回老家，回到农村后，主人公患老年痴呆的奶奶却认不得自己的孙子。农村里还有一个五岁的小孩，没有人教，在片子中骂人的脏话，成年人都说不出来。村子里面到处都是垃圾，房子没法住，破败得一塌糊涂。我印象最深刻的一幕是：主人公带着他的女朋友去上厕所，上农村的旱厕的时候蹲在那里，而另外一个男人也蹲在外面等着，十分荒蛮。把我们农村破败的现状用镜头语言表现得淋漓尽致。这是我看了之后印象和感受比较深刻的。当然我也看《夜宴》和《英雄》，而看过之后我觉得这些都是糟蹋钱财。就比如在电影中，主人公同时射了三支箭，这三支箭比美国的精确导弹还准确，三支箭支支都射中，这不是神话故事这是什么？这简直就是成人版童话故事。

而反观伊朗电影。伊朗电影大多是小成本制作，三五百万就可以拍出来，说它是电影，更不如是偏向纪录片。比如《一次别离》又得一次奖，还有最近的那个《推销员》。在这个电影中那个推销员的故事看起来很简单，但其中流露着平淡平凡的真情，加上演员的演绎，让每个人都能引起共鸣。我们国家都把伊朗电影当作艺术电影来播。我认为伊朗电影成功是因为故事好。我们现在对电影的投资那么大，但拍出来的片子却不像伊朗、日本的那么好，主要是因为故事讲得不好，片子里面没有故事，或没有把故事说好，问题出在剧本。平时在看电影时，注重的不是里面情节是细节。如《入殓师》中，主人公的父亲刚开始不理解主人公的做法，最后主人公还是把他的父亲有尊严地美容。我老想着，我为什么不爱看中国电影，我不知道，票房电影哪里来的那么多的数据，你要看《长城》中的什么？我们老是说，中国电影的最大问题是把现实的社会问题回避了，老是讲过去的故事，这个是要命。好像我们从来没有情感的东西，我们不也管现在的东西。所以现在我们拍出来的片子，都带有马屁的味道。我们在学校观摩过一部电影，叫《腊月的春》。这个电影太理想化了，片子中一个没有上大学的小孩，需要五万块钱来给自己的亲人治病。

而参加县里面的歌唱比赛正好就可以得到五万块钱。村里面的机场由县委书记都帮着建成了，联村联户的时候还把自己的钱垫上，太理想了，我觉得电影放在 20 世纪五六十年代还好，现在就太幼稚了，哪有那么圆满？所有的问题都一下子全部解决了，村庄里面的解决了，家庭里面的解决了，联村联户连干部的都解决了，真是一个大圆满的结局。我觉得我们现在的片子跟成人卡通一样视觉上好看，但是内容上差别太大。

电影的功能是什么，是树立一个国家的形象。美国的片子中会讲一些美国的普世价值观，所有看过的中国人都学会了，人家的民主价值观就对我们有了渗透。而反观，我们的电影却没有塑造好我们的国家形象。在《红高粱》有一个情节，酒酿不好，主人公就对着酒撒了尿，结果酒的味道一下子变得极好。这跟魔幻现实主义作品一样，我们的作品离现实主义这一块太少了，关注现实的太少，我们所有拍出来的片子走不远的理由就是没有故事。伊朗随便拿出一个小孩做主人公的片子就越看越有意思。像《我朋友的家在哪里》就是好电影。中国现在的电影我确实觉得不好，甚至有很多人本身就经历了复杂的事儿，却没有把电影拍好。

而看国外，有些人却能把自己复杂的经历拍成较好的电影。我认识一个外国人的腿是被炸残了的，他以自己的真实故事为本，拍摄了《20 支香烟》。他这个电影是一个树立国家形象的好电影。最初这个人在英国巡回表演，后来回到意大利之后没有事儿干，就去伊拉克战场上去拍摄战争。在最开始，他穷极无聊，百无聊赖的时候接连抽了 19 根烟。在他刚要抽第二十根的时候，突然发生了爆炸，而他的腿就被炸残了。当地人把他抬到车上送医的时候，往车上也放了一个伊拉克的小孩，小孩就被放在了他身边，这个小孩也是被炸到了，但是当时已经死了。而那个时候，这个人不顾自己被炸伤的腿，抱着小孩，颤抖着嘶吼"谁能来救救这个孩子！"一直在嘶吼。这一刻他的人道主义关怀就为他的国家树立了一个形象。而在《盲井》中我们可以看到我们对国外的妖魔化，而这些却都是以真实的新闻事件做出来的，可见国家形象树立的重要性。我的时间到了，我认为全球语境下的中国电影被肯定的只有 10% 左右，不被肯定的却占到 90%。

中国电影走出去的三大困境

陈积银

（西北师范大学传媒学院副院长、教授）

当前，中国电影无论是在票房收入上，还是产量上，抑或银幕数量上，近年来都保持了高速增长，而且可以说中国已经成为一个电影大国。但是，中国当前绝对称不上是电影强国。2016年,中国电影在海外市场的票房收入还不足40亿元。我们做一个中亚的影视方面的中国形象研究项目,在调研过程中发现,中亚人很少看中国电影。中亚和我们这边比较近,还有很多人是我们陕甘宁过去的,和新疆接壤的,他们一部分(东干族)还流淌着我们的中华民族的血液。但是和中国电影相比,他们更愿意看美国和俄罗斯的电影。

中国电影在国际上的话语权和他电影"大国"的地位严重不相称。这具体表现在:中国电影在国际电影市场的排片率不高、票房收入过低、国际观众过少、国际影响力有限等方面。本人认为,目前,中国电影在国内热热闹闹,在国际上却冷冷清清的局面与我国文化走出去战略严重不符。造成这种局面的主要原因有以下几点:

其一,中国电影的国际思维不足。国际化思维意味着影视作品拍摄的角度应站在全球人类发展的立场上去思考,意味着在演员的选取上应该是国际化的,意味着情节的安排、拍摄的场地也应该是国际化的。在全球公映的美国的影视作品中有许多对于人类命运的关注,对于地球未来的关注,然而中国的影片中这类影片过少。不能站在全球或者整个人类发展的立场上考虑问题,甚至有许多影片刻意描写民族仇恨,这样的片子只能在区域传播,不能登上国际舞台,得到世人的赞叹与褒扬。

其二,中国电影的高科技含量严重不足。2016年美国电影持续在国际上引领风骚。其中科幻电影和动画电影最受北美影迷的喜欢。其中2016年在北美最叫座的四部影片《海底总动员2:多莉去哪儿》《星球大战外传:侠盗一号》《美国队长3》和《爱宠大机密》(每部片的总收入都在3亿美元以上)的科技含量都非常高,可以说当前中国国产片在此方面难以望其项背。中国的影片和好莱坞、印度的部分影片相比,它们的动效技术含量是我们永远达不到的。他们的特技和特技效果里蕴含着现实逻辑,但是中国的影视作品中这方面做得比较差,甚至出现了"手撕鬼子"的抗日神剧。有人戏弄中美的影视作品拍摄现状为"美国电影就怕被看出来是特效,中国电影就怕看不出来是特效"。

其三,中国电影讲故事的人性化关怀不足。和许多文艺节目一样,当下中国电影讲故事的技巧为很多人所诟病。其中一个主要的原因就是说中国电影不会讲故事,叙事生硬,有些影片的叙事甚至非常政治化。尽管中央一再提出要"改文风",甚至将文风和党风联系起来。但是这种改进还需要一个过程。西方文化总体上特别讲究以人为本,强调个性的展示与张扬,中国文化总体上强调和与共性,因而中国的电影讲故事的过程中对于人性的需求方面展示不足,尊重不足。由于这种叙事方法很难让外国人认可,所以,我们生产的电影当然在国际上难以有生存的空间。

中国电影对外传播现状分析及对策思考

李燕临

（西北师范大学传媒学院教授）

首先感谢杨青老师在百忙之中来到我们传媒学院，给我们营造了一个很好的学习交流机会，今天就《全球化语境中的中国电影》这一主题进行研讨，这个主题很大，在这我仅就全球化语境中的中国电影对外传播策略做些思考。

全球化是源于金融领域的一个概念。当下，这个流行词汇在诸多领域都显示出强大的阐释力和深刻的影响力，对于中国电影，无论是从传播媒介的角度，还是作为一种文化产品，或是一种艺术形式，在全球一体化的背景下，应对好莱坞大片的强势来袭，如何提升中国电影在国际市场上的占有率和影响力，加强中国电影的跨文化交流，是我们每个传媒人都应做些思考的。

我们知道，中国电影自1905年的《定军山》以来，已经历了110多年的历史。中国电影之初是记录戏曲、记录文明戏，发展至今已形成了异彩纷呈、声势浩大的新格局。据统计：2016年，中国电影全国总票房达到457亿，国产单片票房过亿元的达40部，而银幕数突破了4万块，超越美国而跃居世界第一。2016年我国共生产电影故事片772部，动画电影49部，科教电影67部，纪录电影32部，特种电影24部，总计944部。从查找的这些数据中看出，中国电影市场仍保持高速发展，电影产业已迈向新高度，开始具备向外输出的一定实力。但我们也看到：相比像美国这样占主导地位的电影强国。中国电影才刚起步，表现出外冷内热的状态。我们知道：中国电影每年产量多，但走出去的少；参加国外公益性活动多，但进入商业院线的少；中国电影进入国外艺术院线华人院线多，但进入主流院线的少。在2016年全球市场电影总票房收入排行榜前50名中，中国影片仅占了2部（《美人鱼》《西游记之三打白骨精》），而其他48部影片都是美国电影。

中国电影对外传播影响力薄弱原因体现在"中西文化差异导致作品解码折扣、西方文化的歧视与偏见导致文化误读、受众内容偏好、思维方式差异导致商业价值缺失"。基于这些原因，在全球化语境中的中国电影的对外传播与交流需要抓住新的历史契机，及时理清传播理念，找到个性化的传播路径。

第一个思考是发现和挖掘高质量中国电影创作题材，加大合拍片开发力度。

在电影的题材内容上，国内外有很大差别，需要突破中国电影在对外传播过程中存在的题材狭隘、类型单一、思维差异等文化折扣。加强中外合拍的积极探索是减少文化折扣、实现中国电影国际化传播的一个有效途径。中国电影通过与美国电影合拍,可以从中学习和借鉴"世界制作,全球市场"的大运作模式。在创作题材上,寻找中国电影对外传播的突破口,选取全球共同关注的话题,将具有普遍意义的价值观,如平等、自由、公正、博爱等人性共通的元素融入影片,找到与世界普世价值契合的成分,引发海外观众的情感共鸣。另外,还需注重本土特色题材的深入挖掘,除了中国武侠、历史事件、典型人物、神话传说这些反映我国五千年历史积淀,已赢得了良好传播效果的题材,还可从反映中国的时代变迁、地理风光、当代中国人的精神风貌中挖掘更多、更好的创作题材。全球化语境中,中国电影得依靠走文化竞争力和文本竞争力相结合的道路,以拓展对外传播的深度与广度。

第二点思考是电影传播手段数字化、网络化,拓展中国电影的对外传播渠道和传播效力。

据统计,至2016年12月,中国视频有效付费用户规模已突破7500万,这个数字是美国市场的9倍。2017年中国视频付费用户将超过1亿甚至更多。当下,互联网已成为影像生存、扩大传播、价值引导的重要媒介,移动媒体时代的到来改变了电影传统的传播方式,数字技术成为影视传媒发展不可或缺的技术支撑。众筹电影、网络预售、弹幕电影、大数据电影等不断呈现,从创作投融资、作品内容、确定档期、策划预测、放映样式等电影创作及营销的方方面面,都体现出了网络对电影的全方位影响。

目前有一批内容精彩、创作优良的中国电影作品就是因为播放平台与渠道的缺乏,严重限制了对外传播。因此,有学者提出"建设属于自己的海外院线网络;加大电视网络的投资力度,创建有国际影响力的海外电视频道;要重视视频网站在中国电影海外传播中的窗口作用;要注重对新媒体传播平台的开放和应用"的传播策略。另外,中国电影可通过积极参加国际电影节、国际影展、国际文化周等活动,以此引发公众、媒体、电影专家的更多关注,这可以说是拓展中国电影对外传播渠道和传播效力的一种好的方式。

第三点思考是注重中国电影的后期产品开发,形成完整的电影产业链。

在好莱坞产品中,有一个完整的电影产业链。中国电影获得高票房之后,其版权应进一步多层次开发,让电影走向电视,走向家庭影院,形成网络版权,形成卡通图书,最终实现更好走向海外,形成完整的电影产业链,这对于提升中国电影的传播效力和经济效益都具有积极的作用和深刻的影响。

我们从很多数据中都可以看出,中国作为拥有世界第二大电影市场的电影大国,在国际上的话语权和产生的影响力当下还很薄弱,面对现实,需要我们从对外传播的视角对中国电影的发展做更多的思考。

中国电影为什么走不出去

石培龙

（西北师范大学传媒学院副教授）

前面李老师提到了中国电影在这两年的一些数据。从票房看,中国电影似乎真的可以和国外大片平分天下了。但我认为,这些数字并不值得骄傲,不说票房造假,仅从质量看,我认为那就是钱多人傻的结果。大量资金涌入,但能够有票房的不到20%,剩下的没见光就死了。即使是那些有票房的,也是昙花一现,过了播放期就没人看了,只能畅销不能长销。为什么这么说呢？我举一个自己身边的例子。上个月我上初二的儿子买了个爱奇艺的VIP,但一个月下来,他看过的中国电影只有两部,一部是《西游降魔篇2》,一个是《再战铜锣湾2》,其余的全是美国大片,他宁愿看美国90年代拍的一些片子,也不愿意看我说的这两年中国票房好的一些电影,如《九层妖塔》。他从小在中国文化环境中长大,但为什么不愿意看中国电影呢？因此,用中外文化差异来解释中国电影走不出去没太大说服力,归根结底,是中国电影太差了。

在我看来,中国电影烂的原因,主要有以下几个方面：

一是编剧问题。首先,中国太缺乏优秀的编剧了,中国没有成熟的编剧培养体系,许多编剧都是作家出身,编不出适合电影的好故事。一个《西游记》翻来覆去改编足以说明我们编剧能力的薄弱。其次,中国编剧地位尴尬,不重要,无论是导演、制片人甚至演员都可以改变编剧的故事,更不用说电影审查机构的指指点点了。最近美国编剧们正在罢工,他们一罢工,传媒业的老板们就急了,就要和他们妥协,我们的编剧和他们比,力量太弱了。

二是内容问题。中国电影没有全球性故事、全球性的人物形象、全球性的视野,怎么向外传播。我们大量的电影似乎很精英主义,但需要注意的是,中国电影要想成为中国形象的代言人,要想对外传播,只能依靠商业电影,艺术片不行。我们许多人对精英主义的东西很迷恋,但那些东西根本进入不了国外受众的视野。我们有几千年的精英文学,但看看西方,谁看中国的那些古典名著,当前可以看到的是,正是精英主义者们看不起的中国网络小说在西方传播得风生水起。因此,我们要了解西方普罗大众的口味,要生产具有全球性传播能力的中国电影才行,像《建国大业》那样的中国大片,西方人能看懂吗？而我们拍了那么多战争题材的电影,有哪一部能像《巴顿将军》《拯救大兵瑞恩》那样被不同文化背景的人接受。说到底,我们的电影太中国了,外国人看不懂或不爱看,我们的电影没有全球性视野、全球性故事、全球性人物形象,看看好莱坞大片,那些英雄们,面对的是核危机、生态危机、环境灾难,这些问题是全球性问题、是全球性主题,故事自然具有全球传播能力。

无法摆脱的焦虑:好莱坞一直是全球电影的中心

尔 雅

(《兰州交通大学学报》编审,西北师范大学传媒学院兼职硕导)

我简单地陈述一下我的观点。今天我们讨论的话题是全球语境下的中国电影,这是近年来学术界普遍讨论的一个话题,也是我们在电影界经常面对的一个问题。我主要说两点:一是好莱坞电影一直对全世界的电影产生影响;二是中国电影一直停留在模仿和学习的阶段。

第一个问题其实是一个常识性的问题。好莱坞电影从它诞生到今天,在全世界一直产生着巨大的影响,好莱坞一直是全球电影的中心,无论是商业片还是电影类型中的B级电影或者独立电影,它都会对全球的电影生产和制作以及电影观念产生不可忽略的影响。比如,意大利的青少年对本国的历史文化一无所知,对美国文化却能够津津乐道。再比如,评论家提到的关于英国电影的状况,有这样的说法:世界上没有英国电影只有美国电影中的英国元素等等。法国导演吕克·贝松拍摄的《第五元素》《尼基塔》以及《圣女贞德》等电影,其实都加入了非常浓厚的好莱坞元素,也同时意味着牺牲了很多欧洲化的表达。这些作品恰好在好莱坞受到欢迎。电影界有句非常有名的评论:欧洲导演以最坏的方式成为好莱坞导演。因为欧洲电影和好莱坞电影在艺术观念、表达方式和各自的文化传统完全不同,但为了获取更大的全球市场,很多如吕克·贝松这样的欧洲导演就必须以迎合的姿态来取悦好莱坞。

我最近看的一些好电影,大部分是欧洲电影,这些电影也给了我同样的感受,可以佐证前面的观点。我以看到的两部电影为例。一部叫作《柏林暗影》,二战题材的电影,讲述一对德国夫妇的儿子加入希特勒的部队,作战阵亡。这对夫妇就在柏林偷偷散发传单,传单内容有"希特勒是骗子""不要相信希特勒的谎话"等等,他们因此受到纳粹的追杀。电影根据真实事件改编。我注意到电影拍摄中的很多手法,包括讲故事的方式恰好是好莱坞风格。我再举个例子,我前天看了一部叫《悍女》的电影,是德国和比利时合拍的电影。电影讲述一个女性的命运,片中女性的父亲是一个疯狂的牧师,他以神的名义对他的女儿不远万里到处追杀,包括精神和身体上的摧残和杀戮。电影的题材非常震撼,按照我们一般的线性结构来分析,故事并不复杂,类似于复仇模式的故事结构,同时带有惊悚风格。但在电影中导演有意识地将结构分为四段,并打乱讲述的顺序,成为3、2、1、4这种结构。这种讲故事的方式能够营造强烈的好奇,引发观众们的期待。很显然,这种方式也是向好莱坞学习的结果。

这是我前面说的一个问题,下面我要谈的问题是中国电影的整体水平较低,目前大部分电影还一直停留在对好莱坞或者西方电影的模仿和学习阶段。孟子为老师前面提到的《腊月的春》这部电影,当然有很多的缺点,水平仍然偏低,但是从甘肃电影的整体状况来说,这个片子是目前我们甘肃拍摄的最像样的片子。这部电影的剧本写作我一直参与评审,据我所知,这个本子至少修改了四次,拍摄的时候请到北京的陈逸恒导演,剧本又进行了较大幅度的修改。从最初的主旋律双联题材,强化了亲情元素。从拍摄成本来讲,回收投资没有问题。这就是为什么我们中国有很多人热衷于拍摄小成本电影,很多小成本电影最终目标是进入央视6频道,一般的拍摄成本是五六十万,但是只要6频道收购了播放权,它会一次性支付100—150万,所以小成本电影的投资还有盈余。我们看到的大部分中国电影,在拍摄、导演、故事讲述、剧本写作等方面都有很多的问题,有些甚至是常识性问题。以我看到的很多作品来讲,中国电影一直是在处于模仿和学习的阶段,如果和全球其他地区的电影水平相比较,仍然有很大的差距。我觉得中国电影的理念和视野有问题,我和很多导演都有交流,坦率地说,我觉得他们读书不够,学养和视野欠缺,这当然是一个影响电影创作和拍摄的大问题。限于时间关系,这方面我就不展开陈述了。

中国电影的产业化和艺术性

杨光祖

(西北师范大学传媒学院教授,甘肃省文艺评论家协会副主席)

我先副末登场,待会让我的老师黄怀璞教授总结。我谈两个问题,一个是中国电影的产业化问题。去年张艺谋拍摄了一部电影叫《长城》,这个电影有很大的争议。对于这个电影,就艺术性而言,我也没有觉得多好。但是我觉得中国这么大的国家,世界第二大经济体,应该有自己的电影工业。我们都知道,电影既是艺术也是商业,电影作为产业,是要赚钱的。美国的一部电影,赚取的票房等于甚至超过我们的一个国企。

电影的发展,有情怀党,有工业党。我们的电影要走向世界,需要情怀党,但也必须有工业党。我们的电影基本都是手工坊制作,缺乏真正意义上的工业电影。张艺谋的《长城》做的就是这个工作，我和我的研究生刘璐合作了一篇文章，讨论这个电影，发表在《中国文艺评论》上，认为它开出了一条道路。不管成功与否，它都值得肯定。《长城》作为第一次尝试可圈可点。

第二，谈谈中国电影的艺术性。我们有好多艺术电影在国际上获奖，确实也有一些好电影。但我们的电影存在很多的问题，就艺术性而言。如果只放在中国之内，我们还可以自慰，但一旦放到世界电影史或电影界，就感到很惭愧。我曾经说："如果我不是一个中国人，就不看这样的烂片。"为什么中国电影在艺术性上很难达到很高的境界呢？

我主要谈四个方面。第一，它在探讨人性上很浅，很少对人性进行深入的探讨。《黑天鹅》对人性黑暗的探索，确实让我们震撼，中国没有这样的东西。其实，每个人心中都有一只黑天鹅，如何直面自己的黑天鹅，是一个很大的问题。这个电影带给我们的思考是深远的。我们的电影娱乐性太强，搞笑之外，很多电影是一无所有，基本就是空洞、虚无。看这样的电影，既浪费情感、时间，又浪费生命。

第二个，电影类型太单一。最多的就是主旋律、武侠片，其他很多类型我们都没有，比如伦理片、恐怖片、科幻片、灾难片、歌舞片等。为什么欧洲电影发达，因为他们的电影类型很繁多。张哲老师那里有很多碟片，我有时去看一下，但很多我看不下去，可能我的心理太脆弱，但是我很佩服他们敢于直面黑暗的胆量，他们的艺术创作。我们的电影类型非常单一。

第三个，战争片。我们有很多战争片，但是很多是垃圾片，我们的战争片在反思战争上非常浅薄。比如美国的《血战钢锯岭》那里面的日军才真正叫日军，血腥、恐惧。这样的电影中国的导演是拍不出的。这个电影让我们有思考。我曾经写过一篇文章《为什么我们没有伟大的战争小说？》。同样参与二战，二战结束后，世界很多国家诞生了杰出的战争小说或电影，可是，我们没有反映二战的杰出小说，包括电影。为什么要反思这个问题，中国导演对于战争的哲学思考太缺乏了。我们的电影从业人员文化素养、思想觉悟太低。

第四个，孟子为老师对当代中国电影的批评，我同意。但我认为，有时候不是导演的问题。我们的电影对于现实的描写非常虚假。刚才孟子为老师说的"比童话还童话"。比如周梅森，他就不是一个现实主义作家，他是伪现实主义。现实主义要直面人生，直面惨淡的人生，正视淋漓的鲜血。我们的现实主义为什么虚假，原因很多，我们古人说，一说便俗；我说，一说便错。

我们很多的电影导演，只是赚地方政府的钱，这个不能当电影看，只能当宣传片看。另外，有点电影，比如刚说的《驴得水》这个电影，我总体上不喜欢，不过有一些片段非常精彩。但是在当下语境中，一说便错。所以，导演给电影披了一个外套，他不是不会讲故事,是很难讲,它对知识分子的反思,对人性黑暗的揭露,我觉得很惊心动魄,但是先后精神风格不统一。我个人觉得《驴得水》是精神分裂片,这个电影一般人看不懂。所以说,有时也不全是导演的原因,其实有很多的原因,单纯地责骂导演不太公平。

互联网思维转变与中国电影发展

赵丽瑾

(西北师范大学传媒学院副教授)

"全球化"语境中的问题考察和探究并不是一个新问题,然而,随着互联网时代的到来、发展,全球化语境下的问题探讨成为一个不断更新的话题和需要不断探究的问题。全球化进程本身与媒介的发展关系密切,因此我认为我们今天所探讨的主题"全球化语境中的中国电影",也可以放在一个媒介的维度进行探讨。

首先,互联网已经成为我们今天探讨中国电影,甚至世界电影发展不能够绕过的话题。以中国电影为例,2014年被看作中国电影"网生代"元年,所谓的"网生代"包含了两个方面的含义:第一,互联网产业及其从业人员介入电影产业,对于电影生产、发行的参与;第二,互联网媒介环境中成长起来的90后开始成为中国电影的主流观众。这一年以BAT(百度、阿里、腾讯)为代表的互联网产业开始全面进驻电影产业,"网生代"电影创造了中国电影前所未有的生态格局和景观。

2015年"互联网+"概念被写入《政府工作报告》,李克强总理在不同场合对于"互联网+"概念的强调更将这一概念提升到国家经济社会发展的重要战略层面。所谓"互联网+"就是利用互联网的平台和信息将互联网和传统产业结合,是对传统产业的在线化、数据化,本质上这是对传统产业的升级换代而不是颠覆。因此,"互联网+"被大多数业界和研究者看作是中国电影产业升级换代的契机。

其次,"互联网+"为中国电影带来全产业链的革新,在全球化语境中,这也被看作是中国电影获得新的增长点和发展机遇的契机。互联网发展使得全球电影发展都不得不面对新的媒介环境寻找新的发展路径,探寻新的发展模式。近几年尽管中国电影获得了票房的井喷式的增长,但是不可否认,中国电影在内容等方面与好莱坞、与其他不少国家的电影发展还有相当大的差距。然而在互联网媒介环境的变化所带来的电影产业发展的新问题面前,全球范围内各个国家站在了解决新问题的同一起点上。如何在互联网时代面对和解决这一问题,将会决定中国电影在未来世界电影发展格局中的位置。

再次,以媒介思维而不仅仅是产业和艺术思维思考是互联网时代我们重新认识电影必要的转变。今天的中国电影市场的主流观众是90后甚至95后为主体的观众,这一代被看作是互联网的"原住民",互联网直接影响了他们认识世界的方式以及这一群体消费娱乐的特点。在"用户至上"的互联网思维下,中国电影创作必然要为这一观影主体服务,中国电影从内容、主题、叙事方式、审美趣味出现巨大转变,使中国电影呈现出明显的互联网基因。这些革命性的变化无不与互联网以及互联网思维直接相关。媒介思维、互联网思维是中国电影在未来生产创作中所不能忽视的因素。

事实上,互联网对中国电影产业所带来的全面的影响是具体细致的,而且它所促发和带动的不仅仅是商业电影。举例来说,互联网所带来的电影的发行和放映模式,带来了艺术电影放映的新模式。过去几乎没有机会走进电影院的小众艺术片,在当下常常能够通过众筹方式与观众见面。这完全受惠于互联网为电影所带来的发展的新路径。

最后,我想说的是,当我们批评中国电影的时候,首先应该区分商业电影和艺术电影的不同特质。我们要为艺术电影深刻的人文思考和社会责任拍手叫好,也不要因为商业电影的娱乐性和大众流行文化属性而叫衰中国电影。毕竟,没有市场的健康发展,何谈全球化语境中的中国电影?

中国电影呼唤更多诚意真心之作

任志明

(西北师范大学传媒学院教授)

当下时代,全球化发展如火如荼,后全球化时代已然来临。在全球化语境中,或者是后全球化时代,中国电影怎么办?我个人认为,除了抓住电影剧本这一基础性的"根本"和电影语言的创造性地运用,中国电影更需要创作出更多富有诚意、真心实意的作品来。

我个人有一个观点,电影语言恰恰是世界通用语,影视语言是电影发明的,是仅次于音乐艺术语言的世界通用语。用这样的语言呈现"中国元素",讲好"中国故事",其传播效果,尤其是国际传播效果可想而知,其国际传播价值更是不言自明。

中国的老一代(第一代至第四代)电影导演们对于电影这一舶来艺术的借鉴与学习下了很大的功夫,在借鉴、模仿、创作的过程中很快掌握了电影语言,进入电影艺术领域,开拓了电影艺术领地并创造了辉煌。而我们当下的电影导演对于电影的语言学习、掌握、拓展,反而走了下坡路,甚至倒退了。比如,拿中国电影的软肋——电影剧本来说,"剧本,剧本,一剧之本!"再高超的技术,再庞大的投资,如果剧本质量、剧本水准不上来,电影创作的整体水准怎么能上得去?

回到电影语言。即使是影视语言的运用,影视手法的创新,我们也不能一味地妄自菲薄。实际上,当我们在崇拜威尔斯这样的大导演时,当我们惊叹于《公民凯恩》的深焦运用和前后景调用时,我们的《小城之春》已经这么做了,并且利用前后景关系将主客观视角内置于同一个镜头中。当我们在佩服意大利新现实主义的电影创作时,我们1937年拍摄的《马路天使》已经这么做了。到了1949年的《表》《三毛流浪记》,就在实拍、偷拍、街拍,就已经把摄影机扛到大街上拍摄了。这样的影视手法、叙事方式、电影语言,中国电影早就在实践,并且已经创作出了许多经典的电影。

因为剧本和其他种种原因,全世界知道的中国电影的秘密就是我们现在的导演不太会讲故事。我就在思考,某某导演你自己讲的故事你自己信不?因为"大多数人只能看到才会相信,只有极少数的人因为相信所以早就能看到"。我们的大导演恰恰应该自己先相信,从而带领观众们去"看",去"看见",去"看到"!我们中国电影曾经不乏这样的大导演,而如今,缺少这样的大导演。同时,中国电影缺乏真诚之作,真心之作更是凤毛麟角。

因此,当下的中国电影创作,更多的是自说自话、自娱自乐、自高自大,甚至是自慰自摸、自作自贱,最后无非是自我毁灭。自娱自乐也行,自说自话也可,自高自大也讲得通,自作自践就让人匪夷所思了。

当然,当下中国电影创作中也有许多亮点,其中一些电影创作可圈可点。比如,对于纪录片创作,我个人充满信心。纪录片更是世界通用语言,类似纪录片《乡村里的中国》这样的创作,是真诚之作,是真心之作,我看好这一类生动鲜活、接地气的影视创作。一流的,乃至于伟大的电影首先都是诚意之作、真心之作,中国未来的电影创作,我们呼唤更多这样的电影诞生。

谈谈中国电影创作面临的几个问题

黄淑敏

(西北师范大学传媒学院讲师)

我的发言正好接上杨老师的问题,刚刚杨老师提出了三组疑问:第一,中国电影的内容是在表达中国人、表达中国的文化吗?第二,我们讲全球语境中的中国电影,我们的电影要提供什么?我们的电影提供的价值观有没有全球化的背景?为什么在全球电影市场上有影响力的是美国的价值观,为什么走到今天,我们的电影不被我们自己的小孩认可?第三,从接受者角度来说,我们中国电影的底气在哪里?我们现在有什么样子的底气?

一、越是民族的越是世界的,我们应该回归传统,挖掘优秀的传统文化资源,以滋养我们当今的电影。

第一点,我们说越是民族的越是世界的,我在讲"文学与文化"这门课时,就联想中国电影的现状,中国文学与文化的两大传统——《诗经》的传统和《楚辞》的传统。《诗经》所开创的现实主义传统和《楚辞》所开创的浪漫主义传统,孔子说:"《诗》三百,一言以蔽之,曰:'思无邪'"。我在讲课的过程中发现还可以加上一句,用"真性情"来概括,"真性情"和"思无邪"这两点是我们搞艺术创作、做学问、包括我们做人做事,必须坚守的一个实实在在的传统。另一个是《楚辞》的浪漫主义源头,艺术创作、创新创意需要丰富的想象力和那种张扬的自由自在的生命力。这两大传统所蕴含的精神,应该是我们艺术创造的本真源泉。我们中国电影在全球化语境中,或者说后全球化语境中,如果要走出去,走向世界,应该回归我们的历史,从历史上优秀的文学与文化传统中去发现和发掘,结合当今的时代特色和时代精神,开阔视野,寻找到真正具有中国特色、中国气派、中国精神的世界性电影。

二、电影是缩小文化差距最好的艺术形式,电影发明之初就显示出其势不可挡的世界性,默片成为世界通用语言。

第二点,前面的老师谈到,实际上在所有的艺术形式中,电影像音乐、舞蹈、美术、建筑一样,是一种通用语言。电影在发明之初是默片,没有声音,有声电影一经发明,就迅速风靡世界,走向世界各国。这就涉及我国早期电影,三四十年代我国早期的一些电影,其艺术水准不亚于世界一流的一些经典影片,《神女》《马路天使》《太太万岁》《乌鸦与麻雀》《小城之春》《一江春水向东流》等等,确实是世界一流水平的影片,至今看起来都不过时。

三、我国现在也不缺乏优秀的电影创作，不缺技术、不缺资金，缺的是人才、理念和观众，有一定文化修养、审美鉴赏力的观众。

第三点，刚才好几个老师说，我们的制作，我们国家电影的质量、水平很差，我稍微有一点不赞同，我们国家在国际上获奖的优秀影片、优秀纪录片并不少，最近我和任老师做民族志纪录片研究课题，发现我们优秀的民族志纪录片非常多，这些束之高阁的具有相当文献价值和艺术水准的纪录片，不要说是引起普通观众的注意，就是我们这些学者也都没有引起足够重视，没有进入我们的研究视野，有很多都没有一篇去研究它的论文。我们可能选出来有几十部，这些影片确实非常优秀，包括我们在国际上获大奖的一些影片，拿到国内来没有票房，叫好不叫座，这个原因就在于我们缺乏具有一定文化修养和审美鉴赏力的观众。我们的教育，尤其我们的艺术专业教育，包括电影沙龙，正在一点点培养这样的观众，培养观众的过程是一个漫长的过程。

四、伴随着国家的崛起，我们国家的电影将会有一个崛起的好时机。

第四点，在当今娱乐至死的全球化时代，我们以高票房引导电影产业发展，刚才李老师也列举了很多资料，我国现在是电影大国。我国电影在模仿好莱坞的叙事模式和商业模式，我觉得只是一个预测——我们的模仿阶段可能即将结束，可能我们中国电影会进入一个辉煌时期，我的判断是依据我们国家的政治、经济、文化目前的大环境，目前大的形势正在发生转变，这是一个最好的时代，我们国家和我们国家的电影面临一个最好的契机，包括现在影视专业教育也已经具有相当大的规模，每年影视传媒艺考的高考生和研究生都在逐年扩大，我们的这些在读研究生可能是未来的希望。我想，伴随着国家的崛起，我们国家的电影可能会有一个崛起的时机。我最近看了第十五届香港电影亚洲投资会的颁奖，是在3月15日，这个投资会为青年导演发展计划提供资助，如果你有梦想、有拍摄计划，你可以申请，评奖入围后，可以获得投资，比如姜文、王小帅等当时都是从这个投资会走出来青年导演，今年是第十五届，可喜的是，25部获奖的影片，有一半是女性导演，如德格娜、英未未等，令人瞩目，我们在座的研究生，有电影梦想、有拍电影计划的可以积极去申请。

学生发言

本科生一：各位老师好！我是本科大四的学生，我刚才听了各位老师的发言，学到了一个"民族化"的概念。我去年十月份听到一个资料，关于中国当代歌剧的发展，他们提出民族化，题材"民族化"的问题放在中国电影里面，我们中国电影是否缺少什么东西？

中国电影为什么"走不出去",原因就是核心竞争力不明显。我们的核心竞争力不是如美国一般厉害的科技,也不是欧洲那样的文艺源流,这些都是他们自身的东西,我们的核心竞争力在于中华民族具有悠久的历史。还有一点,我现在从事戏剧研究,现在英国文化的发展主要靠莎士比亚时期的东西,使现在得到更多的,我们可以想到莎士比亚的著作《麦克白》《哈姆雷特》《李尔王》,现在英国国家排演的时候加入了现实的元素,他不愿运用当时莎士比亚的东西,而是加入现实的元素,我们中国也有那么多的优秀作品,有这么多的文化积淀,中国能不能从这些优秀文化里面去汲取东西去发扬我们的作品。

研究生艾青:中国电影真正讨论的内容是什么,其实说白了,大多数电影讨论的无非是三个方面:一个是人,一个是自然,再就是人与自然的关系。但是无论是人还是自然,对中国文化来讲,都是需要有美感的,就像从前的古诗词或者歌曲。在西方科学介入进来之后那些美感消失了不少。这个之前我没有意识到,我妈妈说那时候她自己在读一首诗,她说科学把诗影响到这个样子,以前我们的美感到哪里去了?以前我们想象的月球是有兔子有嫦娥,现在就是一个光秃秃的球,我觉得也是各方面意象表达更明确,还有一个关于美国满为把一系列的故事打造一个文化系统,包括纳德周边游戏、漫画、动画、然后真人版包括各个方面的主题乐园等等,我们说的西游记已经是这么大的一个IP了,为什么我们没有把这IP比较统一地规划起来,形成一个大的产业链去做一个完整的主题,包括周边内容、漫画等等各个方面,这些我们都没有,现在我们去看到西游记,它要么就是被彻底的妖魔化,为了追求效果,西游记改变越来越偏向于西方化,我们看到的电视剧版的形象非常可爱,但是后来电影上面看到,孙悟空长出了尖牙,瞪圆了眼睛,这个美感消失了。

本科生二:首先欢迎杨老师到来,欢迎您的加入。陈老师说了一个合拍片的问题,这点我们比较关心,做了相关资料的准备。陈老师在发言中说到,需要大量的合拍片,对于这一点我们学生有两点疑问,希望各位老师解答一下。第一个问题是,2014年7月,中国和韩合拍的协议,这个中有韩国指明导演加入中国电影拍摄,比如之前拍摄的《我的野蛮女友》在中国拍摄了《野蛮女友二》,安在旭拍摄的《盲证》在中国翻拍成了杨幂主演的《我是证人》,这几部片子在中国没有引起反响,这些在韩国叫好的作品,在中国面临水土不服的问题,如何解决?第二个还是关于合拍片的问题,2012年中国和美国签订了中美合拍协议,今年的三四月份,这份协议到期,学生有一个疑问,有没有可能中美继续续签,续签的可能性有多大,再者,中美合拍的电影《长城》就是张艺谋指导,作为美国二字的票房保障,发现这个《长城》在美国的认可度不高,这个问题老师如何理解的?

研究生钱璐:作为一个比较爱看电影的90后,我说一下我的看法。我在看电影的时候,所关注的电影其实比较偏向于20世纪九十年代后甚至21世纪后,我对现在全球语境下的中国电影还是比较看好,客观来说,我们虽然烂片多,但也不乏出现一些好片。包括全国各地的影展,我觉得有一些80后导演崛起了,他们已经脱离了那种传统意义的电影的拍摄,他们另辟蹊径,拍摄相对于怀旧的影片,比如《八月》。原来我们不可能看到敏感话题,这个一般是禁的;《我不是潘金莲》挺好看,但如果导演不是冯小刚的话,可能没有人看。据我所知,这部片子审了很多次,这个在以前是不可能的,包括《老阿姨》里面有一段是"文革",占的比重还比较大。

我觉得中国电影对于历史,有一定的延伸和反思,但这个步伐比较缓慢。大家说全球语境,我觉得可以借鉴一下日韩电影,为什么日韩的电影好,首先他脱离了好莱坞的拍片模式,但它在内核上与好莱坞、欧洲电影有一个共性——关注人性。演出来的东西包括社会问题,人性的探讨,比如韩国的《釜山行》,我们说他是一个丧尸片,但它实际上探讨了一个社会问题。包括日本有一个丧尸的片子叫《我不是英雄》,它也是一个丧尸片子,它在里面探讨了社会自杀的问题。我们觉得中国可以挖掘一些人类社会的反思,中国人这么多,故事也多,深度挖掘之后可能会跟业界整合起来。

研究生张亭亭:刚刚黄老师讲,中国有很多在国外获得大奖的电影,比如贾樟柯的《天注定》和娄烨的《颐和园》,这些电影都是很大胆的,但是由于一些原因没有上映。刚才孟子为老师说伊朗电影有很强的艺术性,比如大家都看过的《小鞋子》,其实它也是在讲一个贫穷家庭发生的故事,但是电影中的这个普通民众家庭也折射出了一种社会状态。同样是对于贫穷的刻画,国外的导演更注重人性的探讨,他们把想反映的一些东西放到了一个家庭、一个人的身上,表达得非常委婉。但中国的电影往往表现的是一种直观的生活状态,就是批判社会,这可能就是他们所谓的现实主义。我觉得中国的导演在电影的创作中缺少艺术性,始终走不出那段历史,而忽略了电影的艺术手法。我觉得中国导演的作品应该多一些艺术性。

符号过程,不完整符号

□陈述先 李 红

引子:我们生存的世界无时无刻不充满着意义,为了诠释这一意义,必然要有一个通过符号来进行传递的过程,我们称它为"符号过程"。在这个复杂的过程中,由于一到两个环节符号的缺失,形成单一的存在体,即为"不完整符号"。

2015年11月25日晚上7:30,由李红博士主持的"符号学沙龙第三期——符号过程、不完整符号"在西北师范大学传媒学院教室举行。参加者有兰州大学王君玲博士和祝东博士,西北师范大学马克思主义学院王树亮博士,西北师范大学传媒学院庄金玉博士,西北师范大学地理与环境学院常晓舟老师以及传媒学院研究生和本科生等30余人。

李红博士对各位嘉宾以及在座的同学表示欢迎,他说:"之所以把这么多的学者、老师请到这里,目的是想从跨学科的视角来探讨很多与我们生活息息相关的问题。这些问题,不是事先预设的和某个人提出来的,而是由大家一起讨论产生的。问题来自于碰撞,我们相信,与在座的老师和同学在一起讨论和碰撞,定能够产生很多出乎意料的新问题和新观点。"

活动首先由研究生陈述先做《符号学:理论与推演》第二章的读书报告,然后围绕报告中大家所感兴趣的话题,展开头脑风暴式的自由讨论。

"意义"与"符号"的先后

陈述先同学在读书报告中提到"意义先于符号,还是后于符号"的问题,这引起了与会嘉宾的热烈讨论。结合赵毅衡所著的《符号学:理论与推演》一书,陈述先说:在不在场或不完全在场的前提下,倘若我们在符号传递中得到了最终意义,接收者才会最终到位,意义也无需解释,符号的作用也会因此消失。所以,意义并不先于符号表达而预先存在,而是先有了符号及其解释才有意义。

祝东博士认为:我们常用的语言包含了"意"这一要素。如果把"意"字进行拆分,便是"音"和"心"的结合。上面是个"音",下面是个"心",即指你"心"里面先有了"音",然后通过"音"把"意"表达出来。所以除了"先有符号再解释出意义"外,其实也有另一种可能,那就是"意义在先,符号在后"。

李红博士认为:意义的出现其实构成了一种压力。"我"始终想从"你"的话或是"你"创作的东西中,讨论出所要表达的微言大义,然后通过符号过程的追寻来知道"你"最初的意图。但由于人和人之间的差异太大,同一句话,不同的人理解的意思会有不同。所以,很多时候我们会发现,彼此间的交流其实是一个循环往复的解释过程,以此体现出这种解释的无限性。正如我们在读文学作品时,总是怕误解作者的"意"。于是逼迫自己,一定要对作者进行充分的了解之后,才可明白他最终要表达什么东西。但是,在这个过程中要有一个前提,就是要解释的"符号"是有意义的存在。当一首已成的诗词放在抽屉里无人知晓,从最终意义的实现角度来讲,这首诗包含的个人化的潜在意义,在符号过程中就没有实现。反之,当诗的意义最终实现后,倘若将这个符号过程反推回去,这首"诗"的存在也就有了意义,我们也才知道作者想要表达的东西。

王树亮博士认为:把历史的跨度放得长一点,我们就能看到,当人类通过一种文本来表达自我的时候,整个符号的传递过程都是螺旋上升的。所以在文本、意义和符号之间,我们不能单向地看问题。因为在思考的过程中,我们已经通过文本来建构这种意义,更不必去深究符号和意义谁先谁后的问题。

庄金玉博士认为:我们现在讨论符号过程,其实就要看这个意义是否在符号存在的条件下能够实现,最终目的是一个意义实现的过程,否则就将进入到一个虚无、循环的讨论中去。就算先有意义,还是得有符号为衬托,因为意义和符号有时候是可以互换的。就像一个人做的一首情诗,这里面肯定是有符号的存在。另外,在人体心灵、神经上的表意,其实就是一种"隐性符号"或"个人符号"的传递。

王君玲博士也提出了相似的观点:符号和意义之间始终是相互联系的,意义的不断丰富会促使符号的不断产生。同时,符号的不断产生也会促使更多新的意义出现。即使到最后,符号没有了,意义仍然存在,那也证明了它一定是被别的符号或是跟符号相关的东西所表达。

"文本"与符号过程

赵毅衡所著的《符号学:理论与推演》一书中讲到,符号出现时,会形成一个"合一的表意单元",即称作"文本"。"文本"大多用来解读一些难以分解的符号,譬如多种元素组合而成的图像(禁止吸烟的标志、商品的 Logo 等)。由于需要解释图像中带有的意义,之后,"文本"逐渐被视作"符号组合"。当一定数量的符号被组织进同一"符号组合"链中,并被接收者理解为"具有'合一的时间、意义向度'"时,"符号文本"的概念才得以形成。

那么,符号过程所指向的,究竟是单一的文本意义,还是包括意图意义、解释意义在内的整体意义呢?陈述先同学认为:符号过程所指的是一个整体意义。正如赵毅衡论证的"任何解释都是解释"的悖论一样,在符号过程的一开始,发送者所传送的意图意义就已经携带了文本意义,并包含一种潜在的解释。当发送者将自己的意图通过文本传送到接收者时,文本便成了构建传送者与接收者之间的一道桥梁。虽然最终呈现的是另一种解释,但文本自身的内容并未改变。

李红博士认为:起初在学符号学的时候,我们都会讨论一个问题,就是:上帝是什么,佛祖是什么?假如中间没有一系列文本的解释和仪式的出现,上帝或佛祖也就不存在了。所以,在符号过程中,文本不仅是一道桥梁,它也有一种可被他人解释的意义和努力。当然,有些时候,我们会感觉自己"言不由衷""词不达意",无法表达内心汹涌澎湃的感情,主要是因为文本自身表达意义的能力有限,最终的解释会跟起初的意图意义大相径庭,只有与它关联的当事人才能够充分理解。可是,文本照旧是为了表达内心更为深层次的意义而存在。与此同时,关于"自我"的形成,和内在自我的思维方式,其实也都是一个符号运作的过程。

传送者、接收者与符号过程

王树亮博士认为:接收者在接收完符号后,通常会先去认知、了解这个符号。在这个过程中就掺杂着接收者对于这个符号已有的经历和价值取向。例如某一事物,倘若"我"内心对它的感觉是好的,那么在解释意义的过程中,该事物的客观性已经转换成接收者在主观上的价值判断。很多时候,这种个人经历和价值判断,会影响整个符号表意信息的完整性和真实性。所以,符号的整个过程也可分为"解构"和"建构"两个阶段:接收者初步解释完某一符号后,会根据接收者本人的经历和价值判断,重新建构该符号的"最终意义"。

常晓舟老师认为：人有追求意义的本能，最终的目标就是得到意义，破解的符号随即消失。符号过程的重点，就是在于接收者如何解读发送者发出的符号。就像一个学者或作者，在研究、创作的过程中，提取的素材其实都是一个个片段性的事件，他们接下来所要做的就只是解读而已。

李红博士认为：在符号过程中，传送者所做出的行为或语言，是要向接收者解释其符号深层次的意义。就像一对恋人在谈恋爱，为了表达爱意，男生会运用各种形式来体现。但是，传送者的意图意义要抵达接受者的"真理"是相对困难的。所以，现今人类需要的是一种开放性心理，只有预设了"别人是善意的"这一前提后，开放性心理才能真正起到作用。

联系到佛学的"悟"上，李红博士认为：在"悟"这一符号的传递过程中，虽然没有明确的语言表达，但还是要借助一些符号文本（例如：禅语）进行提示。比如，发送者发出"给你一闷棍，你回去好好想去"的句子，这当中"闷棍"可以算作是一个符号；接收者过了一段时间，突然就明白其中的意义。从个人的体验来讲，其实证明了接收者无论在内心，还是在语言上都有操纵这些符号的途径，这也是符号推演的一种过程。

"道可道非常道"与符号逻辑

老子在《道德经》中写到"道可道非常道"。常晓舟老师认为：这句话不仅指示的是语言，还有文字、形象、图表、电子信号等。根据符号的推演过程，"道可道非常道"中的第一个"道"指的是大道，到了"可道"的时候，之前的大道就已经被符号化了。当"道"被符号化后，我们才可透过领悟达到它的最高层面。反之，如果不写《道德经》，老子讲的那些"道"不通过这些文章来呈现的话，我们永远不知道最终的"道"究竟是什么东西。

祝东博士认为：在符号学中，"符号化"即为"片面化"。老子写到的"道可道非常道"中，"道"也可能是一个终极性的东西。当这种终极性的东西被符号化后，很多除表面意义之外的其他意义就没有显示出来，这些也就不是带有终极意义的"常道"。

李红博士认为：老子所讲的"道"，可以理解成"一"或者是"无"的状态。倘若我们纯粹地从人或世界的本身看的话，"道"就是一个"一"的状态。它在更多的时候告诉我们，如何面对这个世界，如何剔除这个世界当中关于各种符号的"切分"。毕竟，我们观察的是一个完整的世界，一个完整的人，所谓高矮胖瘦的"拆分"也只是跟其他人的比较而已，作为人来说，他就是一个完整的"一"，用一句通俗的话来说"他就是他"，所谓高矮胖瘦都是符号强加在他身上的。

王树亮博士认为：一个人刚开始学习开车，教练会提前告诉你，这段路需要转多少弯儿、打多大的弧度等。在开车前,你都要先把这些信息在大脑中处理一遍,待处理完毕后方可上路驾驶。同理,探讨"道可道非常道"的问题,其实就是一个对符号进行处理的思维过程。当你在感受意义,接触一个新鲜事物的时候,首先需要在大脑中进行符号的推演,自然而然地,它就会形成一个惯性。"符号推演"与"悟道",不能纯粹地说是由于符号缺场,只是变成了被我们大脑所操控的一个内化的常态,最终转化为直接的瞬间反应。

"信号"与不同文化中的理解

赵毅衡所著的《符号学:原理与推演》一书提到了"不完整符号"中带有特殊性质的"信号"。就符号过程来说,信号不是一个完整性符号。但在不同的地方,由于人的理解不同,信号所指示的意义是不一样的。

祝东博士认为:人类在进化的过程中,会失去一些本能。于是,我们在接受一个新鲜事物之前,首先得要有属于自己的知识,譬如在文化方面的一些积累等。只有这样,我们才能带着这个"前见"去观察事物。况且,不同的民族有着不同的文化,不同的接收者在观察同一事物时,最终解释的意义可能会完全不一样。

王君玲博士说:信号是直接反应的。虽然它不需要接收者的解释,却要有明确的前提。比如火车在进站时,通常都会鸣笛。鸣笛的过程中,由于长音和短音所代表的意义不同,接收者会产生不同的理解。一个人做"向下"手势的意义,在国内和西方是完全不同的:在国内只表示方位,在西方则表示一种藐视。所以,符号的意义会因不同的文化背景和规定而改变。尤其是语言为代表的符号,由于具有抽象性,在符号过程中肯定去掉和保留一些意义。"上海"这个词,本身在国内就只代表一个地名,但在国外,像"He is very Shanghai"的句子,据说曾有一段时间里表示这个人特别精明,特别狡猾。相反,如果不懂这个意思的人,可能会觉得莫名其妙,甚至认为这是个病句。所以,在符号过程中,语言符号保留的应该是被大家普遍接受的意义。

李红博士认为:如果把人类扔到狼群中去,他们的思考方式可能不会像正常人一样,毕竟在语言上,狼和人之间是有差别的。再比如看星座,西方人和中国人会有各自的理解系统。所以,生活在不同语言环境中的人,思考的方式也会有所不同。之所以中国人的"曲线"型思维与美国人的"直线"型思维各有不同,主要是因为各国文化间的差异,给予了身处其中之人的主观心理。所以,交流尤其是跨文化间的交流,也是一个循环往复的过程。只有这样,才能体现出符号解释的无限性。

庄金玉博士认为:现今文化的魅力,不仅是你和我之间完全精准的直接感应。符号不完美的复制和传承,通过现今文化的多样性,创造出了丰富多彩的解释空间。否则,这个世界就会变得相当单一。

活动最后,李红博士说:大家的发散性思维,以及所讨论的现象和问题,其实都是鲜活的思考对象。我们的思考不是从概念出发,也不是从某个预设的前提出发,而是无限展开的。所以,漫谈且带有头脑风暴式的沙龙交流,何尝不是一种思考方式。大家在一起,聊到的一些话题可以漫无边际,任何的设定都会人为地禁锢我们思维的边界,这种边界对我们是一个极大的束缚。但是,面对一些散漫无边的问题,我们到底该如何解决?如何集中?这也是今后在符号学沙龙活动当中,需要讨论和解决的问题。

思 潮

当前文学思潮简论二题

□牛学智

"典型论"与社会分层

"典型人物"最先出自文学领域,后来扩展到了艺术的各个领域,是艺术创作中经常用到的一种创作方式。"典型人物"作为一种理论观点,凝结了历代先贤大智的结晶,像亚里士多德、贺拉斯、歌德、黑格尔等对艺术中"典型"的探索,对这一艺术思想的符号化,都做出了无可替代的谱系性贡献。当然,人们公认并熟知的"典型论"的创始人、奠基者则是恩格斯。在《致玛·哈克奈斯的信》一文中,恩格斯首次提出了这一艺术概念,他说:"据我看来,现实主义的意思是,除细节的真实外,还要真实地再现典型环境中的典型人物。"因此一般的典型人物都是孕育在典型环境当中的,而不是剥离后独自存在的。

小说等叙事性文学作品中塑造的具有典型性的人物形象(有代表性的人物),指那些具有鲜明特点的个性,同时又能反映出特定社会生活的普遍性,揭示出社会关系发展的某些规律性和本质方面的人物形象。典型人物性格的共性与个性的统一,表现为非常复杂的状况,究竟哪种性格成分会成为人物的共性,一方面受人物所处的历史条件所制约,另一方面又受到作家创作意图的影响,只有直接体现着时代的特色和要求,又引起作者特别注意,并被用以寄托作者对社会、人生等重大问题的态度和看法的性格成分,才能成为典型性格中反映某些社会本质的东西。因此,典型人物的共性一般都带有阶级性,而且带有某一时代、民族、地域、阶层的人物所共有的属性。

在世界文学史上,一提起"典型论",人们就会不假思索地联想到鲁迅名著《阿Q正传》中的阿Q,它便是辛亥革命前后中国社会中麻木人群中的典型人物;也会不约而同联想起法国作家巴尔扎克,因为其名著《人间喜剧》中创造了葛朗台,他即是真实反映1818—1848年的历史发展中法国的典型人物,如此等等。

一

可是,现在,当社会分层深入人心,并成为人们不约而同对号入座的概念常识之时,恩格斯的归恩格斯,世界的归世界,甚至鲁迅的归鲁迅,巴尔扎克的归巴尔扎克,而我们好像完全不需要这些,我们只需要"文化",甚至仿佛只需要属于自己阶层并只能由该阶层提供心灵慰藉的"鸡汤文化"。美其名曰:这个东西能填平沟壑、抚慰伤痛、抹平差距。这是我看到的最刺耳的一种理论叫嚣,当然也是最有害的一种思想观点。什么是我们所需要的文化,他们并不去费心思阐释,他们只在乎莫衷一是的"身份危机";甚至什么是真正的危机,他们都无暇眷顾,他们只在意一个自说自话的个体怎么能利用别人并把别人如何变成梯子的所谓苦衷。也就是说,本来养了一缸鱼,看着其中的一条奄奄一息,不去测试鱼缸里的水质、鱼食、空气等是否有问题,而是一把抓起鱼,面壁思过,拷问鱼的心灵世界是否出了问题。也如同某些诗写石头,观看或体验的方式方法倒不少,隐喻、转喻、借喻、短句、截句、一次性喷发等等,可是呈现在读者面前的时候,既感受不到所写的是石头,也无法体悟写石头的人的存在,更无法知晓石头作为对象进入诗歌结构到底能给予现有审美经验什么冲击。

我不太清楚我们在什么时候、什么语境、什么价值,以及在什么样的理论批评家蛊惑下开始钟情"内在性体验"的,我只知道在加拿大哲学家查尔斯·泰勒《自我的根源——现代认同的形成》一书中是这么说的:我们把我们的思想、观念或感情考虑为"内在于"我们之中,而把这些精神状态所关联的世界上的客体当成"外在的";或许我们还将我们的能力或潜能视为"内在的",等待将在公众世界中显现它们或实现它们的发展过程。对我们来说,"无意识是内在的,我们把妨碍我们对生活进行控制的未说出的深度、不可言说的、强烈的原始情感和共鸣以及恐惧,视为内在的"。正因为"内在——外在"的对立,"内在性"才值得去观照。我也只知道德国哲学家黑格尔在《美学(第一卷)》直陈"内在性"的内涵:"如果主体片面地以一种形式而存在,它就会马上陷入这个矛盾:按照它的概念,它是整体,而按照它的存在情况,它却只是一方面。"意思是,只有通过外在的努力,才能确保实现这内在的。至于法国著作家乔治·巴塔耶《内在体验》一书就更不用说了。它虽然把"内在体验"视为"唯一的权威,唯一的价值",但别忘了它立论的前提,即专辟一章来批判"教条奴役(与神秘主义)"的用意,在他那里,毋宁说,教条奴役或神秘主义,本来就是实现内在性的天敌。那么,他力倡的内在性体验,其文化功能究竟指向什么,也就不言而喻了。

　　恕我直言,我国当前文学批评语境中"反本质主义"可能是导致"内在性体验"的直接后果。随着《文学理论基本问题(第二版)》(陶东风等主编)、《文学理论》(南帆等主编)等等的相继出版,也随着"日常生活审美化"与"审美化日常生活"的日益深入,文学观念的相对主义和虚无主义几乎覆盖了所有版面,它们差不多都是在反本质主义的麾下完成的。作为理论,对新生现象的梳理无可厚非。当然,破与立,本来也是新理论生成的一般规律,无须大惊小怪。问题是,一到创作赖以存在的现实社会,你尽管可以假定没有什么唯一的、权威的甚至非如此不可的本质理论或意识对人的影响与塑造,然而,恐怕不能一概认为当下人之所以如此,只是人本身的原因,而没有任何外在力量的反塑造——如果真这样,差不多所有人都被绑到经济主义价值战车并且唯权与势马首是瞻的局面,就是个谎言。非但如此,更要紧的是,只要如此前提成立,"内在体验"可能仅仅沦为一场梦话,那与第二个人又有什么关系呢?

二

　　闲话休说,言归正传。这里我想重点强调的是当下小说创作仍需强化"典型论",而不是有意淡化或弱化。原因有三:一是满篇迷迷糊糊、莫衷一是的个案"文化"样本,铭写与记忆的其实不是"身份危机"或者别的什么危机,而是使身份产生危机或使别的什么确定性产生动摇的渊薮。申明一点,此处的确定性不是宗法秩序乃至宗教群体的灵异体验,而是个体从传统社会"脱域"之后,"再嵌入"现代社会时所必备的人的现代性诉求。作为一种强烈的意愿,现代性诉求在我们这里不是"过剩"了,该"反"了,而是严重不足。切莫把吉登斯、贝克等社会学家基于民主文化内部全面展开的"第二现代性"现实依据,针对"第一现代性"提出的"现代性的危机"概念,张冠李戴拿来解释我们传统社会转型过程中因现代社会机制缺席而产生的特殊价值错乱现象。二是人人都"内在性体验",

"内在性"实际成了某种神神道道、疯疯癫癫面向道山的邪幻知识生产，它也就不具备基本的世俗性特征了，充其量是一些世俗生活之上的浮游物——离成为个体还远着呢。三是如此打造的千人一面的"个体"，其稳定性极差，盖因没有共同体的思想支持，一旦遭遇近焦距镜头，将会全线崩溃。《三体》《北京折叠》一类作品的不时出现，其冲击力之大，已经部分地证明了这一点。

下面我稍微纠缠几句，举几个正面例子来略说一下今天"典型论"仍需强化的理由。

小说《白鹿原》中有个田小娥，电影《白鹿原》中也有个田小娥，当然是同一个人物。但有了电影，此田小娥已非彼田小娥了。电影中的小娥，虽然也很计较进不进祠堂的事，可是她的身体一旦被利用和消费，连她自己也都不见得意识到祠堂对她究竟意味着什么了。小说则不大一样，田小娥与祠堂、白嘉轩与白鹿原，是棒都打不散的一个连体。没有祠堂，就没有田小娥的命运；没有白氏家族，也就没有此时此刻的白嘉轩。田小娥、白嘉轩的思想魅力，全仰赖于祠堂与白鹿原这个典型环境，反之亦然。高加林、刘巧珍或孙少安、孙少平分别是路遥《人生》《平凡的世界》中的人物。这些人物的内在性不比当下小说中的内在性差多少，但为什么人们每遭遇现实就能想起他们，而且这种联想又不是搞笑化、小品化了的所谓"屌丝""草根"所能涵盖？就是因为前者能牵动一个时代整体性的社会巨变和巨变中普遍个体的遭遇，而后者只寄存在社会分层中的某一层，是文学类型化的一个产物，它本身没有蕴含饱满的能撕裂社会结构的能量，即是说按照作家叙事的个人化经验，它们只是一个内心世界需要关注且主体性缺失的存在者而已。内心世界需要关注，包括个人道德素质需要提升，是一个老话题，提升个体、塑造个体，什么时代都必要；但个体中包括群体甚至阶层遭遇，就大不一样，它只出现在现代社会，特别是社会分化剧烈的当下，可谓"亘古之未有"。

接续20世纪八九十年代思潮而来的人物，当然各色各样，名见经传的也不乏数量，可是能留下深刻印象的恐怕也不多。在这不多的人物画廊中，我想，涂自强肯定算一个。涂自强如果还健在，今天也不过中年的样子。今天时代一个底层社会的中年人，活得如此艰难而无助，在他短暂的一生中，他丰沛的内在性体验非但没能如期帮助他度过一次次难关，反而他好像最终也栽倒在内在性上了。而这一点，从文学的情感感染力看，好像是文学的初次发现，其实不然，优秀的社会学早以故事化形式完成了。只不过，通过涂自强这个典型符号，再度强化了社会断裂的严重后果，它呈现了社会学所不能呈现的文化政治真相，涂自强一生重要生命流程，缺失的就是最低限度的社会保障机制，他意义世界的最终坍塌，也基本缘于此。这一角度，方方的"批判现实主义"这一"典型论"，是与中国现当代文学史一脉贯通的。阿Q如此，祥林嫂如此，孔乙己如此，倪吾诚（《活动变人形》，王蒙）、庄之蝶（《废都》，贾平凹）、曾本之（《蟠虺》，刘醒龙）、带灯（《带灯》，贾平凹）、茅枝婆(《受活》,阎连科)、马垃(《人境》,刘继明)、村长(《上庄记》,季栋梁)、卓尔婉与丁香婵(《越秀峰》,升玄)等等,亦复如此。如果首先建立不起它们存在的典型环境——孟官屯、西京城、曾侯乙尊盘(器物)、樱镇、受活村、河口镇、某医学院与医院,这些人物连同他们携带着的思想观念,均无从谈起。"70后"李浩《父亲简史》与徐则臣《耶路撒冷》等,之所以能引起一般读者的广泛关注,也是因为"正确"的历史已历经现实主义,新写实、新历史主义,日常生活等洗劫,要坐实父辈及祖辈的苦难史,个人经验已经十分不够,《父亲简史》变换的多样叙事手段,一言以蔽之,不就是为了研究"正确"之所以一直统摄"70后"一代大脑的"知识考古"吗?这是把知识作为典型来叙事的另一新颖典型论。同样,《耶路撒冷》的经验恐怕不是作者写了理想与拯救,而是用一篇中心人物事件加一篇专栏文章的 1+1 结构,如此既便于直陈核心事实,又可广泛勾连社会背景,在处理现实生活的经验时,拥有了认知的跨度。"70后"的个人经验,融入截至目前的陈忠实、路遥、贾平凹、刘醒龙、阎连科、刘继明等人的思想方向中去,构成了有效的"接着说"。从最初的社会分层,到今天的阶层固化,这一批文学人物的执着与动摇、恍惚与确定、无奈与洒脱、轻信与迷乱、狂热与理智,无不铭刻着我们置身其中社会内层的纹路,它是整体的、普遍的,却又是局部的、偶然的。总之,社会结构对个体的作用力,最终才形成了如此个体,而不是相反。人作为目的来表现,而不是作为文化手段,这是今天社会人们对文学的根本需要,也是"典型论"最擅长的语境规定性所决定的。

三

大的方面说,当代文学也是一个特殊的"典型论",它是社会学不小心遗漏的一块荒芜之地,它也是政治经济学亢奋话语不屑一顾的致命细节,更是文化产业不拿正眼瞧的人文软肋。

这里似乎有个误区需要加以说明,泛泛地看,叙事类文学不可能没有典型人物和典型环境,并且也不存在何样的典型人物和何样的典型环境的问题。强化"典型论",是因为文学面对的社会环境发生了根本性变化,如果仍以一般的人性论、批判论和转型论、城乡二元论、类型论来观照现实,城镇化牵动的微观社会阶层乃至行业集团内部具体分层所形成的固化就会成为文学的盲区。要说文学思想的整体性丧失,其实就在这里发生。我不明白,人们普遍对文学摇头,原因究竟在批评家还是作家,但经过一些仔细研读发现,多半原因可能在批评家那边。第一,今天的批评文章非常繁盛,几乎是先有批评文章后才有作品,当以上提到的几论赫然占领大小版面之时,实际支撑作品的"典型论",顿时被消解了,给人的印象反而是文学性好像只能是大而化之的那么几条原理。第二,诚如前文所言,今天不管哪个代际的作家,一上手基本都是扑着"文化"而去,写半天,其结论不外乎找情节、细节为自我确认赋形,全然不顾个体发展所需的政治经济支持。理论批评在这个写作流水线中,非但很少质疑,反倒多为推波助澜之作,好像认为不管什么文化,只要有很多人认可,就是"文化自觉",紧接着文化包治百病的意识形态便形成了。岂不知,正是理论批评的顺水推舟,不但制造了批评的虚假繁荣,而且严重遮蔽了使文化成为问题的政治经济学根源,文化以及文化叙事反而成了赤裸裸的消费品,它的价值指数、精神航标,就此被窒息,它能动于现代文化与现代社会机制建设的启蒙功能,也就因过于分散而显得非常羸弱了。

《越秀峰》也许读者还比较陌生,不妨以此为例对这个意思稍作解释。

卓尔婉与丁香婵同为医学院毕业生,也同在某医院就业。卓尔婉出身农村,一直被浓厚的宗法文化所熏染,因为弱小,从小便养成了"想要强大必须多点心眼、敢于制造潜规则"的价值取向。这样的一个性格养成一遭遇机会,潜能便被激发出来了,会来事,知道怎么摆平上司,这对她来说几乎顺理成章,于是她得到了她想要的,算是跻身到了"成功人士"队伍,这对她来说是常理。丁香婵家境没那么悲惨,但也好不到哪里去,可是,她有差不多的文化环境,也几乎从小就知道什么是自重自爱,对于医院的那套"潜规则",她是懂也装不懂。当然,她也没那么纯粹,消费主义那一套她倒是掌握熟练、得心应手,类似尝尝鲜之类的事,她也没少干。不过,她的确不愿通过"潜规则"实现那个所谓的"成功"。这是两人的区别。很难说,如此不同选择,是他们自主的价值判断,也很难说摆在她们面前的就现在这一条路。摸索小说叙事经络,作家不过力图聚焦那么一种个体与环境的关系。在这关系中,读者才会明白理想、信仰一类东西,实际上早已被比理想、信仰更强大的东西所揉碎、消解,剩下的只是如何求得基本的生存权的问题。这样的叙事,可不好随便当作一般的官场小说来读,也不便当作通常所谓"于连式"道德堕落样本来审视,毋宁说,它是权力无处不在的象征。这与我们兴冲冲大谈特谈"内在性"好像太不合拍了。事实证明,这一种典型现实,正是芸芸众生无法伸张其内在性诉求的本质性限制。没有"典型论"作支撑,《越秀峰》就不可能集中力量,如此透彻地讲出剧烈社会分层中底层人物基本道德伦理和基本理想信念的散架过程,也就不会拨开罩在所有人面前好像个人真是为个人负责的虚假"成功""励志"故事,进而探到社会结构肌理深处指出社会机制本身出现严重病症——正是它,才是几乎所有精神文化病源的思想见地。比较之下,那些反复复制个人"内在性"经验和不厌其烦强化普通个体道德素养并把这个东西当作文学全部的文学观,是多么的狭小、局促与苍白啊!

转述这些想说明什么呢?说明的是现代性在我们这里还基本未曾扎根,其主要原因之一是我们的多数文学缺乏聚焦探讨一个问题的微观视野,或者说微观视野被不着边际的人性批判打散了,丧失了在现今具体社会结构深处打量人的能力,导致之于一个具体的人,现代性诉求是什么的问题一直悬而未决。就是说,之所以现代性或文化现代性能够能动于当前分层社会,其主要思想能量就在于它在超越一般"反映论"的基础上,或在通常"文学源于生活,又高于生活"的逻辑上,发现了分层社会及如此分层最终被固化的内部运作程式,处于下端的、底层的社会及个体与处于上端的、高层的社会及个体,成为有尊严的社会机制和有尊严的个体的条件,才有了来自外部因素的保障,也就为无主体性个体成为主体性个体在认知上提供了意识保障。避免了用经济份额占有的多寡衡量道德基数本来就不均衡的道德主义、情感主义文学观,给经济社会本来已经变得非常苍白的审美主义逻辑结构一种整体调整的机会——生成现代性个体,本就是对宗法社会文化、新强权经济文化的革命。在现代性个体及其同时产生的文化氛围中,俗称的"官场文化""潜规则文化""陈腐道德伦理文化"等其实只是一个现象"流",而不是本质和"源"。这样一种"典型论",也就不再只是对旧有传统农村典型环境典型人物命运、遭遇的服丧式道德喟叹,也就不再只是对新生城镇典型环境典型人物价值、意义的缅怀式复归,而是基于迫在眉睫的现代文化、现代社会机制、现代人的觉醒的隐喻式、修辞式、象征性召唤。虽同样是处理"典型",它也就更加关注社会化中的内在化,它的叙事指向,也就更加具有普遍意义。《越秀峰》的确没有过长的历史流程,但它凝聚了一个个体与其环境之间共同生长共同腐烂的机制本身。毋庸讳言,特别是近年来,类似理想、信仰的叙事,实乃是把"典型论"推向文学边缘的始作俑者,结果造成了文学力量远逊于社会学的现实,《沧浪之水》(阎真)、《越秀峰》(升玄)一类适合并有效作用于当前社会分层的作品,于是好像反而成了既断之香火。这是被官场小说、一般人性批判叙事反复改造的作家,需要集体反思的社会现实问题;也是被分层社会粗糙打扮、进而把文化看得包治百病的批评家,需要集体反躬自问的时代思想难题。

四

"文化叙事"看起来好像跑得非常快,看成色听口气差不多已经走到"反现代性"的程度了。然而,忠实的文学读者,始终考虑的不过是文学与自己的血肉联系。这个自己,可能是鲁迅说的浙江的一条腿上海的一条胳膊,也可能是赵树理的"二诸葛""三仙姑",亦可能是农村底层者眼里的"茅枝婆",或者是维权群众特别愿意交心的"带灯"……我想,再怎么高估,对于热衷文学阅读的人来说,不大可能是谁也弄不明白的大同小异的"内在性"以及由此相伴而生的什么"时间观"。死的哲学问题,凡人没法预言和规划,生的问题和如何生的问题,倒可能是凡人特别上心、希望多了解的主要议题。即便"内在性"屁股后面或许还会带个长长的尾巴,诸如"丰富""复杂"之类。从单纯的认知角度看,毕竟,文学阅读不是使人更糊涂,而是使人更清醒,乃至更觉醒觉悟的过程。

而要实现这一朴素愿望,或曰底线目的,哪怕推到后现代也没关系,作为方法和价值期许,"典型论"非但不过时,而且仍需强化,特别是在当前剧烈的社会分层语境中,格外需要突出和重视,文学的微观启蒙功能才不至于被其他因素所淹没。

"个体危机"与作为内在性机制的"文化自觉"

谈到危机,很多人会不假思索想起"文化自觉"这个词。想起这个词,当然有它理论的和现实的判断作为依据。费孝通先生正是在对全球化背景与国内文化形势的宏观估计之下,最先提出"文化自觉"并系统论述的学者之一。

费老在1999年9月30日写的文章《"文化自觉"与中国学者的历史责任》,言简意赅地阐述了他基于两方面考虑,提出"文化自觉"这一概念的用意。在国际背景上,他说,在此之前,他已经发表过一系列文章,它们包括《从马林诺夫斯基老师学习文化论的体会》《反思·对话·文化自觉》《读马老师遗著<文化动态论>书后》《孔林片思》《人的研究在中国》《人文价值再思考》《中华文化在新世纪面临的挑战》,以及《中国文化与新世纪的社会学人类学——费孝通、李亦园对话录》等,这些论述文章基本收录在《全球化与文化自觉——费孝通晚年文选》(外语教学与研究出版社,2013)一书。"21世纪"及人类在21世纪怎样才能和平地一起住在促进相互理解、宽容和共存的教育体系;"一国两制"及"冷战意识"下资本主义与社会主义不再是对立的,左右分明、互不相容的,而是可以并存,即是说中国文化特点中的包容性的继续发展,理应是西方文化特点及形成的体制机制弊端的互补和参照。在国内文化基本判断上,费老特意提出的中华民族形成过程中的"多元一体"理论,以及从古代中国文论"和而不同""推己及人"等提炼出来的"各美其美,美人之美,美美与共,天下大同",所要着重解决的正是生活在一定文化中的人对其文化的"自知之明"。也格外强调,"自知之明"不是"文化回归",更不是"全盘西化"或"坚守传统",其核心为"增强对文化转型的自主能力,取得为适应新环境、新时代而进行文化选择时的自主地位"。当然,他"晚年文选"中的另一批文章,可视为对"文化自觉"的再思考和补充,大的思想框架自然也不会超出以上两个基本背景,都是为全球化大家庭和中华民族自家文化份额的争取,如何适应新环境、新时代,以及如何在新环境、新时代中自主选择,是其不变的观点。自主选择、自主地位、自主能力等,也就成了"文化自觉"的关键词。

一

作为宏观观察中西方以及以中国为单位的大概念,如此文化框架,无可厚非,我们也确实无处不于如此世界及国内文化结构关系之中。特别是对于世界文化格局来说,中国文化的确不能丢掉自己的特色而存在。当然,王富仁先生近年也对此有精到论述。他从"化"的实践意义和实际效果指出,进入中国文化内部的永远是"西方话语",而不是

"西方文化"。"西方文化"吞不下"中国文化","中国文化"也吞不下"西方文化",但"中国话语"(像"忠""孝""节""义",像"文化大革命")和"西方话语"(像"科学""民主""现代主义""后现代主义")是可以在不同的文化圈之间穿行的,是可以进入到其他民族的语言中并成为这种语言的一种外来的话语形式的(《"西方话语"与中国现当代文化》,《文学评论》,2014年第1期)。王富仁的这一研究,实际上推进了"文化自觉"的镜头焦距,启示我们应该在更微观的、更具体的个体人的生活观念、行为取舍中去看待"文化自觉"现实价值的得与失。

这一层面考虑,小说家毕飞宇的短篇小说《相爱的日子》(《人民文学》,2007年第5期),差不多是从具体个体的角度体现"文化自觉"程度的典型文本。目前中国社会个体,尤其青年个体究竟该怎样自主选择,或自主选择究竟是怎样被终止的问题,该小说都有细微的呈现,弥补了一些理论论述的不足甚至盲区。该小说发表距今已逾十年之久了,在这十年当中,无论国家政策的宏观调控,还是我们的微观日常生活,都发生了我们曾根本未及预料的变化。2006年减免农业税、十二五、十三五规划、开启一带一路、实现全面小康、中国梦、新型城镇化、供给侧等等,虽不能完全说是在"文化自觉"理念下展开,但恐怕也不好说我们是全然不顾及"文化自觉"的。甚至有些其实还是专门冲着解决好各种危机,包括文化危机而来的。既然有这样的一个价值预期,类似《相爱的日子》里暴露的人的重要问题,尤其是进城打工青年人的价值趋向问题,就不能不首先提到议程上来思考。

《相爱的日子》的故事情节其实相当简单,写了一对同乡青年男女大学毕业后,留城打工、"恋爱"、同居乃至不得不分手、各找各的归属、各寻各的阶层依附的事。先指出这对青年男女相同而普遍的底层遭遇:一是他们是老乡,可谓地域共同体、语言共同体、生活共同体和信仰共同体。这样的一个共同经历和共同文化习惯,他们之间理应有的财富差距就被抹平了,即是说,她们之间没有了通常人们认为的那些道德鸿沟和身份危机。他们之间的和平相处乃至发展成为爱情,是受到我们的传统文化支持的。二是他们同毕业于一所大学,可谓知识共同体和价值共同体。虽然他们并非营务同一专业,但在校期间的确经常走动,是"说话""聊天"的伙伴,这意味着他们在相互深一层次的交流沟通中,得到了对既有身份的确认和双方对未来不确定身份的预想。三是他们居然也留在了同一城市,双方打工的场所估计也不太远,这就为相互照料创造了条件。当然,根据小说的叙事,这对青年打工者,尽管在各自的人生历程中有过不完全相同的勾勒和描画,信息表明,他们在求学途中、寒暑假返乡过程中,乃至平时一般性交往中,更多的是作为老乡身份出现在众人面前。正是这一老早就被社会化了的身份,加速了他们之间关系升温质变。特别是走向社会的时候,有点像有些社会经济学家所说的"内卷化"趋向,即交往圈内卷化、就业内卷化、职业取向内卷化,如此等等,都为他们提前准备好了成为一家人的前设条件。

　　小说写到这一层,当然仍是常识中的常识,至少这类普遍社会现象已经过多出现在社会学调研报告中了,没什么奇怪的。小说真正让人惊悚的发现在于以下几个方面:其一,这对青年没有什么意外和悬念,终于完成了"恋爱"、同居的过程。不过,这个一般男女关系的发生与发展,准确说,应该叫姘居。两个人干的都不是什么体面活,特别是男的,在菜市场装卸菜,这活儿似乎要比装卸肉类看上去干净,但总的来说,是起早贪黑却又朝不保夕的营生。作为大学毕业生,男的倒是没有碍于面子的尊严感,也差不多是深知自己的阶层处境的缘故,无怨无悔。然而,正是如此境况,本来两人可以搬一起住的,他心里的小算盘提醒他,还是留点退路为好。于是,就这么着,几乎从开始,男的就不怎么奢求女的对自己产生真爱,仅是同居,又因为良知告诉他,女的更需要照顾,这仿佛也成了两人之间心照不宣的"约定"。其二,这个"约定"成立的那一天算起,女孩也就不再把男的当外人,她们在行床笫之事时甚至都可以谋划未来。这未来主要是女孩将来该嫁一个什么样的人的策划。其结果是,经过量化考量,两人一拍即合终于决定与某个年收入在十万、离异且带有一小孩的已婚中年人建立家庭。小说中说,之所以这个决定如此之简单,原因就在于这个郝姓男人收入还比较稳定而已。其三,也就是最揪心的一点,这两人看上去仿佛真是"同床异梦",其实不然,长期的切肤厮磨,他们原是有着深爱的。只不过,因为现实生存的考虑,这种爱不得不转化成性而存在。他们在严酷现实面前,回收了爱应有的恣肆与放浪,也消化处理了爱应有的自私与排他性,他们几乎用他们坚强的克制力窒息了爱只停留在性,情只停留在关照层面的异常痛苦、异常压抑、异常尴尬的关系。不啻说,这对准恋人,正是极具普遍性地表征了我们这个时代,城市物质生活基数普遍升高后,年轻人出让爱寻租爱,进而生活在精神极度荒芜的世界真相。这个世界里,他们不是通常所说的道德伦理文化的堕落,也不是信念理想的坍塌,更不是自我的分裂,他们所经历和将经历的只是深一层的自我瓦解。眼下和未来的新型城镇,也将是无真爱可言的冰凉的城堡。

　　到此为止小说也就结束了。读这个小说发现,在整个过程中,打断青年男女的根本不是文化差异,他们之间没有人们经常说的文化危机;也根本没有观念差异,他们之间也没有来自价值的冲突。非但如此,他们其实是如此的理解和包容。

　　那么,是什么呢?不言而喻,是生活的稳定性。

二

　　现在可以回到开头所提出的问题了。从世界格局讲,"文化自觉"的确是为了给经济后发展的我国争取属于自己的发展秩序。只有正当输出我们已成为传统的文化价值理念,我们存在的合法性、合理性才能得到更广泛的认同,这没有任何问题。从国内看,特别是从近年来进入改革开放深水区的社会结构来看,各民族的确需要贡献自己的文化,以确保我们文化发展的多元。尤其是能给我们以稳定性、持续性的道德伦理文化,更加需重视,这也没有任何问题。问题是,当这些有形无形的文化,仅存在于文献学或文论层面的时候,即当它们与新生的社会阶层互不照应的时候,或者说,上下阶层的流通被生活稳定这么一个最低限度的要求强迫终止的时候,在意义世界、价值世界、道德伦理世界之上,怎么协调并确保个体最基本的爱的机制问题呢?

　　文化传统主义者或许会认为,小说中的女孩欲望太多;简单的现代主义者也许会认为,女孩不够有尊严;文本后现代主义者大概还会理直气壮地支持女孩,乃至于把女孩的这种行为认定是"自己为自己负责"。如此等等,几乎有多少主义,就会有多少答案。可是,对于具体的女孩和具体的男孩,稍微稳定的吃住行,的确是她们生命中的第一要务;而从社会力量发出的确保具体女孩和具体男孩成为真正恋人的稳定的机制,的确才是她们放飞理想和梦想的切实条件。在这个基础上,你才能坐下来体味"文化自觉"之于《相爱的日子》,究竟意味着什么。

　　至少,我们所赖以存在的文化秩序,并没有消散,这对男女青年之间,并不存在相互嫌弃的因素;我们的信念世界也并没有因为经济指数的猛烈上调而坍塌,在同一阶层内部,话语也有着强度感染力或强度黏合作用,男女青年虽不能最终走到一起,但她们却经常是"说说话"的伙伴,手机弥补了他们被两个不同空间隔离的缺憾;我们的道德伦理世界,亦没有人们所想象的那样堕落得彻底,这一对青年心里持守什么也是确定的,只不过,被迫他们放弃的是既有经济主义价值导向——是底层者、弱势者、外来者在经济社会求得生存的一般成本所规定的,这个成本里面显然还不包含奢侈品以及与奢侈消费相匹配的硬件设施。

　　因此,在我们的社会机制框架里,现在我们必须考虑使我们的"文化自觉"转换成"自主能力"的首要前提是什么的问题了。如果把面向稳定性的基本诉求看作是道德堕落、价值错位和自我迷失,那么,我们就会反过来把一味追求GDP指数的经济主义视为经济社会人成功的正常逻辑。那样的话,小说中的这个女孩,便只会成为我们道德审判的对象,而放弃对更深社会问题的追究。当我们义无反顾把一个弱者、底层者正当、正常的生存要求视为我们既有文化中不允许不兼容的常识,进而高调去谈人性成为人所共知的铁律的时候,实际社会运行与文本话语,就真真切切成了两张皮。制造欲望及执行欲望生活的始作俑者,反而反过来来要挟无力为之付费的无助者的意识形态就形成了。这才是目前为止,我们真正遭遇的危机。这一层面,类似《崖边报告》(闫海军,2015)、《我的凉山兄弟》(刘绍华,2013)在近年来深受广大读者喜欢的书,其立意也不外乎读者从自己基层的立场，读出了问题的所在。那问题不在具体个人的道德水准和个体不得已的选择上，而在整体的政治经济学导向上。随着生存成本的水涨船高，存身立命的基础也应该有所提高，否则，我们所建构的文化秩序，很可能只有两种情况。一种是苦行僧式的叫花子，另一种是马克思或鲍德里亚意义的异化人。无数事实已经证明，作为单个的人，我们的社会其实多为这两种人。而且也多为后者奴役前者、规划前者的境况。

正像王富仁在同一篇文章中所讲到的，西方的一些话语，比如个体尊严、民主文化、文化现代性等，之所以能够影响我们的思想或感情，归根到底是因为它们满足了或满足着我们自己的物质或精神的某种需要，这样的一些需要仅仅在我们固有的文化传统中尚无法得到这样的满足。也就是说，这些西方的话语对于我们不具有霸权的性质，它们不是压抑着我们的欲望要求、窒息着我们思维的自由性，而是开拓着我们的思维空间，满足着我们心灵的自由要求。唯其如此，个人经验层面的文学叙事，才具有了社会学的价值，这也是"个体化"这一本来源于西方现代主义文化的话语，大量出现在我们当代文学中的原因，而不是集体主义的"大同"或宗法宗族文化下的"等级制"人性论。经济社会发展的一个突出特征是，以经济指数和利益份额论成败，一个国家一个地方是这样，一个人亦是如此。大到巩固增长的机制，小到按揭贷款的能力，无不铭写着GDP的强势道理。通过仔细琢磨费孝通先生"晚年文选"，我确信，费老的思维其实只下沉到了某些少数民族的文化元素上——即如何保存并发展该少数民族文化元素上而已，他还根本没有意识到即将消失的那种文化元素之于一个必将调整生活方式才能存在的个体的未来意味着什么。比保存并转化升级那个少数民族文化元素更重要的是，人的现代化程度和用以确保人的现代化程度的机制保障，这是"文化自觉"骨子里的呼唤。否则，"文化自觉"就不可能在新环境新时代，为个体的自主地位、自主选择和自主能力争得多少份额，起多大作用。也就是说，人类学的"文化自觉"，只能通过凝聚集体无意识转化进精神文化的逻辑轨道，才能观照到现代社会的个体。因为"文化自觉"本来是西欧民主文化国家"第二现代性"框架中的一个关键环节，它的有效性也就只与发展的个体化及其社会机制密切相关。

三

从现有的相关文论和大量文学创作事实可以得出一个初步判断，我们所使用的"文化自觉"概念与实践的文本创作，大多其实不过是在"存在的就是合理的"的逻辑保障下展开的。因此，细加思考，所谓由身份确认产生的"身份危机"，由文化确认产生的"文化危机"，由民族确认产生的"信仰危机"等等。实在是"丢失了的就是好的""老祖宗留下来的便是宝贝"的一种大同小异的"乡愁"，本质上属于对传统社会及其对应的宗法宗族文化秩序的复归。再加上更年轻一批知识人肆无忌惮对"精致的利己主义"个体化的无限度放大与蛊惑,"文化自觉"指向主导性政治经济话语的思想能量早已被消解,只剩下了"文化自觉"仿佛就是为个体私密化诉求和个体排他性意识、潜意识保驾护航这么一点可怜的遗产。本来以个体为单位的"文化自觉",其价值诉求理应内在于当前政治经济话语并发力于这个逻辑。但是,现在它只好退而求其次,铭写或记忆已经发生过的,而不是创造尚未发生但一定是最值得期待的新的个体、社会和文化。

由此观之,《相爱的日子》所发现的那种人与人、人与社会之间横亘的障碍,那种似是而非、别别扭扭、冰冰凉凉的爱,其实表征了分层后社会普遍性的冷漠与残酷。要解决这个症结,只有回到既有社会结构的板结中去,而不是片面谴责某个个体的道德水准或价值取向。同理,要从根本上解决个体道德滑坡、价值失重,也只有从保障个体基本的爱的机制开始——保障个体爱的基本机制,也是保障水涨船高的个体基本生存成本。否则,一个冰凉的社会,一个仍被厚厚的古典道德主义铠甲包裹着的社会,生产再多的多元文化,再多地提倡"各美其美,美人之美,美美与共,天下大同",那都可能只会制造人为的隔膜,甚至还会为事实的不公平留下口实。

自然,以个体体验经验为本位,发现这个时代中国人普遍"内在性"匮乏的文学作品不止《相爱的日子》一篇,还有一些已经被读者和文学批评家所注意的。比如大中篇小说《涂自强的个人悲伤》和短篇小说《飞行酿酒师》(铁凝)、《三只虫草》(阿来),以及张炜的长篇小说《寻找鱼王》等等。或者发现了个体的奋斗最终受制于"赢家通吃"而正义缺失的现实,或者记录了世俗评价指标支持的所谓成功只不过是一点不知天高地厚的人生泡影,或者提出了世俗现实无法支持既有信仰体系时该怎么办的问题,抑或者告知人们当我们被似乎无所不包的"励志"故事打造得神经粗壮时如何回归人之成长逻辑的时代命题。毫无含糊,这些虽然零散出现在不同时间段,但又异常执着,总会不时明明暗暗闪烁其思想火花,标志文学还没有完全被经济主义思维所收编的执拗。它们把思想的触角伸向我们置身其中很不完善的现代文化结构内部,并指出其之所以如此混乱、无序,进而影响到每一个体基本生存权利、基本价值预期长久赤字,是因为我们目前流行的文化价值,其实仅仅是"凡存在的就是好的""拾到篮里都是菜"式的心态。这哪是费孝通先生"文化自觉"的本意,更哪是传统社会转型到现代社会,个体生活其中对基本现代社会机制的诉求——自主选择、自主地位、自主能力等的正面关注。

所以,文学对"文化自觉"的表达,其实就是基于当下现实语境,对个体寄身其中的现代社会内在性机制匮乏程度的撰写和叙述,如此,无论"讲好中国故事",还是"讲好的中国故事",才不至于因虚诞而浮华,因狂妄而遭人唾弃。这个意义上,文学叙事的经验来源是个体的或个人的,才是有意义的和有价值的。否则,个人经验居于文学叙事的首位,也许只会增加一点文学的猎奇性、娱乐性砝码,然而终究却是短命的,甚至速朽的。

至于说,在唯个人主义的角度,不顾文学对时代重大问题的铭写和叙述,而企求文学的经典化,那简直是伪命题,不值一提。

视 野

甘肃地域文化传播的必要观念与可能路径
——以崆峒文化为例

□ 林少雄[①]

甘肃的文化遗产，普遍需要一种重新定位，崆峒文化也面临重新定位的问题。崆峒文化虽处平凉地界，但应放在整个甘肃的新石器文化、彩陶文化、青铜器文化、建筑文化等物质文化，老官台文化、伏羲文化、轩辕文化、黄帝文化等神话历史文化，道教、佛教、儒教等宗教文化，农耕文明、工业文明、信息文明等诸多维度上进行观照。

---

① 林少雄，西北师范大学文学学士，复旦大学文学博士。现为上海大学上海电影学院教授、博士生导师，艺术与城市创意研究中心主任。长期从事艺术史与中国古典美学、会展文化、视觉文化与城市艺术创意的研究。

一　观念层面

在此视野中,崆峒山不仅是华夏瑰宝,更是世界遗珍,是人类的共同财富,所以崆峒文化应定位为:世界性的自然人文综合文化遗产。崆峒文化是黄土高原的绿色明珠,农耕文明的鲜活化石,精神文化的独彩大纛,闲适健康生活的有机范本。崆峒不仅是甘肃或中国的崆峒,更是人类的崆峒。崆峒文化不仅是物质的自然景观,更是科学、宗教、艺术的精神财富。崆峒文化不是一个静态、封闭、单向的文化遗存,更是动态、开放、双向互动的活态文明样态

从文化的不同维度看,崆峒文化有其高雅的文化品位与丰富的文化底蕴:

从自然地貌来看,崆峒文化属于黄土文化。黄土不仅是华夏民族赖以生存的土壤,更是华夏文明的基因。厚重绵长的黄土不仅决定了华夏文明的基本特征、本质及发展路径,也为其涂上了个性鲜明的底色,打上了清晰强烈的烙印。崆峒文化发源于黄土,型塑于黄土,发展、流播于整个华夏大地,具有其丰富厚重的底蕴,朴实平和的性格,隐忍低调的风格,广涵博纳的气度,踏实负重的品格,如果将其放在一个更为广泛的时空坐标里,这不仅是崆峒文化或甘肃文化的特质,也是整个华夏民族性格与中国文化品格的具象表征。

从其生产属性来看,崆峒文化属于农耕文化。由于特殊的历史原因与现实考量,农耕文化一直不被重视,甚至常常成为保守、落后的代名词,如"小农经济""小农意识""农民"……今天重新来看,正是农耕文明的发展,不仅成就了华夏文明的基本样貌特征,在今天的国家发展中,农业仍然占有重要地位。华夏民族的每一次复兴,莫不以农业的繁盛为其重要表征。作为时代表征,今天如何将崆峒文化中农耕文明的内在精神禀赋及外在独特表征进行发掘、梳理及呈现,具有十分重要的意义。

从历史文脉上溯源,崆峒文化的内核是三教合一,这本质上也是中华文化兼收并蓄精神的集中显现。在整个三教合一的大格局下,崆峒文化彰显出来的是道教文化。如果说儒家学说凝聚形塑了中国文明史上"人"的高大形象,那么道家学说则氤氲成就了华夏文化艺术的精神内涵。可由于历史原因,宗教要么成为统治者主流意识形态强制施加影响的工具,要么成为现代科学破除迷信的对象,然而我们换个视角,道教就不仅是一种宗教,更是人类文明中信仰的一种集中表达方式。特别是在今天商品经济时代,在金钱至上、信仰普遍缺失的语境下,如何发掘崆峒文化宗教中的信仰内涵,重塑信仰、再铸精神就显得尤为重要。

以上内涵建设,都需要从旅游文化产业上去加以落地,所以需要设计打造崆峒文化

的旅游名片,这就是气功文化。通过近半个世纪大陆与港澳台的文学、影视、动漫、流行音乐、舞台演出等诸多媒体的合力打造,武侠及其功夫在全球已经成为中国文化的最佳名片。目前来看,至少在相当长的时间里,武侠及其功夫仍然会成为中国文化对外传播的一个重要符号及内容。虽然在武侠小说中有著名的"崆峒派",然而我们对崆峒文化中的武侠与功夫的内涵发掘还远远不够。在笔者看来,崆峒武侠功夫的独特魅力,就在于其丰富的文化底蕴。中国武术功夫,无论南北少林功夫的刚柔相济或刚健有力,还是武当派武术的以柔克刚、以静制动,都在以对外在目标的克敌制胜为其圭臬,所以在于技击竞技为其主要目标,所以华山论剑、武林竞技及其排名定位往往成为练武之人的重要目标。然而崆峒武术文化有其不同的特征:源于华夏民族的伏羲、黄帝的始祖文化,起源于丰厚黄土高原的独特地貌环境,适应于农耕文明休养生息的天人合一观念,汲取了华夏本土宗教文化非超越而是立足于现实现世的信仰观念,立足于个人身心内在修养及其与外界自然、社会环境和谐共处的人生理念,所以可以说它是华夏民族在其数千年的文明创造与演进过程中通过体验、感悟与思考而获得的民族智慧,本质上与中国文化精神、中国文明肌理一脉相承,这也是中国文化哲学中"天人合一""内圣外王"精神的终极呈现与体验,直达中国精神的深处。在此高度上来梳理、总结、提升崆峒武术文化的心得、内涵及境界,将不仅使其在新的时代获得新的体认与发展,也会在新的时代使中国传统文化精神获得全新的承续与弘扬。

任何文化创意产业的发展,经济效益的多寡只是外在的衡量指标,其深层的发展动力或终极目标,源于为作为文化创造主体的人所带来的非凡的人文体验。所以任何文化创意产业的发展,其根本的、终极的目的,不仅在于在其生产过程中充分享受到创新创造的快感,同时还在于不断丰富与提升个人对自身文化创造物的感受、体验与享受,在此一观念下,人就不仅是文化的创造者,更是文化的消费者、体验者与享受者。这不仅是人类进行文化创造的终极意义,更是人类文明演进中绵绵不竭的永久动力。

另一方面,当代社会已经进入到了体验经济[①]时代。按照一般的理解,所谓体验(experience),并非仅仅是服务的一部分,在现代社会,体验首先被看作一种经济物品,它并非人的一种虚无缥缈的感觉,而是一种实实在在的产品。"体验经济"中的体验,就是企业以服务为舞台、以商品为道具,环绕着消费者,创造出值得消费者回忆的活动。其中

[①] 体验经济(The Experience Economy),体验经济被称为继农业经济、工业经济和服务经济阶段之后的第四个人类的经济生活发展阶段,或称为服务经济的延伸。从其工业到农业、计算机业、因特网、旅游业、商业、服务业、餐饮业、娱乐业(影视、主题公园)等等各行业都在上演着体验或体验经济,尤其是娱乐业已成为现在世界上成长最快的经济领域。

的商品是有形的,服务是无形的,而创造出的体验是令人难忘的。与过去不同的是,商品、服务对消费者来说是外在的,但是体验是内在的,存在于个人心中,是个人在形体、情绪、知识上参与的所得。没有两个人的体验是完全一样的,因为体验是来自个人的心境与事件的互动……在体验经济中,"工作就是剧院"和"每一个企业都是一个舞台"的设计理念已在发达国家企业经营活动中被广泛应用。主题设计或主题体验设计现在发达国家已经成为一个设计行业。"体验经济"也将成为中国 21 世纪初经济发展的重要内容和形式之一[①]。

在此社会经济大的背景观念下来看崆峒文化的发扬光大,人文体验就应该成为其重要内涵。作为崆峒文化人文体验的重要内容,应该是其博大精深的养生文化。从黄帝不辞路途艰辛西行问道广成子,就已经为后来崆峒文化的发展定下了养生文化的基本走向。在华夏民族创造的辉煌灿烂、异彩纷呈的各种文化形态中,如果说有一种形态最具有民族特色而又博大精深,那就是养生文化。所谓养生,即通过特定的方式保护身体、保养生命、澡雪精神,以便达到强身健体、延年益寿、养精培神的目的。中国历史悠久的养生文化,发源于黄帝问道于广成子的崆峒山,后来在《老子》中对"顺生率性"之人的赞美,《庄子·养生主》中对"养生"作为一个重要文化观念进行界定与阐释,在《孟子》中的"我善养吾浩然之气"的精神提升,形成了以道家为主、儒家为辅的中国养生文化的理论与实践,并对后世产生了广泛而深刻的影响。正因为如此,经过数千年悠悠岁月的陶冶提炼,在中国养生文化丰富的内容和完善的体系中,不仅在精神修养、体育锻炼、药食护身、房中卫生,而且在气功练养、艺术陶冶、文化行为中,我们都可以看到忽隐忽现、时强时弱的中国文化精神的特质。在今天来看,养生首先源起于上古时代人们现实生活中保护身体的需要。

其次,养生在其内在观念上,蕴含着原始人的生命观。对于史前人类来说,自然界的任何事物,都无法比奇异生命现象更能引起其持久的兴趣和关注。人的生命存在形式外在地表现为一具具躯体,这个躯体不仅为维护自身的生存而同大自然搏斗,同时也承担起了自身的繁衍、种群延续的工作,所以原始人对生命现象不仅充满了惊诧,同时也充满了敬畏。对于原始人来说,身体是神秘的,生命也是神秘的,所以必须对其充满敬畏之情,于是,生命情结便成了原始文化中最深刻、最富特色的情结。身体和生命,既是当时社会物质财富的创造者,又是人类自身的创造者,所以对其应倍加珍视与爱护,表现于观念形态,便是身体崇拜、生命崇拜,把生命放在至高无上的地位。表现于具体的方法上,首先便是制定出一套独具特色而又自成体系、切实可行的方法,祛病抗疾,健体强

[①] 见"百度百科""体验经济"条。http://baike.so.com/doc/5383104-5619490.html。

身,以便使身体日益强健,生命日益充满葱郁的生机。正是在这一养生观念和原则上,养生文化可以说是身体的守护与生命的仪式。

此外,在今天的社会发展转型阶段,对于早已解决温饱问题的中国人来说,养生还标志着整个时代精神的转型,即社会经济发展由传统的产品经济、商品经济、服务经济向体验经济发展的转型。而体验经济的最终目标,是实现人文体验的全面开展,在此意义上,崆峒文化中气功文化的发掘、梳理与营构,无疑会打造出一张具有丰富内涵又最为靓丽的名片。

文化创造的最终目的,无非在于提升作为文化创造主体的人的生命体验。而崆峒文化的又一重要特色内涵,即其房术文化。如果说在远古蒙昧时代及后来的封建时代,人们醉心于房中术的探究,目的在于人类维护自身种群延续的生物需求、繁衍后代增加劳动力的需要以及提升感官的刺激与享受,那么今天来看,房中术的研修,源于人们提升生命体验的终极理想。中国的房术文化,不仅仅通过性行为中性技巧、性快感的探讨来实现传宗接代的现实目的和获得生殖生育之外的生理愉悦,更为重要的是先民通过性的探讨,获得一种极致的生命体验。人之所以区别于其他动物,就在于其能够将自身满足物质需求的日常生活行为,提升为一种精神的愉悦,进而获得一种生命的体验。而人类文化创造、文明演进的终极意义,在于作为文化创造主体的人的生命体验的实现与生命境界的创造。人类的性行为及其性关系,包含了萌芽、发育、成长等生命创造的全部过程,也模拟与象征着生命庄严诞生与衰朽死亡的仪式,所以两性关系在脱离开其生物学基础后,便成为人类反抗平庸、体验生命、渴望不朽的最有力手段与途径,而房术文化,无疑将人类的生物行为提升到了社会的、文化的、艺术的、美学的层面,所以对其发掘整理研究,会为人类的终极生命体验提供可行性的现实路径。

综上所述,崆峒文化中的黄土文化、农耕文化、宗教文化、气功文化、养生文化、房术文化等内涵,不仅构成了一种文化形态孕育发展的不同阶段,也表明了作为文化创造主体的人在文化发展过程中不同阶段、层面与境界的提升与超越。

从甘肃甚至整个西部文化创意产业发展的现实来看,普遍存在着以下几方面的问题:其一,遗珍遍地又观念单一。甘肃及西部地区多元的地貌、悠久的历史、丰厚的底蕴、繁丽的风情被大漠戈壁、骆驼拉面等单一固定的形象所代替。丰富的文化资源被单一的文化名片所遮蔽。敦煌不仅仅在敦煌,敦煌之外还有许多其他文化,如藏传佛教、道教、彩陶、青铜器、石器、墓葬砖画以及各种民间手工艺品等。其二,甘肃及西部地区是中国潜在的文化富矿。如崆峒山就是华夏文明悠久历史中孕育出的一座文化富矿。但所有这些文化富矿,都需要以科学的理念、人文的情怀、环保的方法进一步勘探开掘,让其发挥出文化的功能,而不是胡乱开采,破坏文化的矿脉,甚至沦为经济创收的手段与工具。其三,如果把握不好,甘肃及西部的文化资源会成为看上去很美的沉重包袱。因为历史文化的丰厚底蕴不会必然地转化为现实资源,这需要一整套高远的决策、科学的规划、优良的体制、丰富的资金、优化的路径才能实施。另一方面,如果对现代社会及文化创意产业的本质没有深刻体认,就会仅仅停留在"我们的祖先过去多么阔气"的阿Q式的自足自满之中,错失文化经济发展的大好机遇,因为历史固然重要,然而一味强调历史的辉煌绚丽,会反衬出现实的苍白贫乏。

二 时代特质

1.产业发展的四种形态

如果对迄今为止的人类文明的产业形态进行研究,会发现一般总要经历这样四种发展形态或四个发展阶段:第一阶段为出售最基本的原料阶段,其以各种原材料的提供及其粗浅加工为其主要表征。西部各省区现在还基本处于这一阶段。以甘肃为例,如目前遍布全省各地的各种中药材,定西的土豆、武都的花椒、甘谷的辣椒、秦安的桃子、静宁的苹果等皆为此。这种形态其实是为产业提供最基本的原材料,很难进入产业的形态。如定西的土豆,无论如何运作,每公斤的售价很难突破两元人民币,可是一旦被纳入产业形态,就会产生数倍的利润。第二阶段为产品阶段,即通过企业这种特定的组织形式,将原材料进行深加工,形成较为固定的产品,并实现其一定的规模,从而实现原材料的有效升值。如定西的土豆,经过企业的订购、储运、加工,然后变为薯片,每公斤可达到一百余元的价格。这两个阶段尚处于前产业或产业的初级阶段。第三阶段,主要基于服务,其不生产具体的产品,也很少有固定的厂房,主要为人们日常生活的进行与社会的顺畅运作提供必要的保障服务,如今天的阿里巴巴等企业。第四阶段为提供创意,并能将创意转化为生产力,用来提升人们生活的便捷与品位、促进社会的经济发展,这一阶段为前述体验经济时代。今天提出的"全民创新,万众创业",可看作是创意时代来临的标志。创意不直接生产产品,而是为既有产品增加其技术、审美或文化的底蕴。

当然,这四个阶段并非线性发展、循序渐进,而是有可能错位叠加的,这一点在目前的西部地区体现得比较明显,即原料与产业、服务与创意同行并置,所以如何将四者相结合,将会是西部地区今天经济发展所面临的重要问题。

2.旅游文化的四个阶段

崆峒文化的发展,很大程度上源于以旅游资源的开发与旅游产业发展为标志的旅游文化的建构。旅游产业的发展也经历着四个阶段,第一阶段即点式1.0版本,以景区旅游为特征,以旅游区建设为标志,以走马观花式的行为为方式;第二阶段为线式2.0版本，以线路旅游规划设计为常态，一个或多个行政区景点的跨界联合，"一日阅尽长安花"，以数量取胜；第三阶段为面式3.0版本，以目的地旅游为主要特征，强调独特的吸引力，以"可住"和能够体验为主要目标，难以形成主体；第四阶段为体式4.0版本，开展全域多面旅游，真正实现自然环境（气候、空气、水、饮食）、人文景观（历史、传说、文学、艺术、文化、建筑、服饰、饮食、休闲）、生活方式（慢、绿、适、了解、沉浸、融合）、衍生产品（可饮食、可穿戴、可馈赠、可消费）的全面融合。

据笔者的观察，崆峒旅游文化产业充其量目前处于2.5版本阶段，初步形成了旅游目的地建设，可行可住，但可供体验的内容及形式极为匮乏；自然环境条件极为优渥，人文资源十分丰富，但目前如何进行资源的全新梳理、有效整合，任重道远。

3.当代社会发展的四个关键词

在"互联网+"时代，文化创意产业想要得到良性发展，必须关注到以下几个关键词：

技术

技术是人类的创造，人类又是技术的产物。技术的发展，带来作为社会存在的人的生活方式、行为方式、思维方式等生存方式出现根本性的变化。技术的发展，为我们对人类文明的思考与理解提供了一个全新的视角，也为当代文化创意产业的发展提供了一个独特的思路。随着当代虚拟技术、交互技术与移动技术的飞速发展，使得我们不得不思考以下问题：何谓技术？它在何种意义上才能够成立？技术的内涵与外延如何？技术发展对于传统文化的承续与传播意义何在？其对理解文化创意产业的适用性及有效性何在？在此前提下，技术不仅作为一种手段、方法或途径的存在，它更是内容、观念及现实。艺术是人类的艺术，理所当然对人类的技术有着高度依赖。特别是今天，人类从来没有对技术产生如此巨大依赖的现象。

体验

这一点我们在前面已有较为详细的论述，所以这里不再赘述。但有一点值得注意，就是在今天的文化创意产业中，传统文化资源如何借助技术的进步，让人们在沉浸式体验与在场感存在中确立对其体认与体验，将成为十分重要的课题。

跨界

在信息飞速、技术获得裂变式衍生发展的时代，跨界成为又一重要的社会现象与时代特质。今天，在各行各业发展中，前信息时代"孤家寡人""单打独斗"的现象几乎不再存在，跨界与综合成为鲜明的时代特质，所以时代呼唤复合型综合人才。如今就社会分工与专业教育方面，艺术与金融、创意与产业、科学与艺术、学术与应用、文理工艺商的综合与交叉……都为"跨界"注入了全新的内涵。甚至可以说，在未来时代，综合与跨界将成为人才素养是否优良、企业是否优化、行业是否优越、产品是否优质、条件氛围是否优渥的重要标志,也在此意义上,文化创意产业的成功与否,很大程度上取决于其跨界是否成功。

消费

体验经济时代的到来,必然带来人们消费观念及消费行为的升级换代。当今时代的消费,已经由对原材料的、物质的消费更多地转向精神的、观念的以及感觉的消费。这一点不仅国外学者在其论著中早有阐述①,而中国学者则对此进行了形象化阐释:

> 举一个美国人依贝卡的家庭三代人过生日的例子,第一代人依贝卡的妈妈,过生日的时候,她的奶奶会从超市买原材料去做蛋糕,每次过生日只需要两美元就够了。到了依贝卡自己过生日的时候,她的妈妈会打个电话订一个蛋糕回家,这个时候她每次生日要花到20美元。到了依贝卡给女儿过生日的时候,她邀请了14个同伴去农场喂猪,煮菜,玩了一天之后还高兴得不得了,然后依贝卡开了160美元支票给农场主。通过三代人生日的不同过法,你就会发现,第一代的人是自己回家去做,只花了很少的钱,这就是传统的消费习惯;第二代的人,打个电话把蛋糕送回家;第三代人让孩子参加了很好的体验Party,孩子玩得特别高兴,分享的不仅是生日蛋糕,还有生日的体验。②

体验经济的到来,消费时代的升级,都使得文化创意产业的营构与人们消费行为的特质,出现了全新的变化。

4.当代叙事的四种策略

视像化

我们处于一个视像时代③,视像时代区别于既往的文字时代、印刷时代的最大区别,即在于其具有可观看性,所以"视觉化"成为视像时代的重要特点,"我观故我在"成为视像时代文化创造主体的重要存在方式。如果从比较极端的角度出发,在视像时代,任何东西只有被不断视像化、可观看才有其存在的意义,也才能初步具备进入现代知识谱系

---

① 美国学者认为,迄今为止人类社会的经济形态区分为产品经济、商品经济和服务经济三种基本类型,经济社会的发展,是沿着从产品经济——商品经济——服务经济的过程进化的,而体验经济则是更高、更新的经济形态。见[美]约瑟夫·派恩、詹姆斯·吉尔摩:《体验经济》,机械工业出版社,2002年4月版。
② 李野新、滕红琴:《新体验营销:一本正经》,海天出版社,2008年9月版。
③ 关于"视像时代"的提出、界定、内涵及其外延,参见林少雄《视像与人:视像人类学论纲》,学林出版社,2005年。

的价值和意义。如何将传统文化的物质资源及其精神内核视像化、可观看化，成为当代文化创意产业最为重要的文化特征。在此背景下，崆峒文化及崆峒创意产业发展的最高也是最终目的，核心就在于视觉观念的树立与维护、视觉认知的开掘与深化、视觉技术的研发与维护、视觉知识的建构与积累、视觉创意的培育与研发、视觉产品的生产与营销，视觉消费的体验与参与，最终实现完整的崆峒文化视觉产业链的构建，从而带来关于崆峒文化的国民视觉素养的全面提升、崆峒视觉文化的全面发展。

故事化

既然要视像化，那么就必须得将既有资源故事化。任何文化资源，是通过具体的故事叙述才得以流传及承续的。在既往的叙事中，文化叙事往往被文学①叙事所代替，而文学叙事主要通过民间传说、历史记载、故事新编三种方式来实现。在今天我们所处的视像时代，文化通过故事叙述得以更为广泛的流传、承续与发展，文明因视觉技术的发展而获得崭新的认知与形塑，比如数千年氤氲发展出的崆峒文化及其"崆峒派"武术，如果不是金庸先生的一部武侠小说《倚天屠龙记》中的故事叙述，绝对不会产生今天这样大的影响力与知晓度。同理，今天崆峒文化的衰落，很大程度上与系统完整、生动有趣的崆峒文化故事叙述的匮乏有着密切关系。所以今天如何将崆峒文化的叙述再故事化，是文化创意产业发展中一个很重要的课题。

仪式化

仪式②是人类所特有的一种社会行为，它表明人类为了某种目的而有规律地进行的一种阶段性、规范化、规模化的一种公众活动。仪式的功用，是将社会成员从日常普通的生活场景和庸常的生命状态中隔离出来，使其在一定时间或特定空间下进入一种超常的脱俗状态、一种神圣的隔离情境，从而同现实生活、当下情境保持一种隔绝与距离，使人们体验到不同于现实世界的彼岸世界，感悟到不同于常态的特异氛围，从而达到在现实世界和日常生活中所无法达到的感受与体验。仪式是文化发展的重要因素，文明的形成和创造，不仅意味着各种具体的物质形态的创造，在某种意义上也意味着各种仪式的

---

① 这里所使用的为广义的"文学"概念，泛指由口头传播、文字书写或被抄录与印刷的传播媒介及其形式。
② 本文关于"仪式"及"仪式化"概念的界定及基本范畴的梳理，先后参阅了爱德华·B·泰勒《原始文化》（上海文艺出版社，1992年）、《人类学》（上海文艺出版社，1993年）、马林诺夫斯基《文化论》（中国民间文艺出版社，1987年）、列维-施特劳斯《野性的思维》（商务印书馆，1987年）、列维-布留尔《原始思维》（商务印书馆，1994年）、玛格里特·米德《三个原始部落的性别与气质》（浙江人民出版社，1988年）、史宗主编《20世纪西方宗教人类学文选》（上海三联书店，1995年）等相关著作中的相关论述。

形成。仪式也是审美产生的必要前提（崇拜与审美），审美意识的发生，与日常的生活和各种超验的仪式有着密切的关系。

在今天人类社会大力发展文化创意产业的语境下，如何将具有丰富人文内涵的崆峒文化以仪式化的方式加以彰显与强化，是一个具有现实社会需要又亟待深化的重要课题。

技术化

我们今天处在一个技术时代，在整个人类文明发展史上，从来没有一个时代的人们像今天的我们这样，对技术产生如此高度的依赖。今天，技术已不再仅仅是一种手段或途径，更是一种生活方式、思维方式、叙事方式及存在方式，因此必须通过技术来对崆峒文化进行认知与呈现。虚拟、可视、真实、移动成为今天技术划时代的最大特征，实现崆峒文化研究及传播的虚拟化处理、可视化呈现、真实性感受与移动化传播，成为当务之急。

三　可能路径

崆峒文化发展的可行性路径，有着无限的可能，然而当下在观念层面，最迫切需要从以下几个方面着眼：

其一，创造性保护。传统文化资源是一种活态、开放的资源形态，因此首先需要对其进行创造性的保护。而目前我们对既有的文化资源的保护观念，还基本上停留在静态的、封闭的观念之内，具体表现为对硬件的重视远远超过了对软件、活件的重视，对可直观的形式的呈现超过了对不可直观精神内涵与底蕴的发掘，对品牌的重视远远超过了对品牌赖以存续的环境条件的培育。我们必须要有一整套的创新性理念及举措来对传统文化资源进行保护。外在的、物质的、形式的保护固然重要，内在的、精神的、内涵的保护则更能传播久远、发扬光大。以此观之，崆峒文化的弘扬传播目前面临内在底蕴发掘欠缺、精神内涵开掘尚浅的不足，因此对其保护也就只能仅仅停留在外在的、物质的、形式的层面。

其二，转换性传承。在对现有文化资源保护的同时，还需要进一步传承，而传承的最好方法，莫过于进行转换性传承。因为传统所产生及赖以存在的时间、空间、语境皆发生了挪移变化，所以对传统的传承也必须转化。对于传统，我们可以保留其内在精神，如本文前述崆峒文化中的黄土、农耕、宗教、气功、养生、房术等诸属性，皆可进行转换性传承，唯有对其进行符合当代语境、当代空间、当代审美需求的转换，才可以获得不断传承的绵绵不绝的动力。

视野　199

其三,个性化呈现。随着社会的不断进步发展,人们的观念也会越来越多元化。多元化社会的重要标志,即人们个性日渐流露、个体日益重要,因此现代文化创新生产的主要目的,在于如何尽量满足现代人日益增长的个体化需求与个性化品味。这不仅是时代发展的要求,更是文化创意产业发展的必由之路。崆峒文化的发展传播,离不开与崆峒地区自然地貌、生产方式、历史文脉、文化内蕴、人文传统相适应的独特内容与形式的呈现。但在中国经济发展过程中,千人一面、千城一貌、千村一景、千镇一体现象严重,如何个性化呈现,就成为一个重要课题。如作为崆峒文化主体的崆峒山,在自然景观方面于全国之中并不独特,道教文化或武术文化方面影响不如武当山,交通便利方面也没有明显优势,在文创产业研发方面也缺乏切实举措,如果再没有对其独特文化意蕴的发掘、独特旅游观念的提炼、独特旅游线路的开发、独特文创产品的研发以及独特文化景观的呈现,将无任何优势可言。

其四,生活化落实。文化是内涵异常丰富、外延十分广阔的一个宏大命题,但又是十分细微复杂、相融于人们日常生活的情感表达、行为规范的内容及其方式。文化不是外在于人类及其社会的死板条例,而是体现于人们日常衣食住行等生活层面的鲜活脉动与肌理,所以要实现文化的有效传播与无限影响,就必须进行生活化落实。具体而言,就是如何运用当代观念、当代技术、当代创意、当代审美、当代叙事及当代产品,将文化物质化、具象化、特色化、生动化、生活化,使其与时代、社会、生活、个人相互发生关系,让高深的理念变为通俗的话语,让高远的精神变为日常的物质,让久远的历史变为正在发生的现实,让僵硬的教条变为肌理鲜活的生命体,让深奥的文字转换为具体可观看的图像影像。

其五,雅致化提升。除了满足人们的现实需要,文化创意产业与其他产业形态所不同之处,就在其对人们现实生活品格的雅致化提升。因为今天我们生活在一个物质文化极度丰富而精神生活极度苍白匮乏的时代,所以今天我们文化发展的总目标,就是如何更进一步型塑与提升我们的精神生活。文化对我们日常生活的型塑与提升,既需要生活化落实,又需要雅致化提升,其最终目的在于对整个社会成员生活质量与生活品格的审美提升。所有文化发展的最终目的,不仅在于满足人们的物质需要,更在于提升人们的精神品格。通过崆峒文化学术研究、产业化运作及更广范围传播的最大价值,可以唤醒我们的民族记忆,更进一步发现我们的民族文化价值,更好承续我们的民族传统,不断强化我们的生活阅历与生命体验,从而最终提升我们的生活品格与人生品位,让人成为审美的人,让生活成为真正充溢着美的生活,这不仅是崆峒文化传播的目标,更是人类文化发展的终极目标。

为达成以上目标,笔者建议由政府出面,由崆峒文化研究会具体组织,由业界具有战略眼光及相当社会影响力的实业家、各行业资深专家组成的咨询顾问团,对崆峒文化的发掘整理、产业运作及影响传播进行专门策划、设计与论证,以期为华夏文化的发展传播探寻切实可行的路径。

四 发展愿景

崆峒文化的发展,必须要能够促进传统文化的现代转化,为此首先要做到以下几方面的转化:其一,方法的转化,从传统的"物质功能"转向现代的"精神功能";其二,路径的转化,从"线性-单向"路径转向"立体-多向"路径;其三,呈现形式的转化,从"传统设计"转向"现代呈现",从而吸引更多的资源;其四,功能的转化,由传统的"先用后艺"转向"先艺后用",为文化创意产业独特风貌品格的建构提供更高的标准与品位。

崆峒文化的发掘、梳理、建构、传播的可能愿景,是以崆峒山自然人文"非遗"景观为主要内容,以博物馆文化呈现为核心,以传统文化展示、创意、研发、生产、交易、教育、体验、消费、娱乐为形式的视觉产业园与视觉游乐园合一的城市文化新景观的建构。

通过这一目标的实现,可以更加充分地促进世界资源的整合、创意世界语的创造,进而将会促成旅游全产业体的构建、促进文化创造主体的身心体验,也促进视觉经济的飞速发展。

通过以上各方面的努力,建构世界领先、国内首创的业界纪念碑式视觉文化产业景观,建成面向全国、全世界的中国传统文化展示窗口、创意产业形态与视觉产品营销平台

总之,传统文化不是一种静态的、封闭的、单向的、固态的物质形态,更是一种动态的、开放的、多元的、活态的观念、精神形态,所以它不仅是随时发展、与时俱进的,也是不断进化、不断形塑。所以不仅仅是传统文化为崆峒文化传播提供了观念、精神、灵魂与创意,崆峒文化传播也为传统文化的发展与重塑提供了又一次机遇。

在改革开放之后第一阶段的经济发展过程中,甘肃已彻底落后;在媒体宣传与形象塑造中,甘肃已处于劣势地位。在当下发展进行的创新文化经济中,甘肃如果再抓不住机会,将会被彻底淘汰出局。甘肃创新文化经济的振兴发展,与崆峒文化的良性健康又创新超常态发展密切相关。

《论语》与人文修养

□ 杨光祖

北宋有一个宰相叫赵普,说过一句话:"半部《论语》治天下。"虽然有人认为这一典故太夸张,不够真实,其实,也不是完全没有道理。我个人认为,赵普不是说他一辈子只读了一部书《论语》,不能这样解释,而应该说他把很多书读完了以后发现这本书是他最喜欢的、最有心得的。这一个故事也说明《论语》的重要性。那么,《论语》是本什么样的书呢?

德国一个非常著名的思想家黑格尔,他有一本书叫《哲学讲演录》,在这本书里面他批评孔子,说孔子那些思想不叫哲学,婆婆妈妈、鸡毛蒜皮的,他对《论语》评价很低,但他对老子、庄子评价比较高,老、庄的思想还是比较抽象,算哲学。《庄子》只适合少数人,但是《论语》适合每一个人。《论语》其实就是中国人的"圣经"。它讲"内圣外王","内圣"就是说格物致知、正心诚意修身,就是修行你自己,把你自己修行成一个道德高尚的人;然后"外王",齐家治国平天下,再去治理天下,叫"内圣外王"。"内圣外王"这四个字是庄子第一次提出的。

《论语》是一部关于"君子"的书。这是我的观点。什么是君子呢?孟子说的"劳心者治人,劳力者治于人"。"小人"就是"劳力者",统治阶级就是君子,即"劳心者"。所以,我经常开玩笑说《论语》是一部培养高素质领导干部的书"。

《论语》里面有一段故事讲得很好,孔子有一个学生叫樊迟,樊迟比较笨,他听孔子讲那些高深的道理听不懂,他就向老师说:"我想学怎么种庄稼。"孔子很生气,说:"吾不如老农。"我不是老农,你去问农民怎么种庄稼,然后樊迟又"请学为圃",怎么种花、种草,孔子也很生气,孔子说:"吾不如老圃。"你问那些园丁工人去。然后樊迟就出去啦,子曰:"小人哉,樊须也!"孔子就在那感慨:"这是个小人啊!樊须!"樊须和樊迟是一个人。

樊迟是小人啊，就有这样个评价。孔子认为大家到他这里来学习不是学习怎么种庄稼的，我这不是职高、技校，是培养公务员的，培养领导干部的，他不是培养专业技术人员的。这点一定要弄清楚，孔子办学从来没说我要培养一个技术人员，培养个熟练工人，这不是孔子的思想。孔子办学就是培养公务员，孔子的弟子大多数都当了各诸侯国的领导，上至宰相，下至县令什么的。孔子骂他："樊须者小人也！"这个小人不是说道德水平比较低，是他说志向低，想当一个农民，一个花匠。

古希腊有个哲学家叫柏拉图，柏拉图也曾讲"哲学王"，柏拉图有本书叫《理想国》，《理想国》讲的这个"哲学王"，也是认为国家的领导人应该由哲学家来担任，其实他们思想有点一致。比方我们现在办大学，"大学"是什么意思呢？是让大家学习一些高深的东西，我们现在把大学办成了职高和技校，一定要给学生教一技之长，考虑怎么才能就业，这是非常可怜的。你们看国际上或者我们中国古代，那些让小孩子学习琴棋书画的，一般都是贵族。让小孩学做饭的、工匠的，都是下层人。我们有些人周末带孩子报个班，学习钢琴、二胡，目标是考个级，考高中、考大学能加多少分，这不是在学习艺术，这是糟蹋艺术。学音乐的目的不是为了考大学加多少分，而是提高人格修养。王羲之学习书法，不是为了考大学加几分、当特招生，王羲之学书法就是个人爱好，琴棋书画娱乐一下，陶冶情操。他主要的职务是当官，大家族出身，见识高远，他不会靠写字挣钱。在中国古代，1949年以前，一个知识分子靠卖字为生那是很耻辱的，知识分子卖字、卖自己的书法那是奇耻大辱。于右任是草书大师，晚年在台湾，日子过得非常艰难，但他不卖字，这是传统中国人。我们现在的书法家，一幅作品多少万，一平尺多少钱，觉得很自豪，其实很可怜，没什么自豪的，一个卖字的嘛，有什么了不起？像郑板桥一样无以为生了可以卖卖字。艺术是一种修养，不是来维持生活的。

既然说《论语》是一部关于君子的书，那么，就要讨论两个问题：一个是如何成为一名君子，第二个是君子所担之"道"是什么？我们有儒家之道，孔孟之道，也有老庄之道，儒家的"道"和道家的"道"是不一样的，君子的"道"是什么？

我们主要讲四个部分。第一个是"轴心时代"与礼崩乐坏：《论语》是怎样产生的？第二是"君子不器"：君子如何养成？第三是"一以贯之"：何为孔子之"道"？第四是领导干部的人文素养。

"轴心时代"与礼崩乐坏：《论语》是怎样产生的？

这里我们讲三个问题。第一个问题：轴心时代。第二个：一场乱局——礼崩乐坏。第三个：一部经典——《论语》简介。

第一个命题：轴心时代。德国有个思想家叫雅斯贝尔斯，这个人非常伟大，他有个观点：公元前800年到公元前200年是人类文明的"轴心时代"，从北纬25度到北纬35度这个区间的几大人类文明都出现了精神上的重大突破现象。比方说希腊出现了柏拉图、苏格拉底、亚里士多德三人，印度出现了释迦牟尼，中国出现了先秦的诸子百家，这是世界上的几大文明，同时产生，而且这些文明对人类社会发展产生了规定性的影响。就像车的轴心一样。他把那个时代叫作"轴心时代"，我觉得说得非常好。现在有些人说："都21世纪了，我们还需要读《论语》吗？还需要读《庄子》吗？能给我们带来指导意义吗？"我觉得很可笑。我们现在虽然活在21世纪，我们中国人的思维、思想、文化底色还是孔孟思想，还是老庄。我们现在骂一个人"这个人不孝！"不孝哪来的？就是孔子讲的。"文化大革命""批林批孔"，但是其实批不倒，孔子还在我们的心中。现在很多中小学已经重新树起了孔子像，有些小学孔子像很小，一米二三那么高，很小的。其实孔子个子很高，我们历史上说孔子身长九尺，九尺就相当于现在一米九几。你会发现我们现在的中国文化底色其实还是孔子，决定你的文化选择还是孔子的思想。虽然你没读过《论语》，但是孔子思想已经渗透到了你的日常生活中，这就是轴心时代的价值和影响。轴心时代有什么特点呢？就是人类开始用理智的方法与道德的方式来面对世界、思考人生、理解自然、处理社会。轴心时代就是思想家的时代。商朝几乎没什么思想家，为什么呢？商朝有什么事就问天、问上帝，神说了算。商朝灭亡以后到了周朝，王国维有一篇文章叫《殷周制度考》，这篇文章写得非常漂亮，王国维就认为商朝的灭亡、周朝的诞生是中华民族的一个巨大的变化，说得非常对。从周朝开始人说了算，不像商朝完全听神的，人说了算，人就有了思想，就有诸子百家，商朝上帝说了算，人就没有思想啦。这就是从神语到人语的转化。商朝有什么事卜卦，像甲骨文的卦辞，要什么时候打仗，怎么打？问问上天，卜出来哪天就哪天。但是从周朝开始，国家大事须商量，思考，用人的理智思考，这是很大的改变。就像我们现在有些人想要结婚，要卜个八字，就是神说的算，不是人说的算。孔子就是典型的用理智的方法、道德的方式来处理一些事物，这点很重要。孔子说："敬鬼神而远之，可谓知矣。"鬼神要敬它，但是远离它，不要什么都迷信鬼神，这个地方就说明孔子是用理智的方法去思考社会。

杨伯峻是著名学者杨树达的侄子，他有句话说得非常好："孔子是不迷信的，我认为只有庄子懂得孔子。"庄子说过一句话："六合之外，圣人存而不论。"六合就是上下东西南北，这个世界之外，那些玄乎的东西孔夫子不说。但是注意，"子不语怪力乱神"，孔子是"敬鬼神而远之"，但不能因此认为孔子否认鬼神的存在，杨伯峻就认为孔子是怀疑鬼神存在的，这话是有问题的。孔子是"存而不论"，"敬鬼神而远之"，但从来没有说否定鬼神。所以孔子《论语》有这样的话："祭如在，祭神如神在。"子曰："吾不与祭，如不祭。"

你祭祀你的祖先,你的祖先就在,我们就说心诚则灵。祭神如神在,你祭祀神,神就在。所以这句话可以看出,孔子也没有否定鬼神。孔子在选择相信鬼神和相信人中,偏向相信人,但是他没有否定鬼神的存在。所以你看孔子的学生季路问事鬼神,子曰:"未能事人,焉能事鬼?"你连怎么服务人、怎么伺候人都没学会,管怎么事鬼神干什么?然后他又敢问死,问老师死亡是什么?孔子很生气,曰:"未知生,焉知死?"你连活着都没弄清楚,管死干什么?孔子是不谈死这个问题的。庄子是直面死亡,一直在谈死亡,但是庄子其实是把死亡解构了,庄子认为生和死是一样的,生就是死,死就是生,生是白天,死是黑夜,没什么区别,但是庄子是真的谈了死亡的,谈得非常详细。孔子不谈,不谈有他的道理,其实对我们每个人来说,死是不存在的,当你死的那一刻,你就不存在了,死了又有什么关系,死了就没有关系。死就是一口气上不来,就不见了,我们活的每一天都是实实在在的,哪天突然一口气上不来就死了,那死亡与你没关系,你死了到时候你就不存在了,死与我们每个个体是没有关系的。孔子就说我们不要谈死,只谈生。

梁漱溟在《东西文化及其哲学》中说"'生'是儒家的核心观念""孔家没有别的,就是要顺著自然道理,顶活泼顶流畅的生活""孔子只管当下生活的事情,死后之事他不管的"。《周易》也说"日新之谓盛德,生生之谓易""天地之大德曰生"。道家"道生一,一生二,二生三,三生万物",都是此意。这个"生"太重要了。中国文化的核心就在这个"生",我们说"好死不如赖活着"。现在我们80后、90后,没有这个思想了,动不动就跳楼自杀,弄得人很慌,好像觉得活着很简单。台湾有个著名的学者叫方东美,方东美是著名的和尚净空法师的老师,净空在大陆僧俗界很有名。方东美提倡"生生之德",即指宇宙大道的生生不息、大化流行,体现一种绵延不断、创造不息的生命精神。这种生命精神也是中华文化生生不息、团结奋进的不竭动力和中华数千年文明没有中断的内在理据。这种"生生之德"是中华民族最关键的东西。中华民族历史上是不可以自杀的,自杀的是不能进祖坟的。我们就是"活着就行",有顽强的生命力。

第二,一场乱局:礼崩乐坏。孔子是在春秋,春秋是什么呢?国君不像国君,臣子不像臣子,这就是礼崩乐坏的时代。国君说话不算,大臣说了算,周天子说的不算,诸侯说的算,这就是礼崩乐坏,这是要出问题的。在这种情况下,孔子说我们怎么办?"君君臣臣父父子子",孔子提出一套思想,怎么样治理这种礼崩乐坏的局面。所以孔子说:"天下有道,则礼乐征伐自天子出;天下无道,则礼乐征伐自诸侯出。"孔子所处的时代,那时周天子已经没有说话的权力了,孔子的祖国鲁国的国君都没有权力说话,是鲁国那些大臣说了算,这令孔子非常担忧。所以他提出一些思想,如何治理这种现象,这些思想直接成了中华民族的指导思想。我们封建社会一直在孔子思想下,正常运转着,一直到"中华民国"成立。

从世界文明史的角度看，孔子是中华民族的杰出代表，《论语》是经典之作；从中华文化内部来看，孔子是儒家的创始人，《论语》是中国人的"圣经"。现在要从全世界范围内找一个人来代表中华民族的文化，这个人是谁？只能是孔子，别人都不行。我们现在在全世界建了几百所学院，叫"孔子学院"，我们能不能叫别的什么学院？孙中山学院？不行！只能叫孔子学院，叫别的没人认。从中华文化内部来看，孔子是儒家的创始人，《论语》是中国人的"圣经"。这就是我们对《论语》的一个定位，下面简单介绍下《论语》这本书。

先解题，《论语》，按照班固《汉书·艺文志》："《论语》者，孔子应答弟子、时人及弟子相与言而接闻孔子之语也。当时弟子各有所记。夫子既卒，门人相与辑而论撰，故谓之《论语》。"《论语》这本书是孔子和学生对答，学生提问题，孔子回答。包括对一些别的人，不是孔子的学生的人，问问题他回答，还有他的学生之间，他的弟子之间，相互说话，或者听到孔子一些话，这么一个汇集。当时孔子学生大概都有课堂笔记，孔子死了以后，他的弟子们把他们的课堂笔记拿出来，把那些最好的话摘出来编成一本书。《论语》不是孔子写的，是孔子讲的。是他的学生、弟子根据老师讲的课堂笔记整理的一本书。人类史上三个大师都没有作品，古希腊的苏格拉底没有作品，他的弟子柏拉图记了一些。佛教的创始人释迦牟尼，也没有写过一个字，佛经都是弟子整理的，都是根据老师讲的整理的。佛经的第一句话就是："如是我闻。"我听见佛祖讲过这么一部经，下面就开始了，都是讲的，不是写的。孔子也是"述而不作"，他也没有写过东西。《论语》是什么意思呢？《论语》的"论"读二声，不要读成四声。"论语"什么意思？"编纂"的意思，把孔子的一些课堂笔记、一些话编纂出来。当然这个"论"还有别的意思，我就不多说了，刘勰的"伦理说"、何异孙的"讨论说"，一般大家都不太认同。

《论语》一共11705个字。我们现在感到很可悲的一点是说，很多人把于丹的《论语》心得，将近十多万字，读了好几遍，十几遍，但《论语》一万多字，我们很多人连一遍都没读，这确实很可悲。我觉得每个中国人都必须读一遍《论语》。子曰："吾十有五而志于学，三十而立，四十而不惑，五十而知天命，六十而耳顺，七十而从心所欲不逾矩。"这是孔子的生平自述，等于孔子很简单的一个小传。我们经常说，而立之年、不惑之年，就是从这来的。这是他自己给自己一生的一个小传。我们后面简单说一下孔子的家史。孔子祖上是商朝人，他姓子，孩子的"子"，孔是氏，古代姓、氏是分开的，有姓有氏。像屈原，他的氏是屈，他的姓是芈，不是有个《芈月传》吗？楚国的国王姓芈。古代姓和氏是分开的，名和字也是分开的。比如毛泽东，名泽东，字润之，它是分开的。我们现在没有字了。

孔子的祖上是商朝王室，商朝灭亡以后，把商的后人封到宋国，宋就在如今的河南商丘市那个地方，这样就变成诸侯了。孔子的祖上后来把皇位让给弟弟了，这样的话，孔子祖上就变成宋国的卿大夫。孔子上推五代到孔父嘉时代，孔子的祖奶奶长得很漂亮，被另一个大臣看上了，就把他的祖爷爷弄死了。《左传》上说："宋华父督见孔父之妻于路，目逆而送之，曰：美而艳。"那个大臣看见孔子祖奶奶，一看特别喜欢，美而艳，这个词我觉得《左传》写得非常漂亮。美，她不仅是美，而且艳。艳是什么意思？艳是比较性感的，不仅是美还性感，美而艳嘛，不是冷美人，美而艳，艳是比较性感，比较风情万种，被人看上了。看上之后就把孔子的祖爷爷弄死了，他们家族没办法就逃到鲁国，变成士。到孔子的时候他们家就已经败落了。这是他们从王室到诸侯再到士这个阶层的变化。为什么当时很多人都对孔子比较尊敬，因为孔子的血统是非常高贵的，古人还是比较看重血统的，孔子是王室后裔。

我们认为，孔子生于公元前551年9月28日，死于公元前478年4月11日。孔氏，名丘，字仲尼，"仲"是老二的意思。孔子三岁时他爸就死了，他和他妈两个生活，他妈也是小老婆，孤儿寡母，被孔家赶出家门，过着很贫寒的生活。孔子就要养家糊口，《论语》里面说了句话："吾少也贱，故多能鄙事。"我们现在这个"贱"是道德评价，"贱货""贱人"，是道德评价，古代这个"贱"指的是社会地位低，与道德没关系。"吾少也贱"，我小的时候社会地位低，"故多能鄙事"，所以能做很多粗活。

所以我们古人说："咬得菜根，百事可做。"孔子童年生活很艰难。他的父亲叫叔梁纥，叔梁是字，纥是名字，孔纥，我们一般叫叔梁纥。他的大老婆叫施氏，姓施，生了九个女娃，没有儿子，孔子有九个姐姐。后来又找了个小妾，生了长子孟皮。但孟皮脚不合适，算个残疾人。大家注意，在中国古代，女娃娃是不算后代的，"不孝有三，无后为大，""后"是不包括女娃娃的，女娃娃不能叫"后"。但是生儿子如果是残疾人，也不叫后代，也叫无后，必须生个健康的儿子才叫有后。孔子有个哥哥是残疾人，那也不叫后。他又找了第三个老婆叫颜氏，然后生了孔子，这才叫有后。孔子的妈妈叫颜征在，和他爸结婚的时候才十八岁，他爸七十二岁，生了孔子。因为于《周礼》不合，实际上叫"野合"，"野合"而生孔子。他们岁数很大了，怕不能生育了，就跑到曲阜附近的"尼丘山"。我2013年到山东曲阜看了一下，曲阜现在比较荒凉，比较落魄，去后也比较失望，尼丘山我也没去，主要是到商丘去看庄子的故乡，孔子是过渡一下。孔子的父母亲怕生不了孩子，就到了尼丘山祈祷，因此孔子生下后就叫"孔丘"，字"仲尼"，与这有关系。三岁他的父亲就病逝了，他爸死了以后，他妈作为小老婆被赶出家门，他为了生计，做了很多粗活。

孔子虽然小的时候很贫寒，父亲死得比较早，但是他的妈妈比较优秀，孔子从心理上没受过多少伤害，比较雍容华贵，是受他母亲的影响。他出生高贵，气质绝佳。《论语》上说："望之俨然，即之也温。"有个词说"温润如玉"，孔子可以说真的是温润如玉。玉看起来很温润，摸起来却很硬的，它绝对不软，它不是说没有底线的。学者扬之水说："《论语》人情深厚,文字温而简,问学与人生境界,朴质而丰美。"她说:"得道的开悟中却更有着宁静与平和。"我觉得这说得非常到位。

"君子不器":君子如何养成?

"君"从尹,从口,"尹"是手拿着东西,发号施令。君子的"君"本来就是统治阶级,发号施令的意思。"君子"在《论语》里有两个意思,一是指那些出身高贵、地位较高的统治者,二是指那些具有很高的道德修养能够遵循礼乐的人。有些人不是统治阶级,但有很高的道德修养,我们也叫君子。中国古代一般都认为地位高贵的人都道德高尚,这是个惯例。所以我们说:"刑不上大夫,礼不下庶人。"古代孔子给学生教"礼乐射御书数"六艺,这是孔子的教学内容,这个我们就不展开说了,大家有兴趣可以看下钱穆的《孔子传》,我觉得写得比较到位。

子谓子夏曰:"女为君子儒,无为小人儒。""女"是"汝"的意思。孔子告诉他的学生子夏,你要做君子儒,不要做小人儒。儒家也分"君子儒"和"小人儒",什么是君子儒?"大学之道,在明明德,在亲民,在止于至善。"北宋张载说:"为天地立心,为生民立命,为往圣继绝学,为万世开太平。"这就是君子儒,这样的学者,我们现在很少见了,像鲁迅、胡适,就是这样的人。我们现在很少这样的人,现在是"小时代"了。

孔子说:"人能弘道,非道弘人。"这是对君子的要求。在孔子看来,君子自然是走上政坛、主持内政外交的社会管理者,更是价值承担者、文化传承者、理想践行者。用现在的话说,就是高素质的领导干部。"志学"就是士大夫要有学问,像中国古代的一些领导干部都是大学者,像王安石、苏东坡都是"志于学"的。在中国古代,领导干部是"学而优则仕",这是孔子的一个文化传统。孔子"志于学"的贡献,第一,学术研究和道义探讨成了人的终身事业,道统开始独立于政统并高于政统;第二,这是知识独立、士人独立的标志;第三,士人不再是专家,不再是专业技术人员,而是"祖述尧舜、宪章文武",担当天下道义的君子儒。

孔子非常强调人格独立、精神自由,一个士要有人格的独立,精神的自由。后来陈寅恪说"独立之思想,自由之精神",这个话来自西方,其实也来自孔子。子曰:"饭疏食,饮水,曲肱而枕之,乐亦在其中矣。不义而富且贵,于我如浮云。"我吃的粗茶淡饭,喝的白开水,晚上睡觉没有枕头,把胳膊弯曲,枕着胳膊睡觉,乐亦在其中矣。这种精神现在少见了。我们太看重物质了。我们现在评价一个人成功不成功,看这个人金钱的多少,钱多我们就佩服,钱少我们就瞧不起。这是现在的评价标准,商业化,这是非常可怕的。孔夫子讲:"乐亦在其中矣。"宋明理学讲"孔颜乐处,乐在何处"。孔子和颜回生活都比较贫困,尤其颜回,他很穷,但很快乐,他们乐在何处? 他们探讨这个问题。就是一种人格独立,精神自由。曹雪芹穷得不像样子,西山脚下写《红楼梦》,举家食粥,但是《红楼梦》那么辉煌灿烂。《红楼梦》给中华民族长了多少脸,因为中华民族有《红楼梦》,很多外国人不敢小瞧中国人。这是能写出《红楼梦》的一个民族,这是能写出《庄子》的民族,他们不敢小瞧。

这有一个小故事,简单说一下。"子贡方人",子贡是孔子的大弟子,"方"是评价,子贡特别喜欢评价人,说谁怎么样,怎么样,孔子就说了一句话,子曰:"赐也贤乎哉,夫我则不暇。""赐"是子贡,叫端木赐,说:"赐啊,你还是很厉害,像我哪有时间去评价别人。"这是在批评他,你把自己做好,不要想去评价别人怎么样,看你自己做得怎么样。孔子批评人很含蓄。我们古代叫礼仪之邦,骂人不带脏字,不像我们现在,脏得不像样子。现在电视剧一打开全是脏话,古人说话是很含蓄的。

孔子曰:"君子有三畏:畏天命,畏大人,畏圣人之言。"天命非常重要,"天"和"命"是孔子的重要思想。子曰:"莫我知也夫!"有天孔子说没有人了解我,"莫我知也夫"是宾语前置,没有知我的人,好多人不了解我,孔子很寂寞、很孤独。子贡就说:"何为其莫知子也?"为什么没有人了解你呢? 子曰:"不怨天,不尤人,下学而上达,知我者,其天乎。"我不怨天,我不愿责怪人,我下学而上达,我的学问可以到民间,也可以上达天。"知我者,其天乎",理解我的大概只有天啊! 他这句话很厉害,我们中国人说"三才者,天地人,三光者,日月星。"司马迁说"究天人之际",天地人打通才叫大师,所以古人叫"天地君亲师"。结婚的时候要拜天地,这是中国文化,很厉害的。西方结婚要拜上帝,我们要拜天地。现在中国人结婚也不拜天地了,我们现在结婚典礼一拜什么? 一拜来宾,听过没有? 是不是? 我们现在一拜来宾,二拜高堂,三夫妻对拜。来宾是什么? 值得拜吗? 来宾还在父母亲之上吗? 天地君亲师啊,这拜来拜去很荒唐。现在没有天地了,天地被杀死了。尼采说"上帝死了",我们是天地死了。

"一以贯之":何为孔子之"道"?

《论语》这本书貌似简单,但其实也不好懂,为什么不好懂呢? 因为孔子那些话说得很含蓄,我们中国人教育人不像希腊人一遍遍说,我们中国人教育人是点到为止。你悟了就悟,没悟就旁边待着去。希腊对待问题像剥洋葱一样,一层一层给他讲。中国就是一句话扔过去,没听懂,走人,再不说了。有一天孔子上课,说:"参乎,吾道一以贯之。""参"是曾参,曾子名参。我的思想,一句话就可以概括,或一个东西就可以贯穿下来。然后就没有了,用什么来贯穿呢? 没说。然后曾子曰:"唯。"曾子说:"我知道了。"孔子就走了,孔子就下课了，就走了。门人问曰："何谓也？"别的弟子都比较笨，没听懂啥意思，就问曾子："啥意思啊？"曾子说："夫子之道，忠恕而已矣。"夫子的道就两个字，"忠"和"恕"。孔子上课是这样上的。把我们放到那儿去能听懂吗？孔子门下也有些智商很低的人，听不懂，"吾道一以贯之"，听不懂。孔子上课是这样上的，不像我们现在，讲两个小时，你还听不懂那我就没办法了。孔子就一句话半句话就完了。他这个是很有意思的，"忠恕而已矣"，孔子的道就"忠"和"恕"两个字。

我们现在叫"核心价值观"，中国封建社会的指导思想是孔子思想，核心价值观就两个字，"忠""孝"，很简单。再简单讲，"孝"，一个字就行了。古代的皇上以"孝"治天下，"孝"就包括了"忠"，一个字"孝"。什么是"忠"和"恕"？朱熹说："尽己之谓忠，推己之谓恕。"说得非常好。这个"忠"大家注意，孔子这个"忠"不一定就是完全忠于皇帝，不是这个意思，它包括这个意思，包括忠于皇帝。但是它更是把自己的思想、能力达到极限。只要你认真去工作，也叫"忠"，古人说，忠于职守。"恕"，推己之谓恕，推己及人。手心手背都是肉，你被别人扇耳光不舒服，你就不要扇别人耳光。"老吾老以及人之老，幼吾幼以及人之幼，"这就是"恕"。所以大家看中国古文造得非常好，"忠"是什么？哪两个字组成的？"中"和"心"，把心放到中间，这叫"忠"。作为领导干部，把心放到中间，不要贪污受贿。这边贪污些钱，那边受贿些钱，那就心没在中间，有私心了。把心放在中间，叫"忠"。"恕"是"如"和"心"，将心比心，如心，那叫"恕"。你喜欢你家的老人，就像喜欢自己家的老人一样喜欢别人家的老人；你喜欢你的子女，就像喜欢自己的子女一样喜欢别人的子女。喜欢自己家的老人和子女却不善待别人家的老人和子女，那能行吗？这叫"恕"，如心，他说的非常好。

杨伯峻有句话："'吾道'就是孔子自己的整个思想体系，而贯穿这个思想体系的，必然是他的核心，分别讲'忠恕'，概括讲是'仁'。"这个讲得非常好，分开讲是"忠"和"恕"，概括讲是"仁"。"恕"就是"己所不欲，勿施于人"。这点我觉得讲得很到位。

孔子的"道"不是逻辑推理的，没办法逻辑推理，没办法实验，他是要悟的，要体道、悟道、得道、修道。我们的"道"和西方不一样，西方的"道"是推理出来的，实验实践出的，我们是要体悟的。我们的文化要把人化掉，文化就化人嘛，把人化掉，这个是非常难的，我们要悟道的。说那个人得道了，得道的人看眼睛就能看出来。我有篇文章《良知是当下呈现的》，也就讲这个问题。孟子说良知是当下呈现的，孟子也这样认为。你看一个小孩子掉井里了，有恻隐之心，这就是天生的。不能说那是个假设，假设人是有良知的就麻烦了，这是不能假设的。西方文化是要假设的，假设一个什么什么，这是不一样的。

我们再看一个小故事。有一天上课，子曰："予欲无言。"孔子上讲台了："我今天没话说。"子贡曰："子如不言，则小子何述焉？"你如果今天不说，我们下去学什么？我们今天下去没学的。子曰："天何言哉？四时行焉，百物生焉。天何言哉！"老天说什么呢？我们每天听老天爷说话了吗？春夏秋冬照样走着呢，万物生长着呢，老天爷说什么呢？你看说得多好。老天爷没说下个圣旨，菊花要开了，明天几点几点开，老天爷没下圣旨，菊花到时候自然就开了，这就是孔子有名的"不言之教"，不说话的教育。这点和老庄很相似，不说话也是一种教育。不是我每天讲两个小时这样叫教育，坐下不说话也是种教育，不言之教。天何言哉，老天爷说过什么话？这个故事非常好，《论语》里经常有这样的小段落，非常有意思。拿着每天这样玩味，乐趣无穷。不像我们现在的人，写二十万字、五十万字，全是垃圾，没一个有价值的。孔子就那么两三段话，那么一个字，意思很深。但是你会发现有一个问题，孔子这种教育思想、这种教育方法只对天才有效，只对悟性很高的人有效，对大多数人没用。孔子因材施教，他对一个学生一个学生，孔子上课就跟现在带博士生一样，带博士生上课都是因材施教，孔子那种方式是这样的。

台湾有个学者叫蔡仁厚，说过一句话："我们认为，人天不隔，天人合德，正就是孔子的生命境界。"他还说："在孔子五十岁的时候，他常常感到自己与天之间的亲和感。"这句话说得非常漂亮。这个"天"，大家注意，我们现在经常说老天爷，天爷。我们叫天爷爷，不是天叔叔，不是天哥哥，我们说天哥哥那不行，天爷爷，老天爷，这东西他不是个假设的东西，他也不是一个知识的东西，概念的东西，是和他生命贴的，这点我们中国人应该能理解。

按我们中国的文化讲，老天爷看着呢，你干了坏事，会断子绝孙，做了坏事要遭报应。我们的天和人真的是有互动的，天人感应，孔子真的能感应天的东西，老在这说天啊天的！好多人就不能理解，孔子这个天是什么意思？我们说那个人天良未泯，那杀人犯最后刑场要枪决的，给他妈妈哭着说："妈妈，对不起！我要走了！"这个人还天良未泯，还有一丝良心在。我们现在把天给杀死了，我们说天就是天空、大气层，如果这样解释"天"，中国文化免谈，中国文化根本进不去。西方人说上帝是个假设，是虚无的，西方人就完了，西方必须有上帝，不然他活不下去；中国人必须有天，没天也活不下去。熊十力有本书叫《读经示要》，有这么一句话，我觉得说得非常好："孔子五十知天命之知，是证知义。其境地极高。非学人悟解之谓。"孔子说："我五十就知道天命了，就懂得天命了。"熊十力说孔子五十知天命这个"知"是证知义，能体悟的，能体验到的，是证知的。这个熊十力也是大师，他说话说得很到位。证知是要体验的，拿你的生命体验的。

我再说一下"仁"。什么叫"仁"，孔子的核心思想就一个字，叫"仁"。《说文解字》这样说："仁，亲也。从人，从二。"仁就是两个人之间的事情，有两个人或两个人以上才有"仁"，一个人就没有"仁"。孔子的学生问老师，什么叫仁？孔子说："仁者爱人。"仁就是爱别人，说得很好。我们现在的家庭教育里面，正好缺乏这一条。为什么孔子思想能指导中华民族两千多年,它是有道理的,一个爱人的人才能够成长,成一个人才,才能够生生不息,你不爱人,你能活下去吗?所以你会发现,人没有物质,饿不死的,除非饿得不像样子,要个饭都行,精神出问题马上就死,一步路都走不下去。那么什么是"仁"?我们简单说一下,我们有果仁、桃仁、杏仁,你的眼睛有眼仁。大家注意,这些日常语言里面才能懂我们的哲学,如果你眼睛没眼仁,你看不见的。杏子没有杏仁,你把杏核放在土里长不出杏树的,那个仁就是种子啊!最根本的东西。阮毓崧说:"譬之果核,其中实有生气者曰仁,无仁则果木不能成立。"说得多好。我们现在好多教授讲"仁",讲了半天不知道什么意思!古人说得非常好,没有仁,那个树就不能成,果仁、桃仁、杏仁,没有仁就什么都完蛋。人也一样,你人没有"仁"的话,人怎么能成为人呢?程颢有个弟子谢良佐在《上蔡语录》中说:"心者,何也?仁是已。仁者,何也?活者为仁,死者为不仁。今人身体麻痹,不知痛痒,谓之不仁。桃杏之核,可种而生者,谓之桃仁杏仁,言有生之意,推此仁可见之。"有些资本家胡作非为,叫为富不仁;有些人看见别人死活无所谓,叫麻木不仁。你看我们的成语把道理都讲清楚了。我们有些年轻人坐公共汽车,旁边有个孕妇肚子那么大,他不让座,这就是麻木不仁。有些那个年轻小媳妇抱着个半岁的娃娃在车上晃啊晃,没人让座,麻木不仁!

什么叫仁?这就叫仁啊!仁并不抽象,很现实的,一个孩子如果你不给他培养仁的思想,这个孩子会出问题的。《论语》上说:"孝悌也者,其为仁之本与!"孝是孝顺父母亲,悌是兄弟之间要互相友爱,兄弟姊妹互相友爱叫"悌",这叫孝悌,孝悌是仁最根本的东西。樊迟问老师:"孔老师,什么是仁?"子曰:"爱人。"多简单,爱别人这就叫仁。

杨伯峻说:"'仁'并不是孔子所认为的最高境界,'圣'才是最高境界。""圣"的目标是"博施于民而能济众""修己以安百姓"。这个目标,孔子认为尧、舜都未必能达到。子曰:"若圣与仁,则吾岂敢?"圣和仁,我怎么敢担当呢?孔子认为,自己没有达到圣和仁的地步,自己不过是君子而已。

子贡问孔子:"老师,我是君子吗?"孔子说你不是君子,你是瑚琏。在孔子眼里,子贡连君子都没达到,要求是非常高的。仁爱和博爱我们不展开了,大家可以下去思考一下,孔子讲仁爱,基督教讲博爱,仁爱是有差别的爱,先爱你的亲人,然后爱别人,有等级的,博爱是连你的仇人都要爱。这两种爱我们不展开,你们下去自己思考一下。

孔子在政治上也是"为政以德",讲究德治,他反对用刑法,但这东西我觉得也难,完全要德治的话,也有问题,所以我们现在讲依法治国。我觉得法治还是需要的,道德仅仅是一个自我监督,国家治理还是要法治。"其身正,不令而行;其身不正,虽令不从。"这个话说起来容易,做起来难,按照基督教说:"我们毕竟是肉身啊。"老子说了一句话:"人之有大患,为吾有身。"我有大的祸患,我有臭皮囊,我有肉体,肉体要吃要喝,因此就有了欲望。要断绝权钱色真的是很难的,像曾国藩能做到那个级别的人是很少的,所以叫"曾圣人",曾国藩那么高的地位能够把权钱色阻挡住,那修行太高了,我们做不到。孔子这种德治思想有它的局限性。

君君臣臣,父父子子。这是孔子的思想,政治思想,他叫:"名不正则言不顺,言不顺则事不成。"叫名正言顺,孔子讲名分。他的弟子有子说:"礼之用,和为贵。"礼这个东西,它是和为贵,我们现在把和为贵理解成和平,和平是最宝贵的,这个和不是和平的意思。在这里是和谐的意思,恰到好处的意思。"礼之用,和为贵"就是礼的用处要和谐,君就是君,臣就是臣,父就是父,子就是子,这叫和。老师就是老师,学生就是学生,把这个名分弄清楚,这叫和为贵。"礼之用,和为贵"是这个意思,这个注意一下。保持一个距离,一种隔膜,这样才能长久,这就是孔子的"礼之用,和为贵"。为啥皇帝的台阶要高?就要和大臣拉开距离,要皇帝和大臣坐在一起,哪有距离?就没有君臣之感了,皇帝像我们老师这样一坐就有距离,这就是老师,你们坐在底下就是听众,这就是距离。

"礼之用,和为贵"讲这个东西,"和"就是恰到好处,恰当,就是君君臣臣父父子子那个意思。

领导干部的人文修养

最后,我们讲下人文素养。像我们古人呢,孔子非常重视文学艺术的教育,尤其诗歌、音乐,在他的教育内容里地位非常重要。诗礼传家、诗乐教育,这都是他的重要思想。到现在,农村还有一些人家大门上刻有"耕读之家"四个字或"耕读第"三个字。为什么古代的大家族能绵延三四百年?家教很严。我们古代大家族都有家学、家教、治家格言。比如《颜氏家训》、朱子《治家格言》、郑板桥家书,这些家书大家有兴趣看一下,特别好,郑板桥家书写得多好啊!怎么教育孩子,曾国藩家书说得很好,我们现在家教变成了一个家庭的成绩集训,现在说娃娃考试考得不行,数学老考不及格,请个家教吧,一次给上两百块钱把成绩提高一下,家教变成这个意思了,很可怜啊!

如何才能懂我们的传统,我简单说一下,孔子有这么几句话说得非常好:"鄙夫可与事君也与哉?其未得之也,患得之。既得之,患失之。苟患失之,无所不至矣!"这段很厉害的,鄙夫是出身比较低贱的人。这种人可以让他侍奉国君吗?孔子认为不行,这种人没有得到的时候就想着怎么能够得到它,得到了又恐怕他失去,如果害怕失去,那什么事都可以干,说得有道理。鲁迅有本小说叫《阿Q正传》,说我们祖上曾经阔过,挺有意思,祖上阔过和没阔过是不一样的,家庭出身低贱的人有时候就容易变得很贪婪,容易出问题,孔子这话说得有道理。

孔子有句话:"中人以上,可以语上也;中人以下,不可以语上也。"这句话说的就是因材施教,对于智商中等以上的可以说一些语上的话,不然就不要说了。子曰:"可与言而不与之言,失人;不可与言而与之言,失言。"这个人是孺子可教也,你没有教育他,你失人,把人才给耽误了。这个人本身就没到那个层次上,那些话他听不懂,硬要给他说,那叫失言,说得很有意思。以后不要见人就教育,有些人不值得你去教育,就不要给他说了。说这个人没事干还教育我,还生气,这就是失言。子曰:"后生可畏。"我们现在知道这句话"后生可畏",但还有一句,"四十、五十而无闻焉,斯亦不足畏也已。"说这个人到四十岁、五十岁还没有一点名声,这种人就没什么可畏的了,说得很清楚。人到四五十岁得有点名声,有点影响。

那怎么样懂文化传统呢?还要懂一点目录学、版本学、校勘学,要懂得这些东西。学习,学什么?如何学?都是一个很重要的问题。很多人误入歧途,还自以为是。旁门左道。康有为说:"入门须正。"《书目答问》《四库全书总目提要》这些书都应该看一看,不然你真的没办法读书,你读的书往往就是些垃圾。

儒家思想到现在有个现代化的转型问题。《论语》的思想很多非常好,但有些观点,比如"德治"思想其实应该被"法治"所替代。我们怎么样重新解释《论语》,这是我们当下的任务,这个命题今天不讲,今天主要讲《论语》,《论语》之后的事情我们叫"后论语",那个时候怎么办?是我们以后应该讨论的问题。

推荐几本书吧!我觉得读杨伯峻的《论语译注》,这本书非常好,大家可以下去看一看,有繁体字版,有简体字版。学有余力,则可以再读朱熹的《论语集注》。

根据2017年1月6日甘肃省图书馆周末"名家讲坛"演讲整理

整理者:张　可　李　阳